中国翻译家译丛

钱春绮 译

尼贝龙根之歌

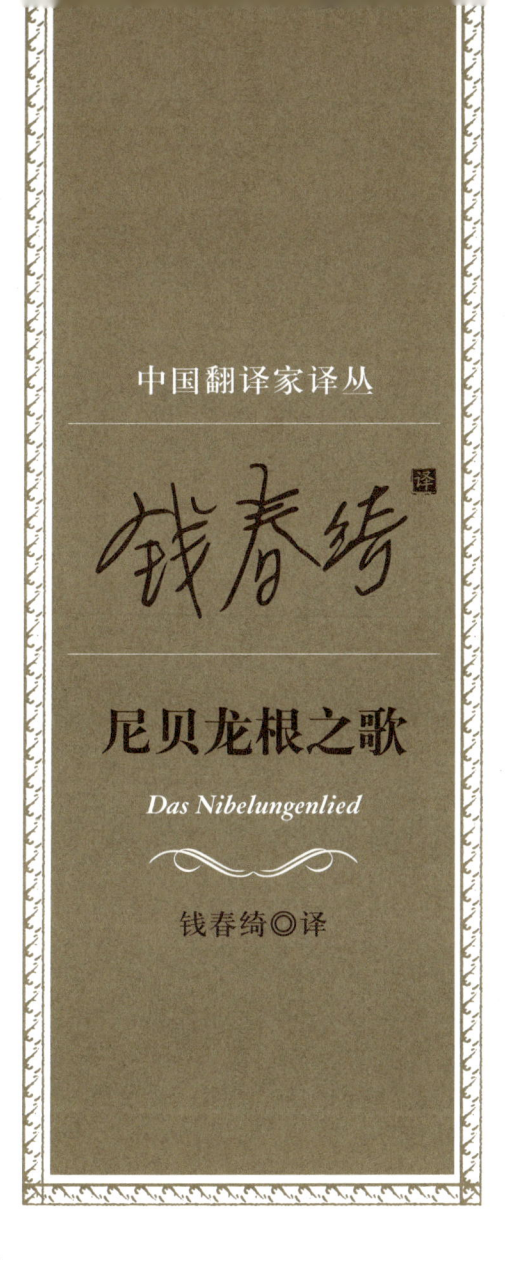

Das Nibelungenlied

钱春绮◎译

人民文学出版社

DAS NIBELUNGENLIED

图书在版编目(CIP)数据

钱春绮译尼贝龙根之歌/钱春绮译. — 北京:人民文学出版社,2015(2020.7重印)
(中国翻译家译丛)
ISBN 978-7-02-011293-7

I. ①钱… II. ①钱… III. ①英雄史诗—德国—中世纪 IV. ①I516.23

中国版本图书馆 CIP 数据核字(2015)第 311930 号

选题策划　欧阳韬
责任编辑　欧阳韬
责任印制　任　祎

出版发行　人民文学出版社
社　　址　北京市朝内大街 166 号
邮政编码　100705
网　　址　http://www.rw-cn.com

印　　刷　北京盛通印刷股份有限公司
经　　销　全国新华书店等

字　　数　267 千字
开　　本　710 毫米×1000 毫米　1/16
印　　张　27.25　插页 1
印　　数　5001—6500
版　　次　2017 年 1 月北京第 1 版
印　　次　2020 年 7 月第 2 次印刷

书　　号　978-7-02-011293-7
定　　价　64.00 元

如有印装质量问题,请与本社图书销售中心调换。电话:010-65233595

出 版 说 明

人民文学出版社自一九五一年建社以来，出版了很多著名翻译家的优秀译作。这些翻译家学贯中西，才气纵横。他们苦心孤诣，以不倦的译笔为几代读者提供了丰厚的精神食粮，堪当后学楷模。然时下，译界译者、译作之多虽前所未有，却难觅精品、大家。为缅怀名家们对中华文化所做出的巨大贡献，展示他们的严谨学风和卓越成就，更为激浊扬清，在文学翻译领域树一面正色之旗，人民文学出版社决定携手中国翻译协会出版"中国翻译家译丛"，精选杰出文学翻译家的代表译作，每人一种，分辑出版。

人民文学出版社编辑部
二〇一六年十月

"中国翻译家译丛"顾问委员会

主 任

李肇星

顾 问

（按姓氏笔画排序）

于友先　卢永福　孙绳武　任吉生　刘习良
李肇星　陈众议　肖丽媛　桂晓风　黄友义

目 录

前言 ·· 1

第 一 部

西格弗里之死

第 一 歌	克琳希德的梦 ······································· 3
第 二 歌	西格弗里的成长 ··································· 7
第 三 歌	西格弗里前往沃尔姆斯 ·························· 12
第 四 歌	西格弗里大战萨克森人 ·························· 28
第 五 歌	西格弗里初晤克琳希德 ·························· 49
第 六 歌	恭太王远访冰岛的布伦希德 ····················· 60
第 七 歌	恭太王智胜布伦希德 ······························ 71
第 八 歌	西格弗里前往尼贝龙根借兵 ····················· 87
第 九 歌	西格弗里受遣先回沃尔姆斯 ····················· 95
第 十 歌	布伦希德被迎至沃尔姆斯 ······················· 104
第 十一 歌	西格弗里携妇归国 ································ 123
第 十二 歌	恭太王邀宴西格弗里 ····························· 129
第 十三 歌	西格弗里夫妇前往赴宴 ·························· 139
第 十四 歌	两位王后的争吵 ··································· 146
第 十五 歌	西格弗里坠奸人之计 ····························· 157
第 十六 歌	西格弗里遇刺 ······································ 164

第 十七 歌	西格弗里的哀荣	179
第 十八 歌	西格蒙特归国，克琳希德留在母家	191
第 十九 歌	尼贝龙根之宝被运至沃尔姆斯	196

第 二 部

克琳希德的复仇

第 二 十 歌	艾柴尔王遣使迎聘克琳希德	207
第二十一歌	克琳希德前往匈奴国	232
第二十二歌	克琳希德和匈奴王成婚	241
第二十三歌	克琳希德蓄志报仇	250
第二十四歌	韦尔伯和希威美林出使莱茵	256
第二十五歌	国王们前往匈奴	270
第二十六歌	旦克瓦特手斩盖尔弗拉特	284
第二十七歌	他们到达贝希拉润	295
第二十八歌	克琳希德迎接哈根	307
第二十九歌	哈根和伏尔凯坐在克琳希德的大厅之前	314
第 三 十 歌	哈根和伏尔凯站岗守望	324
第三十一歌	君主们前赴教堂	330
第三十二歌	布鸟代尔被旦克瓦特所杀	342
第三十三歌	勃艮第武士大战匈奴人	348
第三十四歌	他们把死尸掷出厅外	358
第三十五歌	伊林被杀	362
第三十六歌	王后令人焚毁大厅	371
第三十七歌	路狄格被杀	381
第三十八歌	狄特里希的武士们全部被杀	398
第三十九歌	恭太、哈根和克琳希德被杀	413

前　言

《尼贝龙根之歌》是德国中世纪一部伟大的英雄史诗。这部诗作产生于一二〇〇年左右，作者姓名不详，可能是先由艺人们集体创作，后由一个熟悉宫廷礼仪和骑士生活的诗人统一加工修改而成。

全诗共9516行，第一部为"西格弗里之死"，第二部是"克琳希德的复仇"。

尼德兰王子西格弗里是远近闻名的勇士，早年曾杀死怪龙，后又占有尼贝龙根宝物。他爱慕勃艮第王恭太的妹妹克琳希德，想向她求婚。恭太想娶强悍而美丽的冰岛女王布伦希德。西格弗里先帮助恭太打败敌人，又帮助恭太娶到布伦希德，才与克琳希德成婚。十年后，西格弗里和克琳希德应邀从尼德兰王国来到勃艮第王国的沃尔姆斯。布伦希德和克琳希德发生争执；布伦希德发现恭太能娶到她全靠西格弗里暗中相助，她感到受了侮辱，便决心除掉西格弗里。在布伦希德唆使下，勃艮第王恭太的侍臣哈根设计在打猎时杀害了西格弗里。尼贝龙根宝物被哈根沉入莱茵河。

十三年后，为了给西格弗里报仇，克琳希德嫁给了匈奴王艾柴尔。他们在维也纳举行婚礼，随后来到艾柴尔堡。又过了十三年，克琳希德以思念王兄恭太等亲戚为由，劝匈奴王请他们来访。在匈奴国的一次骑士竞技大会上，匈奴人和勃艮第人展开大规模的杀戮，双方伤亡惨重。最后，恭太和哈根被俘，克琳希德要求哈根说出藏匿尼贝龙根宝物的处所，哈根坚决不说。克琳希德先命人杀死恭太，接着又亲手杀死哈根。她的部下希尔德布郎不能容忍克琳希德的残暴，将她杀死。

这是一部凄惨的悲剧，勇士都死了，两个王国覆灭了，尼贝龙根宝物也不见了。

《尼贝龙根之歌》由许多神话和历史传说发展而成。关于神话，在冰岛诗集《埃达》和冰岛散文叙事文学"萨加"里都可以找到相似的内容。至于故事，则源于民族大迁徙后期匈奴王国与勃艮第王国的斗争。《尼贝龙根之歌》讲的是氏族社会部落之间的血仇争斗，实际上却是描写封建社会，其中人物的生活和思想感情都是十二世纪的。

西格弗里作为武士之所以威震四方，是因为他占有尼贝龙根宝物，哈根之所以杀害西格弗里，克琳希德之所以利用匈奴王的武力大肆杀戮勃艮第人，都是为了夺取尼贝龙根宝物。因为尼贝龙根宝物是权势的象征，谁占有它们，谁就有权势。争夺尼贝龙根宝物反映了封建主之间的权势之争。

诗中的主要人物在民间口头流传数百年，他们的性格经常变化，最后在这个文字记载的本子里才基本定型。

克琳希德是贯穿全诗的主要人物。她在第一部里是一个温柔贤淑、美丽可爱的女子，在第二部里却变成了一个残忍的复仇者。在挑起匈奴人和勃艮第人大杀戮后，她对哈根说，如果他说出尼贝龙根宝物的所在，她就饶恕他。她为爱夫西格弗里复仇的宗旨变成为了争夺宝物。

勃艮第王恭太是典型的封建主形象。他既没有才能也没有功绩，他做国王仅仅是因为他父亲是国王，他的国王是世袭的。初时，他依靠西格弗里打败萨克逊人，又依靠西格弗里娶了布伦希德为妻；后来，朝臣哈根成了他的谋士和国事家事的总管。恭太则饱食终日，作威作福。像恭太这样的封建领主在中世纪的德国随处可见。

哈根对他的主人无限忠诚。他阴险狡诈，冷酷无情。为了主人的愿望和利益，他耍阴谋，放暗箭，杀无辜，喝人血，什么丧尽天良的事都干。他是中世纪德国臣仆的典型。

西格弗里是诗中颂扬的英雄人物。他是王子，但他不图安逸享乐，不贪生怕死，勇于到世上去建功立业；他心地善良，急公好义，肯于为朋友排忧解难；他光明磊落，耿直憨厚，一向温良谦让。无怪乎恩格斯称他是"德国青年的代表"，说"我们自身内都感到同样对于事业的渴望，同样对于习俗的反抗"。

作为口头文学作品，《尼贝龙根之歌》有三个突出的艺术特点：

第一，内容完整。全诗以克琳希德始，以克琳希德终，情节的起伏跌宕无不伴随克琳希德命运的变化而变化。

第二，层次分明。全诗共分四大段落，每个段落又包含若干小段故事，每个故事相对独立。一如中国的评话，这都是讲故事的需要。

第三,诗体独特。每节四行,每行中间有一个停顿;每两行一韵,即第一行与第二行同韵,第三行与第四行同韵。这是为了便于民间艺人朗诵。这种诗体称作尼贝龙根诗体,它对后世颇有影响。

这部英雄叙事诗是用中古高地德语写成的。一八二七年卡尔·西姆克出版《尼贝龙根之歌》现代德语译本之后,始为广大读者所接受。歌德为这个译本写了书评。歌德和爱克曼谈话时说:与荷马史诗一样,《尼贝龙根之歌》也是健康和有生命力的。

自十九世纪三十年代以来,《尼贝龙根之歌》不仅在德国逐渐成为家喻户晓的优秀作品,而且在全世界逐渐成为脍炙人口的著名诗篇。《尼贝龙根之歌》是德国的宝贵文学遗产,也是世界文学宝库中的珍品。

关惠文
一九九三年七月

第 一 部

西格弗里之死

第 一 歌

克琳希德的梦

1   古代的故事告诉我们许多惊人的奇迹,
      有值得赞美的英雄,有伟大的冒险事业,
      有欢喜和宴会,也有哭泣和悲叹,
      还有武士的斗争,现在请听我讲这些奇谈。

2   从前在勃艮第国①中有一位高贵的姑娘:
      论起她的姿色,真个是盖世无双。
      她名叫克琳希德,是一位美貌佳人,
      可是后来却有许多英雄为她丧生。

3   无数英勇的武士都对她魂牵梦萦,
      对这可喜的少女,从无人抱着憎恶之心。
      这位崇高的姑娘,具备完美的姿容:
      她那少女的高贵性情乃是巾帼中的光荣。

4   三位高贵的权威的君王②担任她的保护人,
      恭太和盖尔诺特,这两位勇猛的武人,

---

① 历史上的勃艮第人为日耳曼人的一支。406 年,以恭狄卡尔(即本诗中的恭太)为王,在中部莱茵地区成立古勃艮第王国,建都于沃尔姆斯。后因反抗罗马总督,于 437 年为臣服罗马的匈奴人所灭。
② 三位王者之中以长兄恭太为最高的国王,其他虽有王名,而无王权。

还有年轻的吉塞尔海,一位杰出的勇士:
他们对这位姐妹照顾得无微不至。

5 他们都慷慨好施,乃是名门后裔;
在战斗时常常表现出过人的膂力。
他们的国家因种族而得名,叫做勃艮第:
后来在艾柴尔①的国中曾经写下惊人的历史。

6 他们的宫廷就在莱茵河畔的沃尔姆斯。
他们有许多雄赳赳的骑士,同心协力、
对他们终生效忠,荣名远扬。
后来由于两个贵妇的不和却招致悲惨的下场。

7 他们的高贵的母后,名字叫做乌台。
他们的父王旦克拉特,也是英名盖代,
当他晏驾的时光,他把国土传给后嗣,
他在壮年时代,也曾建树过赫赫的威势。

8 这三位君王都具有刚强的斗志,
正如上述那样;那些特出的骑士,
都听从他们驱使。他们在战斗之中,
坚强勇猛,毫不气馁,常被世人称颂。

9 这些勇士就是特罗尼的哈根②和他的弟兄;
英勇的旦克瓦特;奥特文,美茨的英雄;
艾克瓦特和盖莱,这两位边疆方伯;
还有猛战不屈的阿尔柴的伏尔凯。

---

① 艾柴尔即匈奴王阿提拉。
② 特罗尼为哈根的生地,当时人有名无姓,把出生地或封地加于名后为记。

10　御膳冢宰鲁摩尔特是一位杰出的人,
　　辛多尔特和胡诺尔特:全都忠心耿耿,
　　勤劳王家,司理宫廷和一切典章制度。
　　此外还有许多武夫:屈指不可胜数。

11　旦克瓦特是马匹总管:他的内侄奥特文,
　　是莱茵国王的御膳总管,十分贤能。
　　辛多尔特是司酒侍臣,又是豪勇的武士;
　　胡诺尔特是侍从。他们都很忠诚尽责。

12　关于这许多朝臣和他们的力量,
　　他们的崇高的声望以及那些君王
　　称雄一世、永续不绝的骑士生活——
　　任何歌手的妙舌也无法全部叙说。

13　有一天,贞淑的克琳希德为噩梦所惊,
　　她梦见她养育了多时的一只野鹰
　　被两只大鹫啄死。她只能袖手旁观,
　　从没有任何惨事使她觉得这样辛酸。

14　她把这个噩梦对母后乌台陈告;
　　可是她的母亲却只能这样解释说道:
　　"你饲养的野鹰乃是一位高贵的男子,
　　如果没有上苍保佑,你就不能和他恩爱到底。"

15　"你为什么提起男子,我亲爱的母亲?
　　我将一生一世不接受武士的爱情!
　　我将留此清白之身,一直到我老死,
　　决不能为了一个男子忍受这种祸事。"

16　"别这样斩钉截铁!"乌台对她说道,

　　　　"你要在这世界上过得快乐逍遥，
　　　　只有依靠男子的爱情。要是天赐良缘，
　　　　给你挑一位高贵的骑士，你就会幸福无边。"

17　　"别再说那种话语,最亲爱的母亲!
　　　　我们看过许多妇人,不都是给我们证明,
　　　　欢乐的最后只获得痛苦的回报?
　　　　我要全都避开:我就可以免除烦恼。"

18　　于是这位高贵的公主就这样端庄贤淑，
　　　　按着贵族少女的方式度过了许多寒暑。
　　　　她没有把她的处女的芳心献给任何男子。
　　　　可是后来毕竟光荣地做了一位勇士的妻子。

19　　这位勇士就是她的母后给她详梦之时
　　　　所说的那只野鹰。他后来被仇人害死，
　　　　她为他坚决复仇，杀戮了自己的近亲。
　　　　为了他一人丧生，许多母亲的孩子牺牲性命!

第 二 歌

西格弗里的成长

20　从前在尼德兰①国中有一位高贵的王子;
　　西格蒙特和西盖琳德是他父母的名字,
　　他的生地是莱茵河下流的一座名城,
　　那座遐迩闻名的伟大的城市叫做桑顿。

21　这位佼佼的勇士,名叫西格弗里,
　　他禀赋骑士的气质,常抱四方之志。
　　由于体力坚强,他曾策马到处游历:
　　哎,他在勃艮第国中会见过多少猛士!

22　当他青春年少、身强力壮的时光,
　　西格弗里的英名,早已四海传扬:
　　他在莱茵的地方长大,长得一表人才。
　　许多绝色的妇人都要对他表示情爱。

23　他被细心地抚养长大,合乎王子的身份:
　　除了他的内美,又养成种种的修能。
　　他给他父王的国家带来极大的荣誉,
　　因为对一切事情,他都显示高贵的风度。

---

① 尼德兰意为"低地",指莱茵河下流区域。

24　不久，他已长大成人，可以骑马入宫。
　　任何人都爱看他；许多少女的心中
　　都抱着愿望，希望他常常前往宫廷。
　　她们大家全爱他：年轻的英雄也很知情。

25　这位王子出外，总有侍从跟着保护：
　　他的双亲总爱给他穿上华丽的衣服。
　　许多通晓礼义的贤师教诲殷殷：
　　不用奇怪，他将来会保有土地和人民。

26　他的身躯日渐强壮，可以佩带宝剑。
　　凡是武装所必需的东西，无不齐全。
　　渐渐地他的心中也想到美貌的佳人：
　　她们也觉得爱上这位少年真是光荣万分。

27　于是父王西格蒙特通知他的家臣，
　　要开一次盛宴，遍请他的亲人；
　　这份请柬也送到其他君王的国家。
　　他给家客和外宾全都赠送衣服和良马。

28　不论任何少年，只要他的门第，
　　具有这种要求，需要他获得骑士的权利，
　　都被邀请入宫，参加这次盛筵：
　　和年轻的王子一同举行骑士授爵的大典①。

29　这次豪华的盛宴真足以永垂不朽，
　　西格蒙特和西盖琳德亲自伸出御手

---

① 古代的贵族少年或侍童在修毕一定学业之后，到二十一岁时，即行授爵典礼。先在教堂内望弥撒，宣誓保护弱者并拥护教会和国家，然后由国王以剑身轻拍其肩，授与骑士称号。

给来宾慷慨赠礼,赢得极大的声望。
无数异乡的宾客都骑马前来观光。

30　四百名候补骑士和西格弗里一起
接受骑士的服装。许多美貌的女子
勤勉地忙碌不停:她们都对他怀有好感。
许多妇女们用无数宝石将金衣镶嵌。

31　她们用宝石和花边给那些年轻的武士
镶绣骑士的衣服:她们的手从无休息。
主持其事的国王选定了夏至节那天,
作为西格弗里晋封骑士的日子,并且大开盛宴。

32　那一天,许多服饰华丽的候补骑士、
许多高贵的骑士都同赴教堂,年老的骑士
给少年骑士帮忙,像从前自己晋封时一样。
他们一同度过快乐的良辰,十分喜气洋洋。

33　那时大家赞美天主,唱起弥撒的圣诗。
到处是人山人海的观众,拥拥挤挤,
因为给骑士封爵,这种骑士的大典,
这种无上的光荣,很不容易有机会看见。

34　他们把驾好鞍具的骏马很快地牵出马厩。
在西格蒙特的宫中,进行着马上决斗;
在御苑和宫室的四周,听到一片响声。
勇猛的武士们光荣地发出嘶喊之声。

35　年老的、年轻的武士们彼此冲击着交战,
枪柄破裂的声音一直传入云天。
无数枪柄的破片,从许多勇士的手中

9

　　　　飞过了宫墙:他们的比武多么剧烈而豪勇!

36　　最后主人下令停战。马匹依旧被牵回。
　　　在那儿只见有无数的军盾被打得粉碎,
　　　从辉煌的盾纽上落下许多宝石珍珠,
　　　全落在草地上:这都是比武时落下的宝物。

37　　宾客们都各自回到预定的座位上坐好。
　　　那儿有山珍海味给他们驱除疲劳,
　　　还有最上等的美酒一盅一盅地斟来。
　　　不论家客和外宾,都受到光荣的款待。

38　　宾主虽然整日不停地在享受欢乐,
　　　吟游的歌手们却总是弦歌不辍:
　　　他们为了丰饶的赏赐尽力演唱。
　　　赞美歌声在西格蒙特的全国到处飘荡。

39　　国王按照他自己从前受封时的旧例,
　　　把国土和城池作为采邑封给西格弗里。
　　　对于那些参加大典的青年也都颁赐重赏:
　　　使他们觉得这次旅行真是高兴非常。

40　　快乐的欢宴一直继续了一个星期。
　　　皇后西盖琳德完全按照古例行事:
　　　她本爱子之情,把赤金分赏众人。
　　　她知道收服人心,让大家全对王子归顺。

41　　哪一个吟游的歌手没有在这里获得重赏?
　　　每一个人都接受慷慨奉赠的良马和衣裳。
　　　主人那样大方,好像寿命只剩了一天。
　　　任何家臣都没有经历过这样阔气的场面。

42　在极大的光荣之中,盛宴就此终止。
　　那些当权的大臣们不久就纷纷表示,
　　愿意拥护少年的王子做他们的君王。
　　可是西格弗里的心中却并无这种愿望。

43　只要西格蒙特和西盖琳德在世一天,
　　他们的爱子绝不想践位加冕。
　　可是这位勇敢的武士却抱着这样的决心,
　　他愿意尽力把一切危害国家的外侮弭平。

第 三 歌

西格弗里前往沃尔姆斯

44　少年王子的心里从不知有什么苦痛。
　　他听到一个消息,在勃艮第的国中
　　有一位美丽的公主,具有稀世的美貌,
　　他为了她,日后招来了许多欢喜和烦恼。

45　这位少女的美貌,在世界上遐迩闻名,
　　这位高贵的少女,也具有崇高的性情,
　　她使得许多勇士都对她倾心喜悦:
　　因此异国的勇士们都向恭太的国中云集。

46　尽管许多求婚的人三番两次地纠缠,
　　可是克琳希德总是坚守着她的誓言:
　　任何一位男子都不能获得美人的倾心。
　　她后来委身相从的男子,她还没有闻名。

47　西盖琳德的王子景慕一位高贵的淑女;
　　一切求婚的人,谁能和他同日而语。
　　只有这位勇士才配得上绝色的佳人,
　　因此高贵的克琳希德只有和西格弗里成婚。

48　他的亲戚和家臣都对他开言说道,

如果他想挑一位女子和他白头偕老,
他应该选一位淑女,才德和他相称。
西格弗里于是说道:"我要向克琳希德求婚,

49 "她是勃艮第国中最美貌的佳人,
她是绝世的美女。任何人都会承认:
不管是什么帝王和权贵,要想娶妻,
如能娶到这样的美女,一定万分中意!"

50 这个消息也传到西格蒙特的耳中。
因为自有他的家臣给他报信通风,
说明王子的心意。可是他一知道,
王子看中这位高贵的公主,不由十分烦恼。

51 高贵的王后西盖琳德也知道了这件事情。
她对于王子的幸福,觉得非常担心,
因为她对恭太王的勇士们都了解底细。
因此他们想劝王子把这一段情缘放弃。

52 勇敢的西格弗里说道:"亲爱的父亲,
要是我不能和我衷心喜爱的女子成亲,
任何高贵的女人,我也无动于衷!"
尽管他们好言相劝,他只当作耳边风。

53 国王当下说道:"你既不听我们的忠言,
好,我也非常了解你的心愿,
我总尽一切力量帮助你达到目的。
可是恭太王有很多雄赳赳的傲慢的武士。

54 "单说那位哈根,这位勇迈的武夫,
他就一向显露出傲慢自负的态度,

因此我们要向那位高贵的公主求婚，
我很担心，我们也许要惹火烧身。"

55 "不管有什么困难，"西格弗里回道：
"我们先以礼相求，如果目的不能达到，
那就要采取别的方法，所谓先礼后兵。
我很自信，能夺得恭太的国土和人民。"

56 国王西格蒙特说道："你的话我不赞同！
因为这种话语如果传到莱茵国人的耳中，
你就休想能骑着马进入他们的国境。
恭太和盖尔诺特，我早认识他们的为人。

57 "任何人不能用武力获得这位美丽的公主，"
国王西格蒙特接着说："这事我非常有数。
可是你如想随带勇士前往恭太的国中，
我们所有的武士，我都可以派他们护送。"

58 西格弗里回道："我不愿照这样进行，
这许多武士跟随我一同前往莱茵，
简直像出征一样。我绝不想勉强
获得那位高贵的公主，那样反使我心伤！

59 "我愿凭藉我自己的手获得了她。
我愿连我一共十二人前往恭太的国家。
因此，西格蒙特父王，请给我帮助！"
于是一行武士全穿起灰色的、杂色的毛皮衣服。

60 母后西盖琳德听到了这个讯息。
她为了她的爱子，觉得十分悲切：
她担心他会死在恭太王和他朝臣的手里。

因此这位高贵的王后,泪珠儿簌簌不止。

61　武士西格弗里于是走进她的宫中,
　　他用婉言相劝,劝母后不要悲恸:
　　"母后,请不要为了我的前途流泪伤心!
　　任何勇猛的大敌,也不会使我怀着惧心。

62　"现在请对我这次到勃艮第的旅行多多帮忙,
　　让我和我的勇士们穿上那样的服装,
　　就像那些堂堂的尊贵的勇士。
　　那我真要对你表示十二万分的谢意。"

63　母后西盖琳德说道:"此事既不能挽回,
　　我唯一的亲儿,那我只好帮助你准备,
　　为了你和你的随从们的这次远游,
　　我要准备好骑士的服装,齐全而且足够。"

64　西格弗里以骑士之礼感谢他的母亲。
　　他说:"这次出国,一共有十二位武士同行;
　　我请你为他们准备好一切行装,
　　我要亲自察看那位克琳希德的真实情况。"

65　许多美丽的妇人坐在那儿日以继夜,
　　妇人和少女们都忙得一点没有休息,
　　最后,他们的服装都已准备齐全。
　　王子对于此行的决心,依旧毫无改变。

66　他遵照西格蒙特之命,穿上骑士的衣服;
　　他该作这种打扮,离开他父王的国土。
　　还有明晃晃的胸甲,坚固的头盔,
　　美丽的宽阔的甲盾,也都已全部准备。

67　启程前往恭太国中的日子终于临近。
　　男男女女,全为他们的此行担心,
　　他们不知道勇士们将来是否能安然而归。
　　勇士们却只管叫人把武器和衣服装上马背。

68　他们的马匹威风凛凛,马具发出金光。
　　西格弗里和他的扈从们气概昂昂,
　　任何人也不能像他们那样可以自豪。
　　现在他们正拟向勃艮第束装就道。

69　国王和王后凄惨地允许他告假远行。
　　他用好言安慰两位慈亲的深心:
　　"请父王和母后不要为了我哭泣生愁,
　　不要为了我的生命使你们的心中担忧!"

70　武士们无不凄然,许多少女都在哭泣。
　　他们的心中好像都已未卜先知,
　　将来有许多同胞都要因此命丧黄泉。
　　他们有悲叹的理由,一切都是理所当然。

71　在第七天的早晨,这十二位勇士们
　　已经来到莱茵河边,抵达沃尔姆斯城。
　　他们的甲胄金光耀目,鞍具轻盈,
　　他们骑在马上,从容地缓辔前进。

72　他们的盾牌完全簇新,宽阔而雪亮,
　　他们的头盔也很华丽,西格弗里就这样
　　和他的扈从们进入恭太王的国中。
　　像这样服装华丽的英雄,真是千载难逢。

73 卓越的勇士们手里拿着尖锐的长枪，
    长长的宝剑，一直垂到踢马刺之旁。
    西格弗里的枪，有两指距那么宽，
    它的利刃，刺起来真要令敌人胆寒。

74 他们的手里握住金色的缰绳；
    马胸扣着丝带；他们就这样进入都城。
    民众们从各处涌来观看，十分惊奇：
    恭太的廷臣们一个个走过来迎接。

75 快乐的武士们、还有骑士和家丁，
    都来迎接贵宾，这是理所当然的事情，
    他们把客人迎接到君王的宫廷中来；
    他们从客人的手里接过了马匹和盾牌。

76 他们要把客人的马匹牵到马厩中去休息。
    勇敢的贵宾西格弗里随即开言阻止：
    "请你们不要把我和我扈从们的马匹牵走！
    我们马上仍旧要回去，并不想在此勾留。

77 "你们有谁知道的，请过来对我直言：
    你们的国王现在哪里，我要求见，
    谒见勃艮第的国王，高贵的恭太陛下。"
    于是有一个晓事的人走向前来答话。

78 "你要去谒见国王，那并不是难事。
    我曾经看见他，在那间宽阔的大厅里
    和他的勇士们在一起。你只管前往：
    你还可以遇到许多杰出的人物在国王身旁。"

79 就在那时，消息早已传到国王那里，

报到宫中来了一些勇猛的骑士,
他们披着耀目的铠甲和华美的戎衣;
可是在勃艮第国中没有人和他们相识。

80　国王觉得十分希奇,这些披着灿烂的戎衣,
手里拿着簇新而宽阔的盾牌的勇士,
这些赳赳的武夫到底是从何处而来?
没有人可以禀告:恭太王的心中闷闷不快。

81　于是美茨的奥特文向前对国王说道
（他是一位勇敢的武将,而且威望很高）:
"我们和他们素昧平生,现在请陛下派人
把我的舅父哈根请来,让他来会会他们。

82　"他对于世界上的各国名流无一不晓;
他要是认识他们,就会对陛下奉告。"
国王于是派人去请哈根和他的骑士:
不久就见他带着武士赫赫地来到宫里。

83　哈根随即启问国王,召他有何要事。
"我们的城里来了一群异国的勇士,
没有人认识他们:你如知道他们的详情,
哈根,那就让你来把实话对我禀明。"

84　哈根说道:"遵命。"他于是走到窗边,
抬起他的眼睛对那些贵宾观看。
他对他们的打扮和戎装觉得非常爱好;
可是在勃艮第和他们却素无一面之交。

85　他启禀,不管这些武士是从何处而来,
他们可能是君主本人,或是君主的使者:

"他们的马匹多壮！他们的服装多美！
不管他们来自何方，总不是无名之辈。"

86　哈根又继续说道："我可以这样断言，
　　我和西格弗里虽然从无一面之缘，
　　可是我敢相信，站在那边的那位勇士，
　　瞧那堂堂的丰姿，定是西格弗里无疑。

87　"他把一些新闻带到了我们的勃艮第国：
　　这位勇士亲手歼灭过勇敢的尼贝龙根族，
　　希尔蚌和尼贝龙两位王子也被他诛灭。
　　他凭着他的膂力完成了许多惊人的事业。

88　"有一次这位勇士没有带一名卫士，
　　骑马来至一座山前（这是我听来的故事）
　　遇到一群壮士守着尼贝龙根的宝物，
　　他从没有见过，于是立即上前看个清楚。

89　"他们把尼贝龙根的宝物从山洞里
　　搬了出来。听下去，后面还有奇事，
　　那一群尼贝龙根族正想把宝物均分。
　　西格弗里在一旁看着，不觉惊奇万分。

90　"他于是走近前去，仔细对他们观瞧，
　　他们也看到了他。其中有一个叫道：
　　'尼德兰的英雄，勇士西格弗里光临。'
　　他在尼贝龙根族中经历到奇妙的事情。

91　"希尔蚌和尼贝龙亲切地欢迎这位勇士。
　　那两位高贵的年轻的王子互相计议，
　　他们要请这位堂堂的勇士给他们平分。

19

他们固请了一番；最后他才答应了他们。

92 "他看到那儿堆着各种各样的无数珠宝，
就是一百辆辎重车也搬运不了。
还有尼贝龙根的黄金更加多得惊人！
现在勇敢的西格弗里要亲自给他们平分。

93 "他们把尼贝龙根的宝剑送给他作为报酬。
可是西格弗里的效劳，虽出于他们的请求，
结果却没有讨好。他这次当差，
没有使他们满意：大家竟愤怒地动起武来。

94 "他们那边的同伙，共有十二位勇士，
都是力大无比的巨人。可是毫不济事。
西格弗里怒从心起，随即把他们扫平；
他还打败了尼贝龙根的武士达七百名。

95 "他用那柄叫做巴尔蒙①的剑完成这桩冒险。
那一群年轻的武士一个个心惊胆战，
他们全都献出土地和城堡称臣效忠。
他们害怕那柄宝剑，还害怕那位英雄。

96 "他又把那两位强大的君王结果了性命。
可是随后他又因阿尔布里希而大伤脑筋：
因为他要为他的君主立志报仇，
直到他认识了西格弗里的厉害的时候。

97 "那位骁勇的侏儒怎么也不能逞强，
他们两人像怒狮一样跳上了山冈，

---

① 巴尔蒙（Balmang Balme，岩石，岩穴）意为从岩穴中取出的宝剑。

　　　　　直到最后他夺取了阿尔布里希的隐身衣①，
　　　　　于是那些宝物全部属于勇猛的西格弗里。

98　　"谁敢继续抵抗的,都成了刀下之鬼。
　　　　这位英雄随后下令把宝物依旧搬回,
　　　　搬回到尼贝龙的家臣所由取出的地方。
　　　　骁勇的阿尔布里希担任保管,不敢违抗。

99　　"他对西格弗里立誓效忠,永当奴仆,
　　　　不论什么事情,他都要对他心悦诚服。"
　　　　特罗尼的哈根接着又说:"这就是他的事业:
　　　　从没别的勇士,能发挥出这种威力。

100　　"我还知道,他另外也立过许多殊功。
　　　　这位英雄曾经亲手屠戮过一头毒龙;
　　　　他的皮肤因为浴过龙血,变得像坚甲一样。
　　　　许多事实证明,任何武器也不能把他杀伤。

101　　"我们要好好地善待这位年轻的王子,
　　　　决不可亏待他,惹他发起脾气!
　　　　我们要礼如上宾,招待这位堂堂的英雄:
　　　　他曾凭着他的膂力建立了许多惊人的奇功。"

102　　高贵的国王说道:"你的话大概不假,
　　　　瞧他站在那儿,还有他勇敢的部下,
　　　　那种雄赳赳的样子,好像准备出征。
　　　　让我们大家下去,一齐去欢迎他们。"

103　　哈根说道:"这样做并不失去你的面子,

---

① 隐身衣,一种又长又宽的连头巾的外套,披在身上能隐蔽自己的身体,同时增加十二个人的膂力。

因为他是高贵的出身,有名的国王的太子。
瞧他那种态度,特意来到我们莱茵,
据我推测,一定有什么不平常的事情。"

104　于是国王说道:"现在让我们前去欢迎。
他是勇敢而高贵的人,我已十分认清;
正因为如此,他将在勃艮第受到优遇!"
那位恭太国王随即向西格弗里那边走去。

105　主人和他的武士一齐去迎接贵宾,
一切都遵守礼节,毫没有一点失敬。
由于他们的接待十分隆重而厚意,
仪表堂堂的西格弗里向他们鞠躬回礼。

106　恭太随即开言问道:"西格弗里阁下,
我要请问,您从何处来到我们的国家,
你光临莱茵的沃尔姆斯,不知有何赐教?"
贵宾回答国王:"这些我都要一一奉告。

107　"我在父王的国中常常听人说起:
在您的朝中有许多勇猛的武士,
他们永远尽忠陛下。我久仰大名,
很想拜见他们,因此特地赶到莱茵。

108　"我也听说:陛下本人也是豪勇非常:
世界上再没有比陛下更勇敢的国王。
陛下的这种英名,已经传遍天下:
因此我要来领教清楚,否则决不回家。

109　"我自己是一位武士,将来也要加冕为王。
我想要让我的人民对我爱戴称扬,

说我治理土地和人民,乃是地义天经。
因此我愿在这儿拿名誉和头颅作一次押品。

110 "正因为如所周知,你乃是一位勇士,
因此不管人家愿与不愿,我也决不介意:
我要把你所有的一切夺取过来,
你的土地和城池,全都要听我主宰。"

111 国王和他的朝臣听罢他的言辞,
想不到西格弗里竟是那样傲慢无礼,
居然想夺取国王的江山,真是令人吃惊。
他的武士们听到这话,也无不怒气填膺。

112 勇士恭太回言说道:"凭着什么道理,
我们要把先祖光荣地长久留传的一切,
让人家凭借武力从我们手中夺去?
要是那样,我们还能保持骑士的声誉?"

113 勇猛的壮士继续说道:"我还是坚持己意!
要是你不能凭自己的力量保卫你的土地,
我就要代为治理。反之,我的领土,
你能以武力夺取,那就奉你为君主。

114 "你的领土和我的领土同样地当作赌注。
我们二人之中,谁能把对方征服,
那么土地和人民,以后就隶属于他!"
哈根和盖尔诺特随即起来反对他的说话。

115 盖尔诺特说道:"这不是我们的本心,
为了要扩张领土,而让他人的性命
送在武士的手里。我们的版图很广,

我们治理非常得当；不需要另奉新王。"

116　恭太王的朝臣们全都怒气冲冲；
　　　美茨的英雄奥特文也在其中。
　　　他说道："谁再来调解，我真忍耐不住，
　　　因为西格弗里无缘无故地要来这儿动武。

117　"哪怕你们弟兄和诸位将士赤手空拳，
　　　哪怕他倾全国的士兵前来讨战，
　　　我也要和他较量，让这位勇士
　　　得到一点教训而收拾起他的傲气。"

118　尼德兰的英雄听罢这话，怒不可当：
　　　"你们这些家伙谁敢举手和我抵抗！
　　　我是一位国王，你们是国王的将士：
　　　你们十二个一齐上来，也不能与我匹敌！"

119　美茨的奥特文大喝着，要举剑决胜，
　　　他非常自负，因为他是哈根的外甥。
　　　哈根良久默然不语，很使国王不安：
　　　勇敢而尊严的骑士盖尔诺特慌忙向前阻拦。

120　他对奥特文说道："请你暂时息怒！
　　　我们还没有理由要和西格弗里动武。
　　　一切都要和平解决，这才是明智之举。
　　　我们要争取他做朋友，这也是我们的荣誉。"

121　刚勇的哈根说道："他此番来到此地，
　　　竟是为了寻衅，这对于我们众位武士，
　　　确是遗憾之事。但愿他悬崖勒马：
　　　因为我们的主上并没有什么事亏待于他。"

122　勇敢的骑士西格弗里随即上前答话:
　　"如果我的话语使你们不满,哈根阁下,
　　那我就要让你们瞧瞧:看我的力量,
　　在勃艮第国中有什么人能来和我逞强。"

123　盖尔诺特于是说道:"还是我来打圆场!"
　　他随即禁止朝中的武士继续喧嚷,
　　不许他们再用话语触怒西格弗里。
　　同时西格弗里也在想念那位绝色的女子。

124　"我们拚着什么和你相争?"盖尔诺特又说道:
　　"战斗起来一定有许多英雄把性命送掉,
　　对你既没有好处,对我们也没有荣耀。"
　　西格蒙特的王子西格弗里于是答道:

125　"哈根和奥特文为什么这样犹豫?
　　你们勃艮第国中有那么多的士卒,
　　为什么不和你们的朋友们来一决胜负?"
　　他们受着盖尔诺特的告诫,不予答复。

126　年轻的吉塞尔海说道:"我们衷心欢迎,
　　欢迎你和你身边的武士们大驾光临!
　　我和我的国人们,都向你们致敬。"
　　随即命人斟上恭太王的美酒给贵宾们痛饮。

127　勃艮第的国君也说道:"我们所有的一切,
　　只要你以礼相求,我们决不吝惜:
　　我们甚至可以和你分有我们的生命财产。"
　　勇士西格弗里这时才开始现出一点笑颜。

128 随后他们的甲胄都脱下交人保管,
 在勃艮第国中所觅得的最好的宾馆
 都腾出来给西格弗里的武士们舒服地住下。
 过了不久,贵宾们和勃艮第人渐渐十分融洽。

129 这位勇敢的王子不断地享有无上的光荣,
 真是罄竹难书,决不是笔墨所能形容;
 这全是他的英勇所致。用不着怀疑,
 在勃艮第国中没有一人对他怀有敌意。

130 国王和他的勇士们常常举办竞技消遣,
 不管是什么比赛,他总是优胜占先。
 无论是投石表演,或是投掷长枪,
 没有人和他抗衡,因为他有强大的力量。

131 每逢那些骑士们按照骑士的习俗,
 在妇人们的面前开始竞赛比武,
 大家都爱对这位尼德兰的英雄看个不停。
 可是他只一心一意对那位高贵的公主钟情。

132 不论何时有竞赛开始,他总是准备妥当。
 他的心中总是在想着那位绝色的女郎,
 那位女郎也在想他。他还未睹美人芳容,
 不过她在闺中却常和宫女们私论这位英雄。

133 每逢那些英俊的少年,那些侍从和骑士,
 在宫廷里开始比武,这位高贵的女子,
 克琳希德公主总爱凭着窗棂观看:
 那时她的心中还不需要有什么别的消遣。

134 他要是知道:他心爱的人儿对他窥视,

他的心中一定会觉得多么的欢喜。
　　　他要是可以看到了她,我敢保险:
　　　世界上再也没有更快乐的喜事使他想念。

135　每逢他站在比武场上武士们的中央
　　（那种竞技的风俗到如今依旧一样),
　　　西盖琳德的王子,风度真是不凡,
　　　无数妇女的内心,都对他怀着好感。

136　他也常常想道:"怎样能获得机缘,
　　　让我和那位高贵的少女见上一面?
　　　我全心全意地爱她,爱了那么许久,
　　　她依旧是一位陌路之人,这真使我心忧。"

137　每逢高贵的国王们在国中骑马巡游,
　　　那些武士们全都要跟在后面侍候。
　　　西格弗里也要随行:这颇使公主伤心,
　　　而他,为了爱情的牵累,也总是神魂不定。

138　他就这样在恭太王的国中伴着那些君王
　　（这话一点不假),度过了整整一年的时光,
　　　在这段期间他从没有见过那位心爱的公主,
　　　日后,他为了她尝尽了种种的欢乐和痛苦。

第 四 歌

西格弗里大战萨克森人

139 一个奇突的消息传到了勃艮第国里。
    这是对国王怀有恶意的异国的武士
    从遥远的国家派来的使者带来的报告。
    他们听到这个消息,觉得十分烦恼。

140 提起那些武士的名字,就是声势显赫、
    萨克森的高贵的国王吕代格,
    还有吕代伽斯特,那位丹麦国王,
    他们带领了许多勇猛的异国的兵将。

141 这些由国王的仇敌所派遣的来使,
    飞快地抵达到恭太王的国里。
    这些异国的来使,一经说明情由,
    随即被带到宫中,到国王面前禀奏。

142 国王好好地接待他们:"欢迎,欢迎!
    是谁派你们前来,我还不知实情:
    请你们对我详告!"善良的国王这样问话。
    那些使者深恐国王动怒,心中都很害怕。

143 "你要我们把我们的来意对你说明,

国王陛下，我们一定完全直言无隐。
是吕代格和吕代伽斯特两位君主
派我们前来，他们就要来攻打你们的国土。

144 "你们和他们结下了仇恨。我们知道，
那两位君主怀恨你们，总是忘记不了。
他们正拟带兵向莱茵的沃尔姆斯进军；
有许多勇士帮助他们。希望你们当心！

145 "在十二周以内，他们就要出兵。
你们有许多效忠的将士，叫他们显显本领，
让他们帮助你们保卫国土和都城！
这儿将有无数头盔和甲盾化为齑粉。

146 "如果你们有意求和，那就赶快通知，
免得强大的敌人，那些勇猛的将士，
进入你们的国土，给你们大肆蹂躏，
也免得许多善良的骑士牺牲了性命。"

147 勇敢的恭太回道："请稍待片刻时辰，
等我决定之后，就来回报你们！
我有许多好友，我不能不让他们知道；
这个恶劣的消息，我要和他们商讨。"

148 高贵的国王恭太心中觉得非常烦恼：
他把这个消息搁着，暂时不加发表。
他随即下令传召哈根和别的将士，
并且派人去请盖尔诺特赶快入宫议事。

149 那些杰出的英雄们随即云集宫廷。
他说道："我们的敌人正想带领大兵，

　　　　侵犯我们的国境:这事真非同小可!"
　　　　勇敢而刚强的骑士盖尔诺特随即开口:

150　"这件事情我还是想用剑去加以阻止!
　　　在劫难逃,注定要死的让他们去死!
　　　我决不能为了他们忘记我的荣誉:
　　　我们对一切的敌人都应该迎头抵御。"

151　特罗尼的哈根说道:"这件事我不敢赞成;
　　　吕代格和吕代伽斯特都是满怀信心的人,
　　　在短期以内我们怎能召集许多的军士。"
　　　他于是建议:"何不找西格弗里商议商议!"

152　这时那些使者都被安顿在城中加以款待。
　　　他们虽是敌方的人,可是高贵的国王恭太
　　　却下令要礼遇他们(这件事颇有分寸),
　　　以便乘机打听,有什么可以倚仗的人。

153　国王的心中感觉到无穷的深忧。
　　　于是有一位勇敢的武士①看出他的忧愁,
　　　可是却不知道,其中的原由何在。
　　　他于是请求恭太王把心事吐露出来。

154　西格弗里婉言问道:"我真觉得稀奇,
　　　陛下和我们在一起,一向欢欢喜喜,
　　　为什么现在完全改变,变得这样苦恼。"
　　　于是那位高贵的武士恭太王急忙答道:

155　"我的心中默默地隐藏着一种痛苦,

---

①　西格弗里。

我不能把这种痛苦对每一个人倾诉；
只有忠诚可靠的友人才能对他剖白隐衷。"
西格弗里听到这话,面色忽白忽红。

156 他于是对国王说道:"我从没有违背过国王；
我愿意尽一切力量帮助陛下解除忧伤。
你要征求朋友？我就是其中的一人,
只要我一息尚存,我总要保持忠诚。"

157 "天主保佑你,西格弗里:我爱听这种话语。
尽管你的忠勇对我没有事实的帮助,
你这种厚意,还是令我欢喜不置。
只要我活着一天,我总报答你的雅意。

158 "现在请你静听,我为什么这样忧戚：
因为有敌国的使者给我们传来消息,
敌人正拟率领大军对我国兴起干戈。
过去向没有敌国的武士胆敢前来入寇!"

159 西格弗里回道:"请不要过分担忧!
请陛下放宽胸怀,答应我的要求,
我愿尽力维护陛下的荣誉和利益,
请召集陛下所有的武士助我一臂之力。

160 "哪怕你的敌国有三万名勇士精兵
做他们的后盾,我只要有一千名
就可以对付他们。请对我完全信任!"
国王恭太随即说:"我定要报答大恩。"

161 "请你拨给我一千名勇士听我指挥,
因为我这儿的武士总共只有十二位。

我愿意这样帮助陛下守卫国土：
西格弗里的剑和手将尽忠陛下，至死不渝。

162 "因此请命令哈根、奥特文给我们帮助，
还有旦克瓦特、辛多尔特那两位武夫。
勇敢的伏尔凯也要和我们一齐出征；
让他扛着大旗：再没有比他更适当的人。

163 "把使者遣回！叫他们回去传言，
我们马上就要前往贵国和他们相见，
这样我们的大小城市就可以确保安宁。"
于是国王下令传召他的戚属和军兵。

164 吕代格的使者们前往恭太王的宫廷；
他们听到能让他们回国，十分高兴。
高贵的国王给他们大加赏赐，
又派卫兵护送：他们全都十分欣喜。

165 恭太王说道："给我回报我的仇人：
他们最好安守本国，不要兴师远征！
如果他们一定要来进犯我们的国土，
我们不乏忠勇之士，他们只会自讨其辱！"

166 在使者们的面前放满了多少赏物！
恭太王的库中有的是不可胜数，
吕代格的使者们倒也并不推让。
他们告别了国王，高高兴兴地回转家乡。

167 那些使者们重新回到丹麦王的宫廷，
国王吕代伽斯特听到他们的回禀，
从莱茵之国带回来的是这种答复，

敌人的骄矜当然使国王觉得很不舒服。

168　他们报告："勃艮第有许多刚勇的武士；
　　　在他们的军中还看到一位猛士，
　　　他名叫西格弗里，是一位尼德兰的英雄。"
　　　吕代伽斯特听到这个消息，更加心事重重。

169　丹麦人听到这些使者带回的音讯，
　　　他们急忙召集更多的勇猛的精兵，
　　　国王吕代伽斯特为了这次远征，
　　　搜集国内的将士，竟达二万余人。

170　萨克森王吕代格也同样秣马厉兵，
　　　两国会合的大师共有四万余名，
　　　他们率领这样的大军攻打勃艮第，
　　　这时国王恭太也召集了全国的将士。

171　他召集了弟兄们和戚属们的军士，
　　　而且又征用了哈根部下的武士，
　　　准备一同出征：这是无可如何的事情。
　　　后来有许多勇士就这样在战争中牺牲性命。

172　他们急忙准备出发。在启程的时候，
　　　英雄伏尔凯担任高举大纛的旗手。
　　　勇士们离开沃尔姆斯渡过莱茵①，
　　　特罗尼的哈根担任指挥三军的统领。

173　辛多尔特和胡诺尔特也一同乘马前进，
　　　他们后来建立大功，获得国王的赏金。

---

①　沃尔姆斯在莱茵河左岸，往萨克森及巴耶伦时，先须渡过莱茵河。

　　　　哈根的兄弟旦克瓦特、英雄奥特文，
　　　　他们也气昂昂地参加军旅，一同出征。

174　西格弗里对国王说道："陛下请坐镇都城，
　　　　因为你的武士已全部随我出征，
　　　　请陛下留在妇人身旁，不要忧虑！
　　　　我一定竭忠尽诚，保卫陛下的财产和荣誉。

175　"那些想侵犯莱茵河畔沃尔姆斯的敌寇，
　　　　我要阻止他们，让他们在本国居守。
　　　　我们要指向他们的本土跃马长驱，
　　　　敌寇的骄气不久就要化为无穷忧虑。"

176　大军从莱茵出发，经过黑森地方
　　　　向萨克森推进：随即在那儿开辟战场。
　　　　到处劫掠纵火，国土全变成荒墟：
　　　　那两位国王这时才觉得惊惶失措。

177　大军已经抵达国境，战士们首先开道。
　　　　勇猛的武士西格弗里急忙地问道：
　　　　"谁来守护我们军中的后勤人员？"
　　　　萨克森人从没有遇到过这样剧烈的大战。

178　他们回道："请那位忠诚而善良的骑士，
　　　　豪勇的旦克瓦特守护年轻的战士！
　　　　请他和奥特文担任后卫，留在后方：
　　　　这样可以减少吕代格军队给我们的损伤。"

179　勇士西格弗里说道："我要亲自出营，
　　　　到前线上去侦察敌人的军情，
　　　　让我打听出那些敌人现在何方。"

美貌的西盖琳德的公子随即全身武装。

180　在出发时,他把一切军务交给哈根
　　　以及国王盖尔诺特,那位赳赳的干城;
　　　他于是单枪匹马,进入萨克森的边地。
　　　就在这天有无数人头断送在他的手里。

181　他看到战地上屯集着无数的敌军,
　　　他们的人数远远超过自己的士兵:
　　　约有四万之众,或者还不止此。
　　　他看到这样的大军心中暗自欢喜。

182　在敌方也有一位武士在侦察军情,
　　　也在那儿探听虚实,注意敌军。
　　　西格弗里看到他,他也看到西格弗里:
　　　他们都怀着敌意,紧紧地盯着注视。

183　我要告诉你们这位侦察的武士究是何人,
　　　他的手中拿着金色的雪亮的军盾:
　　　他就是国王吕代伽斯特,正在督辖三军。
　　　高贵的英雄见到他随即勇猛地拍马相迎。

184　国王吕代伽斯特也对着他怒目相视。
　　　两人都拚命地给自己的马腹猛力踢刺,
　　　使出全身力量举枪直刺敌方的军盾。
　　　那位高贵的国王止不住觉得惊惶万分。

185　两人拚命前冲:快马载着两位勇士,
　　　像被大风吹散一样,冲得各自东西。
　　　高贵的英雄们重新拨转马头,对准方向,
　　　这两位怒目的武士举剑猛刺,互不相让。

186 西格弗里的剑声,使原野传出回响。
 吕代伽斯特的头盔,宛如大火一样,
 被西格弗里的手打得发出了火花。
 他们两位真是棋逢敌手,彼此暗自惊讶。

187 国王吕代伽斯特也给了他无数的砍击,
 你一剑,我一剑,各自举着军盾迎击。
 吕代伽斯特的三十名部下都在一旁看见;
 等不到他们上前相助,西格弗里早奏凯旋。

188 因为他给国王刺下了三处重伤,
 刺穿了他的胸甲:尽管它十分坚强!
 他的利剑直刺得敌人血流不止:
 因此国王吕代伽斯特的勇气完全丧失。

189 他只求饶命,愿意献出国土归降,
 他对西格弗里说出自己是吕代伽斯特王。
 这时他的部下赶到:他们已经侦悉,
 这两位武士在侦察时所遭遇到的一切。

190 西格弗里正想把他带走:他的三十名兵士
 一齐涌上前来。于是勇猛的西格弗里
 又进行无数次恶战,保住俘获的国王。
 在这一天他又给敌人造成更多的死伤。

191 三十名兵士全都牺牲于勇士的手里。
 只留着一人生还:他急忙逃出战地
 把这悲惨的消息带回自己的军营。
 他那血迹斑斑的头盔给事实作着证明。

192 丹麦方面的大军充满着一片悲愁,
因为他们听到吕代伽斯特陷于敌手。
他们把这不幸的消息奏知国王的胞兄,
他闻讯之下,勃然大怒,气得几乎发疯。

193 胜利的西格弗里把俘获的武士、
吕代伽斯特带回恭太王的营里,
交给哈根看管。大家听到捷报,
说国王已经被俘,都欢喜得手舞足蹈。

194 西格弗里急忙下令升起军旗,传令开战。
他开始宣告:"准备!在今天日暮之前,
只要我性命还在,还要进行许多战斗,
无数萨克森的美女,管教她们眼泪长流。

195 "莱茵来的众位勇士,请留意我的行动!
我要率领你们,前往吕代格的军中:
我们勇士的手就要击破无数敌人的头盔。
在我们没有退兵之前,他们全要后悔!"

196 这时盖尔诺特随即率领部下策马上前:
伏尔凯在战士们的前列一马当先。
这位勇敢的乐师活跃地挥起军旗,
全部士兵一个个都充满了坚强的斗志。

197 可是,他们的大军总共只有一千之数,
加上十二位勇士!在大军所过之处,
路上尘土飞扬;他们在战场上驰骋。
在他们的队伍里看到无数辉煌的军盾。

198 那时,根据传闻,萨克森的军士,
也挥起锋利的刀剑,潮水般涌至战地。
每一个勇士手里的刀剑多么雪亮!
他们要抵御外侮,保卫城市和封疆。

199 这边,三军的统领也率领人马涌上战场,
其中也看到西格弗里和他从尼德兰地方
一同带来的总共十二位勇者,
这一天只杀得血流成河,死尸枕藉。

200 辛多尔特、胡诺尔特和盖尔诺特三位勇士
在这次大战中手刃了无数敌方的兵士,
他们这时才领教到三位勇士的胆量。
为了这次战斗一定有许多美人痛哭悲伤。

201 此外,伏尔凯、哈根和奥特文
在这场战争中也表现得勇猛万分,
迸射的鲜血污染了许多敌人的战盔。
还有旦克瓦特也立下战功,精神百倍。

202 丹麦的战士们也发挥了他们的力量。
只听得无数的军盾发出铿锵的声响,
战场上充满了一片枪剑的砍杀之声。
而战斗力强的萨克森兵死伤更是惊人。

203 每逢勃艮第的勇士们冲锋陷阵的时光,
他们就给敌人造成无数的伤亡:
雕鞍之上处处看到殷红的鲜血飞迸。
这些勇士就这样争取荣誉和英名。

204 每当尼德兰的英雄们追随他们的主将

冲进坚强的敌人的阵地里的时光，
　　　勇士们手中的武器发出铿锵的鸣声：
　　　他们和西格弗里一起勇猛地投入战争。

205　莱茵的勇士们谁也赶不上西格弗里，
　　　在他手下斩落的头盔不可胜计，
　　　殷红的鲜血流得像河海一样，
　　　最后他在三军之前看到了吕代格王。

206　这位勇敢的武士三次冲进敌人的阵地，
　　　然后又折转回来。哈根也紧跟在一起，
　　　他帮他充分满足了屠杀的雄心；
　　　无数勇猛的骑士都不得不在他们手下毕命。

207　强力的吕代格向着西格弗里冲来，
　　　他见他挥舞着名剑巴尔蒙，十分厉害，
　　　无数本国的兵士都死在他的手中，
　　　这位国王只觉得无名火起，怒气冲冲。

208　这时两方的兵士全都冲锋向前，
　　　只听得剑声响亮，杀声震天；
　　　那两位英雄现在都使出全部力量，
　　　兵士们闪开他们：英雄的杀气锐不可当。

209　萨克森的君主早已听到音讯，
　　　知道他的兄弟被俘；觉得十分伤心。
　　　起初以为是盖尔诺特的武艺高强，
　　　现在他才知道是西格弗里干的勾当。

210　吕代格挥剑猛砍，倒也十分惊人，
　　　西格弗里的坐骑竟有点颠踬不稳。

可是它又安然立起,西格弗里的勇气
猛增百倍,胸中充满了狂热的怒气。

211 哈根、盖尔诺特,旦克瓦特、伏尔凯
都紧跟在一起,直杀得尸横遍野。
还有辛多尔特、胡诺尔特和奥特文,
他们在战场上也杀死了无数的敌人。

212 高贵的君主们在战斗中都敌忾同仇,
勇士们手里的枪矛擦过无数的甲胄,
也刺穿了无数敌人的辉煌的军盾,
许多盾牌上面都看到斑斑的血痕。

213 无数勇敢的武士在交锋之中
滚下了马鞍。那两位恶斗的英雄
西格弗里和吕代格更是步步不舍:
只见尖锐的枪矛在他们的头上乱飞。

214 国王的盾环被西格弗里打得片片纷飞,
不管勇敢的萨克森兵优势超过数倍,
尼德兰的英雄在这时已操胜算。
还有旦克瓦特也击破了无数铠甲的钢环。

215 这时国王吕代格注意到西格弗里的盾牌,
看到上面画着一顶王冠,绚丽多彩:
现在他认识了这位战无不胜的猛士;
他于是在战场上高呼,晓谕自己的军士:

216 "众位弟兄,我们的战斗到此为止。
我在这儿看到了国王西格蒙特的王子;
我亲自见到西格弗里,真是勇猛盖代,

是万恶的魔鬼把他遣送到萨克森来！"

217　他命令军兵把战场上的军旗一齐收下，
　　　并且要求停战讲和：当然答应了他。
　　　可是却要他自己前往恭太王的国中为质：
　　　由于西格弗里的膂力，他也是无计可施。

218　他们于是取得协议，决意结束战争。
　　　无数洞穿的头盔和又大又阔的军盾
　　　都被委弃在地；这些武器零落不堪，
　　　在勃艮第人的手下，全被污染得血迹斑斑。

219　他们尽量缴获战俘：无不俯首听从。
　　　盖尔诺特和哈根，这两位勇敢的英雄，
　　　随即下令把受伤的战士们抬回军营；
　　　他们俘虏了五百名敌兵，一同带回莱茵。

220　残余的败兵败将，全向丹麦策马回乡。
　　　萨克森的军兵，在战斗中也没有逞强，
　　　没有能树立威名：一个个垂头悔恨，
　　　而那些战死的弟兄只赢得知友们的泪痕。

221　勃艮第的武士们收起武器，班师回朝。
　　　西格弗里在这次建立了伟大的功劳，
　　　凭着他的英雄之手完成了光辉的战绩：
　　　恭太王的全部兵将，无一不服膺太息。

222　国王盖尔诺特派遣使者先回沃尔姆斯，
　　　给他国中的亲友传告胜利的消息：
　　　说他和他的部下已经获得全胜，
　　　所有的武士们也都光荣地把任务完成。

223　星使急忙起程：把消息一一传递。
　　闷闷担心的人们，听到这些急速的星使
　　带来的可喜的捷报，无不心花怒放；
　　高贵的妇女们也全都围着他们问短问长。

224　是谁建立了这种大功，奏捷凯旋？
　　有一位使者被召到年轻的公主面前。
　　她还不敢公开；使者只能秘密进宫。
　　因为在国王的勇士之中有她恋慕的英雄！

225　她在后宫之中一看到使者来到，
　　美丽的克琳希德就亲切地说道：
　　"把好消息告诉我，你会得到黄金的赏赐，
　　你如果没有虚言，我会永远厚待于你。

226　"我的兄长盖尔诺特和其他各位友人
　　怎样获得胜利？我们可有人在外牺牲？
　　谁立的战功最大？快对我一一明言！"
　　使者随即回道："我们的战士无不奋勇争先。

227　"高贵的公主，我要对你坦白直讲，
　　在紧张的战场上驰驱，谁也比不上
　　尼德兰的英雄，那位异国的勇士：
　　勇敢的西格弗里创造了许多惊人的战绩。

228　"旦克瓦特、哈根以及其他的一切将士，
　　尽管他们在战斗中都发挥了全部的武艺，
　　争取武士的光荣，可是比起西格弗里
　　所奏的战功，却远远地不可企及。

229 "在战场上有多少武士死在他们的手中!
可是西格弗里一出现,他所获得的战功,
谁也无法赞美,谁也不能说得详尽。
他使得许多妇人在闺中哀叹征人的不幸。

230 "无数妇女的爱人都在战场上丧生!
无数头盔都被西格弗里打得铿锵作声,
从敌人的伤口里涌流出鲜红的血液。
无论如何,他总是一位勇猛无敌的骑士。

231 "美茨的奥特文也不愧是一个武夫,
只要是他锋利的刀剑所及之处,
无不背负重伤,大多数都饮刃殒命。
还有你的兄长也给我们敌方的军兵

232 "造成了在历次战争中从未有过的损失:
他在战争中的荣誉真值得人们的赏识!
勃艮第的军士就是这样英勇地战斗,
他们没有而且永远不会给他们的国家遗羞。

233 "无数敌人被他们打得滚下了马鞍:
明晃晃的刀剑,在战场上掀起响声一片。
莱茵的将士们就这样勇猛地驰骋;
敌人们只得弃甲曳兵远远地逃遁!

234 "当我们和云集的敌军短兵相接的时光,
特罗尼的勇士们也发挥了巨大的力量。
哈根亲自挥着利剑,杀死了无数敌兵:
在勃艮第国中到处争传着他的英名。

235 "盖尔诺特麾下的辛多尔特和胡诺尔特,

还有勇猛的鲁摩尔特全都是英勇难得,
那位吕代格王一定是悔恨万分,
悔不该和莱茵的英雄们挑起这场战争。

236 "特别是西格弗里,那位天下无敌的英雄,
他建立了冠绝今古、举世无匹的战功,
他亲自和敌人激战,把他们打得大败:
他把尊贵的俘虏带回到勃艮第来。

237 "这位雄赳赳的武士凭着他的力量,
打得国王吕代伽斯特无法顽抗,
萨克森的国王吕代格也只得束手就擒。
高贵的公主,这些消息请再容我细禀!

238 "这两位俘虏,是西格弗里把他们生擒!
从未有过这许多俘虏被带回莱茵,
有如他凭着膂力所获得的战果那样。"
再没有别的消息能使她听得这样快乐洋洋。

239 "壮健的战俘(我还要补充说明)
共有五百以上,还有八十余名
是用担架抬来。马上就要运回国中:
这些俘虏,大多数是西格弗里的战功。

240 "那些不久以前傲慢地对我们挑战的敌寇,
现在都当了战俘,成为恭太王的阶下囚;
我们的战士快乐洋洋地把他们带回莱茵。"
她听到这个捷报,亮光光的脸上泛起红云!

241 她可爱的脸上红得像蔷薇一样,
因为她听到西格弗里安然无恙,

克服了一切困难胜利地安返宫廷。
她也为她同胞的幸运感到由衷的高兴。

242　公主于是说道："你给我带来可喜的消息！
因此我也要赏你华丽的衣裳表示谢意；
另外我还要重重地赏你十马克①的黄金。"
有这种重赏谁不高兴替贵妇人传递音讯！

243　使者接受了黄金和衣裳这两样重赏，
许多美丽的宫女们都走向窗前眺望：
她们向大街上注目。只见无数勇士，
乘马回国，每个人都露出高傲的神气。

244　壮健的勇士们紧跟在负伤者的后方，
他们接受国人的欢迎，意气昂昂。
一国之主的国王欢喜地乘马迎接嘉宾：
在这种极乐之中，他的忧虑早已化为无形。

245　他亲切地迎接本邦军士和异国的英雄，
因为他们在战争中光荣地立下了大功，
现在胜利归来，国王对于这些将士，
除了深谢以外，再没有更适当的表示。

246　他令人向他禀告，关于这次出征，
恭太的军士们一共有多少在外牺牲。
他失去不满六十人。人们的悲伤，
不久也就遗忘，正如后来悲悼别的英雄一样。

247　生还的武士们把许多打破的盾牌

---

① 马克，这里是古代贵金属的重量单位，约合半磅。

和许多破裂的头盔带回勃艮第来。
所有的武士们全在王宫之前下马:
四周围着欢呼的人群,欢乐之情无以复加。

248 将士们全被招待在城中安驻,
国王又叫人对战俘们好生照顾,
受伤的兵士们都得到护持和安顿:
就这样连敌人也感知到恭太王的德政。

249 他对吕代伽斯特说道:"我很欢迎你来!
为了你的缘故,使我受了许多损害;
如果时运转佳,我此番已获得补偿。
愿天主报答那些为我鞠躬尽瘁的兵将!"

250 吕代格回道:"你应该感谢他们的劳苦;
从未有一位国王获得这样高贵的战俘。
我希望陛下宽大为怀,优惠你的敌人,
我们将献上无数的金银财宝,以报厚恩!"

251 恭太说道:"我将让你们在这儿获得自由。
可是为了使你们留在这里不要逃走,
你们应该保证,如果不获得同意,
不得离开我国。"吕代格于是伸手立誓。

252 他们随即离朝安息,回到居住的地方。
受伤的军士们都获得床位好生将养,
壮健的兵士都得到甜酒和葡萄酒的赏赐:
军士们从没有过像今天这样的欢天喜地。

253 打破了的盾牌都被人收拾起来保管,
还有无数沾满了斑斑血迹的马鞍;

为了免得妇人见着伤心,都被一一移开。
无数疲于战斗的骑士们全已凯旋归来。

254 国王恭太下令,叫人好好地接待嘉宾;
满国中充满了异国的勇士和本国的兵丁。
他又传令叫人好生照顾负伤的军士;
敌人的骄纵和傲气到如今已经完全扫地!

255 富有经验的医师们都得到丰富的酬赏,
为了使他们替战后的将士们医治创伤,
他们都被赠与无数的纹银和耀眼的黄金。
此外,国王又发下许多礼物赐给嘉宾。

256 也有无数的人们,心中都想要还乡:
他们被婉言恳留,就像挽留朋友一样。
恭太王正在商议,如何犒赏他的将士,
因为他们立下了大功,完成君王的旨意。

257 王弟盖尔诺特说道:"放心让他们归去!
六星期之后叫他们一个个再来团聚,
参加我们的盛宴:把这话对他们明言!
如今还负着伤痛的人们到那时都会复原。"

258 西格弗里这时也过来向国王乞假归里。
恭太王一看出这位勇士的心意,
他随即诚心挽留他依旧住在宫中;
要不是为了克琳希德,西格弗里难以听从。

259 他原是身份高贵的人,毋需贪求官俸。
但是他确有大功,因此颇得国王恩宠,
朝中人也都对他很好:因为他们都已看到,

47

不久以前，他在战场上立下的伟大功劳。

260　为了美人的缘故，他放弃了归国之念。
　　他多么渴望和她相见！果然不久天从人愿。
　　他的希望实现，他得到机会和公主相逢；
　　然后他才喜气洋洋地回到他父王的国中。

261　国王日日不停地命人研习武艺；
　　许多年轻的武士都很高兴参加竞技。
　　这时国王又下令在沃尔姆斯的河滨兴建宾馆，
　　因为不久就有许多武士要到勃艮第来参观。

262　就在那时，许多宾客快要来临，
　　美貌的克琳希德也听到那可喜的音讯，
　　说恭太王将要给友人们召开一场盛宴。
　　美丽的妇人们都在忙碌不停，穿针引线，

263　赶制衣服和头饰，那些节日的服装。
　　那位母后乌台也聆悉到这种盛况，
　　知道有许多武士就要前来赴会比武，
　　随即令人翻箱倒箧，取出华丽的衣服。

264　她出于爱子之心，令人缝制许多新衣，
　　以便让勃艮第的许多年轻的武士、
　　许多妇人和侍女都打扮得富丽堂皇。
　　她也给异国的宾客们准备了华贵的衣裳。

第 五 歌

西格弗里初晤克琳希德

265　每天有许多勇士骑马来到莱茵，
　　　他们来参加这次宴会，都很高兴。
　　　很多人此番前来，都为了爱慕国王，
　　　其中有多人都得到美服和骏马的赠赏。

266　根据我们传闻，为了这次宴会，
　　　替那些贵宾们设立了许多华贵的座位，
　　　因为有三十二位君主参加这次盛宴。
　　　美貌的妇女们也竞相打扮，斗艳争妍。

267　年轻的吉塞尔海在那儿忙碌万分。
　　　他和王兄盖尔诺特以及他们的家臣
　　　在殷勤地接待本邦和异国的来宾：
　　　他们按着宫廷礼节对一切勇士热诚欢迎。

268　那些前来莱茵参加宴会的客人，
　　　都穿着富丽的服装，拿着华美的军盾，
　　　跨着黄金的马鞍来到勃艮第国中。
　　　受伤的将士们这时也都露出愉快的笑容。

269　许多负了重伤、卧病在床的人们，

他们已经忘怀：死亡是多么怕人。
对这些呻吟床笫的人，本应当关怀备至；
可是听到宴会的消息，人人都欢喜不置。

270 　大家全想在宴会之日尽情享受。
所有赴会的人们，没有一个
不觉得无穷的快乐，无限的欢欣；
在恭太王的全国之中充满了欢乐之情。

271 　在圣灵降临节①的早晨，只见无数勇士，
穿着华贵的服装，拥拥挤挤，
（约有五千名以上）快乐地前来赴宴。
他们在尽情作乐，到处都是欢声一片。

272 　恭太王已经看出（其实他早已知情）
那位尼德兰的英雄是多么诚心
爱着他的妹妹，虽然从无相见之期：
因为她是绝代的佳人，任何人都无异词。

273 　勇士奥特文于是不假思索地对国王说道：
"你要想使这次宴会获得光彩和荣耀，
请让勃艮第国中享名的美貌的姑娘，
到这座大殿上来，让我们瞻仰瞻仰！"

274 　"要是没有美丽的少女和高贵的妇人，
怎么能算是男子的欢乐而使他们衷心欢腾？
因此请让令妹出来和我们的贵宾相见！"
再也没有比这话更获得武士们欢心的进言。

---

① 复活节后的第七主日，通称五旬节，是纪念圣灵降临的恩赐的节日。约在五月九日至六月六日之间。

275 国王于是回道:"你的话我非常同意!"
大家听到国王的决定,全都十分欢喜。
他于是派人去请母后乌台和克琳希德,
叫他们带着宫女到朝廷上来会见宾客。

276 她们从衣柜里取出最最华丽的服装,
又从箱子里寻出非常贵重的衣裳,
还有什袭珍藏的丝带和黄金指环:
妇女们按着会见骑士的习惯尽量打扮。

277 这一天许多年轻的武士全抱着那种心情,
希望自己能获得美貌的妇女的欢心;
哪怕为她放弃了江山,也在所不惜。
他们想要瞻仰丽人的心情是多么急切!

278 高贵的国王命令派遣武士一百人,
这些皇亲国戚,侍奉公主的家臣,
人人手持宝剑,在公主后面护送。
他们都是勃艮第国的宫廷中的扈从。

279 母后乌台也一同出来参加盛会。
她的后面有无数的宫女护随,
约有一百名以上的妇女,全都盛装艳服。
在她女儿的后面,也跟着许多可爱的少女。

280 这一群美丽的妇女一个个走出后宫。
所有的勇士们都迎上去前呼后拥;
他们希望,今天终于候到机缘,
让他们高兴地和尊贵的公主见面。

281 可爱的公主已到,就像早晨的阳光

透出阴暗的云层一样。多久的时光，
他们所抱的苦恋之心刹那间化作云烟：
这位可爱的丽人正娉婷地站在面前。

282　她的衣服上闪着无数宝石的光芒，
　　她本身的蔷薇色彩发出奇异的辉光。
　　不管抱着什么愿望,任何人都得承认,
　　他在尘世间从没有见到过这样的美人。

283　就像是从夜晚的云间露出的月亮，
　　她皎洁的清辉使一切星辰黯淡无光，
　　这位公主就是这样冠绝一切的美人。
　　许多勇敢的骑士见到她都平添百倍精神。

284　侍从们在她的前面开道,十分威严,
　　许多勇敢的武士们越加拥挤向前；
　　他们都想挤到美人的身边看个分明。
　　西格弗里的心中不由得一阵悲喜交迸。

285　他的心里想道："怎能够三生有幸,
　　和你缔结良缘？这是一个空虚的梦影；
　　可是要我把你抛弃,除非身入墓中。"
　　这样想着,他的面色一会儿白,一会儿红。

286　西盖琳德的王子站在那儿仪表堂堂，
　　就像是由一位艺术大师在羊皮纸上
　　描画的英雄一样:任何人都得承认,
　　从来没有见到过像这样俊美的年轻武人。

287　克琳希德的侍从命令众人让开道路,
　　不要挤得过近:武士们都服从吩咐。

骑士们都爱瞻仰高贵的体面的丽人；
他们看到许多少女，打扮得端庄温文。

288 盖尔诺特殿下说道："亲爱的恭太兄长，
那位武士曾经对你忠心耿耿地帮忙，
你可以当着众位英雄大施恩惠
报答他的大功；我说这话决不惭愧。

289 "让那位英雄走近我们的公主的面前，
好让她向他致敬：这对我们利益非浅。
她从没有接待过男子，让她对他殷勤：
这样，我们就可以获得勇士的归心！"

290 于是国王的弟兄们走到那位勇士的跟前，
他们对尼德兰的英雄西格弗里进言：
"你可以走上金殿，国王已经应允！
克琳希德要向你致候；这是对你的尊敬。"

291 西格弗里的心中真是说不出的高兴：
他觉得万分快乐，再也没有忧愁的暗影；
因为他可以和乌台的爱女亲承色笑。
她用高贵的闺阁之礼向西格弗里问好。

292 这位勇敢的武士，一对着美人的倩影，
听到她向他问安，脸上不由泛起红云：
"欢迎你，西格弗里阁下，高贵的骑士！"
听到这种娇声燕语，给他鼓起多大的勇气！

293 他温文地欠身答礼，给丽人表示谢意。
刹那间两人的心中都感到爱情的悲喜：
这位英雄和那位少女互相定睛凝视，

四目相射。可是只能秘密地传递心事!

294　尼德兰的英雄,有没有出于热情,
　　　握过她雪白的手,这事我不很分清;
　　　可是我相信,这桩事很难避免。
　　　否则,一对恋慕的爱侣就是错过机缘!

295　无论是在夏天或是阳春五月,
　　　他的内心从没有感到这样喜悦,
　　　从没有感到过像今天这样的欢畅,
　　　因为他一心思慕的佳人曾站在他的身旁。

296　无数的武士想道:"如果我三生有幸,
　　　像那位王子一样,能和她并肩同行,
　　　或是在她身旁休息,那真使我高兴!"
　　　可是除了那位王子谁也不能获得美人的倾心。

297　无论是哪一个王国出身的客人,
　　　他们的眼光总是集中于他们二人。
　　　她获得允许,给那位英雄亲赐一吻①:
　　　他感到在世间更无别事可以使他销魂。

298　那位丹麦的国王立即开言致词:
　　　"由于这崇高的尊敬,有无数武士
　　　(我现在体会到)被西格弗里杀伤。
　　　愿天主永不要再遣他到丹麦去打仗!"

299　这时传下命令,叫所有围聚的众人
　　　都给公主让路;于是庄严的武士们

---

① 主妇对最尊贵的客人亲吻,是当时的风习。

全都随着美丽的克琳希德前赴教堂。
西格弗里立即和她分手,各自一方。

300 许多侍女都跟着她一起走进教堂。
这位公主的打扮是这样的漂亮,
使人望洋兴叹,感到难以攀附,
她的美丽使许多武士们大大地一饱眼福。

301 西格弗里等着唱经弥撒告终,非常焦急。
可是他却要对他的幸运终生感激,
因为他心爱的人儿对他是那样多情;
而他,也十分配匹地对他的丽人倾心。

302 一待弥撒告终,公主走出了教堂,
这位勇敢的武士又被邀请到她的身旁。
她又对他致谢,感谢他在战斗之中,
奋勇地身先士卒,立下了这样的大功。

303 "天主报答你,西格弗里殿下,"公主说道:
"所有的武士们都说,由于你的功劳,
他们都对你拥戴,竭尽一切忠诚!"
这时,他十分友善地注视着那位丽人。

304 西格弗里回道:"我愿意永远为他们服务,
如果不完成他们的愿望,我的头颅
决不安枕休息。我愿意为一切尽心;
只要一息尚存,公主,我总为你效命。"

305 在十二天之中,这位绝色的公主,
不论哪一天,带着侍女在宫中进出,
人们总看到她和勇猛的武士同行。

这种宠爱完全表示出对他的尊敬。

306　日复一日,在恭太王的宫廷里,
　　　里里外外,总听到那些勇士
　　　传送出一片欢腾、快乐和击剑之声。
　　　奥特文和哈根,他们的武艺更是惊人。

307　不管人们希望武士们举行哪种竞技,
　　　他们总欣然参加,共同比试,
　　　他们努力在一切宾客之前奋勇争光。
　　　恭太王的国家,就靠着他们声名远扬。

308　就是那些负伤的勇士也霍然起床,
　　　他们要和同伴们试一试力量,
　　　他们执盾相斗,投掷锐利的枪矛:
　　　大家共同参加,武士们的膂力都渐渐提高。

309　国王命人设下山珍海味的盛宴
　　　招待这些嘉宾。他力求避免,
　　　作为一个国王所能受到的非议。
　　　只见他在宾客之间周旋,温文多礼。

310　他说道:"众位武士,在临别之时,
　　　请接受我的礼物;这区区的心意,
　　　不过是报答诸位的厚爱。菲礼请勿见笑!
　　　这一点奉赠乃是我的愿望,聊表效劳。"

311　丹麦的君主们立即向国王开言:
　　　"在我们即将告别、归返故国之前,
　　　让我们缔结和约!这对我们非常必要:
　　　因为你们的勇士杀戮了我们许多同胞。"

312　国王吕代伽斯特,他的伤势已愈,
　　萨克森王吕代格,他也完全康复;
　　可是有许多兵士却在莱茵暴骨沙场。
　　于是恭太王暗暗地和西格弗里商量。

313　他对他说道:"我要劳神和你计议,
　　我们的敌人明早就要全部归返乡里,
　　他们要和我们缔结持久的和平。
　　请问,西格弗里,有什么妙计可行?

314　"我还要告诉你两位君王愿出的身价。
　　只要我们释放他们,让他们回家,
　　他们愿献出五百匹马所能驮载的黄金。"
　　西格弗里说道:"这样的做法很不高明。

315　"你应该毫无条件地把他们放走;
　　可是为了保证高贵的武士们从今以后
　　不得再怀着敌意向勃艮第进犯,
　　你得要求两位君王在这儿立下誓言。"

316　"我听从你的意见;让他们自由回家!"
　　恭太王于是派人对他的仇敌们传话,
　　告诉他们,谁也不要他们献纳黄金。
　　他们的国人,在败战之后,对他们多么悬心!

317　恭太王命人扛来许多载满财宝的军盾①,
　　他称也不称,把它全部分赐给众人,
　　他一共拿出五百马克以上分赏将士。

---

①　当时常用盾牌称量和载运金银。

这是勇敢的盖尔诺特给恭太王的建议。

318　大家都纷纷告别:他们都要返归乡里。
　　　宾客们全走到克琳希德的面前告辞,
　　　并且向高贵的国母乌台辞行。
　　　勇士们的告别,从没有像今天这样恭敬。

319　武士们告别之后,宾馆全部空空。
　　　可是恭太王和他的家族以及许多英雄
　　　依旧留在都内:他们怀着崇敬之心
　　　每天去到克琳希德的后宫内问候康宁。

320　西格弗里也打算向他们辞行。
　　　他对于自己的幻想,已经失去信心。
　　　恭太王知道他要告辞,非常难受;
　　　于是年轻的吉塞尔海执意将他挽留。

321　"高贵的西格弗里,你要前往哪里?
　　　请听我的劝告,和勇士们留在一起,
　　　陪伴恭太王和他的家人,他们都对你信任!
　　　你在这儿还可以看到许多美貌的佳人。"

322　勇猛的武士于是说道:"那么别去牵马!
　　　我本想骑马远行,现在且缓回家。
　　　我也本想收拾军盾,归还我的故土,
　　　吉塞尔海的劝告又真诚地把我留住。"

323　于是这位勇士又念着友人之情留下。
　　　其实,无论他去到哪一个国家,
　　　也不及这儿值得留恋。这是什么缘故?
　　　因为现在他可以每天和克琳希德会晤。

324　那位少女的美貌,迷住了他的心。
　　他们做着各种消遣,度过许多光阴;
　　可是他只是为了爱情。她常常使他苦闷,
　　后来,这位可哀的英雄就为了她而丧生。

第 六 歌

恭太王远访冰岛的布伦希德

325　从莱茵河的彼方突然传来一件新闻,
　　　人们互相传告,说那边有许多美人。
　　　恭太王想到那边迎娶一位美女为妻,
　　　他的武士和朝臣都对此表示极端同意。

326　在海的那边,有一位女王继承君位:
　　　任何世间的公主,也不能和她媲美。
　　　她的美貌无双,她的武艺高强:
　　　她拿爱情作赌注,和天下英雄比赛投枪。

327　她向远方投石,再纵步一跳赶上。
　　　谁要想娶她为妻(如果他有此胆量),
　　　他必须和她比赛三种武艺,全能胜她,
　　　若有一项失败,那就要将他的首级留下。

328　她对于这种比武已经进行了多次。
　　　这件新闻如今传到莱茵一位勇士的耳里:
　　　他一心一意要获得那位美女做夫人,
　　　后来有许多勇士,就因此在海外葬身。

329　莱茵的国王说道:"不论结果怎样,

我总要渡海前往,造访布伦希德女王。
我愿以我的生命作赌,赢得她的爱情:
如不能得她为妻,我甘愿牺牲身家和性命。"

330　西格弗里说道:"我劝你放弃这次远行;
因为那位女王有一种残忍的癖性,
谁要向她求婚,付出的代价太高。
因此万勿前往,此行对你凶多吉少。"

331　哈根在一旁说道:"请听我的刍荛之见!
此行务须请西格弗里为你作后援,
让他随你同往!因为他完全知道
那位女王的情况①,因此请采纳我的忠告。"

332　他说道:"高贵的西格弗里!你能不能
帮我去获得那位女王?此事全靠你一人。
我若能获得那位美女做我的爱妻,
我将不惜名誉和生命,报答你的厚意。"

333　西格蒙特的王子西格弗里回道:
"我愿尽力帮忙,并不要别的酬报。
只要你把你的妹妹,那位高贵的公主,
克琳希德赏我为妻,我一定完成任务。"

334　恭太说道:"西格弗里,我对你握手起誓。
只要我能把美丽的布伦希德带回国里,
我愿把我的妹妹嫁给你做夫人,
那时你将和她永远住在一起,快乐万分。"

---

① 根据古代北欧神话:西格弗里和布伦希德早有婚约在先,后来恭太的母后,为了让他留在莱茵,给他喝了一种药酒,使他忘记了对她许婚的誓言。

335　两位高贵的武士于是立下了誓言。
　　　可是,在他们把女王带回莱茵之前,
　　　他们不得不因此尝尽了千辛万苦；
　　　这两位武士,不久就遭遇到极大的险阻。

336　勇猛的西格弗里把隐身衣带在身旁,
　　　这是他从前,发挥无敌的力量,
　　　从侏儒阿尔布里希手中夺来的法宝。
　　　这两位高贵的武士就这样准备就道。

337　勇猛的西格弗里一穿起隐身衣,
　　　他的浑身,就因此添上更大的力气,
　　　除了他自己,可以增加十二人的力量。
　　　因此,他凭着巧计,能打败那位女王。

338　这件奇异的宝衣还有这种作用,
　　　谁穿上了它,不管他有何举动,
　　　都可以随意而行,别人全见他不到。
　　　因此他赚得布伦希德；可是他却种下祸苗！

339　"请告诉我,西格弗里,在出发之前,
　　　为了渡海远征,能保持国王的体面,
　　　要不要带着武士前往布伦希德的国中？
　　　三万名兵士,我可以在国内立刻发动。"

340　"无论带领多少军队,"西格弗里回道,
　　　"可是那位女王却一向是非常凶暴,
　　　他们结果会全部死在她的手里；
　　　因此,勇敢的国王,我倒有一条妙计。

341　"我们装扮成普通的武士,直下莱茵,

参加此行的人数，一共只要四名。
除了你我，再带两位武士就成，
不管后来如何，我们总能赢得那位佳人。

342 "第一个由我当先！第二个由你居次，
哈根排在第三，旦克瓦特第四，
我们此去，将来一定能平安归来：
哪怕有一千名敌人，也不会把我们打败。"

343 国王又问道："我还要请问一言，
在我们还没有开始快乐的海航以前，
我们该穿什么衣裳去见那位女王
才算最最确当？我希望你对我明讲。"

344 "在布伦希德的国中，不论什么时光，
他们都穿着世间难以觅得的最好的衣裳。
因此我们要穿上华贵的衣服去和她会见，
将来人家谈论我们，才不会使我们丢脸。"

345 善良的国王说道："那么让我亲自前去
叩见我的母后，请她那些美丽的宫女，
帮我们准备服装，使我们这次远行，
在那位美貌的女王之前，不致玷辱声名。"

346 这时特罗尼的哈根，非常恭敬地开口：
"这件事情为什么要去劳烦你的母后？
你只要把这次远行告诉你的妹妹，
她是个玲珑的人，就会为你全部准备。"

347 于是国王命人去向他的妹妹传言，
说国王和西格弗里就要前来相见。

美丽的公主连忙穿上最贵重的服装。
对于二位勇士的来访,她觉得高兴非常。

348 她的宫女们也各自换上适当的服饰。
两位王爷驾到。她接到通知,
急忙立起:温文有礼地前去相迎,
迎接她的兄长和那位高贵的嘉宾。

349 那位少女说道:"欢迎你,我的兄长
以及你的贵友!我希望你对我明讲,
你们二位武士光临后宫,有何赐教;
请把你们二位的来意说明,让我知道!"

350 国王恭太回道:"我现在对你说明。
我们要作一次光荣而艰苦的旅行。
我们要前往遥远的异国,出外求婚,
我们需要华贵的衣裳,以便启程。"

351 公主说道:"亲爱的兄长,请来坐下,
你要到遥远的异国,迎娶王后回家,
但不知那位佳人是谁,请说与我听。"
于是她挽着两位高贵的武士的手走进。

352 她带领两位武士,来到她原来坐着的地方;
根据人家传说,那椅垫非常富丽堂皇,
上面绣着美丽的图画,全用金线绣成。
两位武士坐在公主那儿,觉得高兴万分。

353 克琳希德和西格弗里,这一对有情人,
当然少不得眉来眼去,传递温存。
他的心忘不了她:她比他自己的生命

还要宝贵。后来,他们二人缔结了良姻。

354　高贵的国王说道:"我亲爱的妹妹!
　　 我们的事,一定要靠你帮助,玉成其美。
　　 我们要到布伦希德的国中作一次旅行,
　　 要见那位佳人,非有华贵的服装不行。"

355　公主于是当场回道:"我亲爱的兄长,
　　 如果我有这种力量,可以给你帮忙,
　　 我一定尽力而为。不论什么事都行。
　　 谁要是违背你的旨意,我非常伤心。

356　"高贵的骑士,请你不要踌躇,
　　 摆出主上的样子,什么事只管吩咐。
　　 你有什么需要用得着我的地方,
　　 我愿意为你效劳,请你快对我明讲。"

357　"亲爱的妹妹!我们需要高贵的衣裳,
　　 因此要烦劳你的玉手,为我们出力帮忙,
　　 请吩咐你的侍女们为我们赶制新衣,
　　 因为我们这一次旅行,决不半途中止。"

358　公主于是说道:"现在请听我告诉你们!
　　 绸缎我这儿尽有。只是宝石,需你派人
　　 用盾牌载运过来,以便刻日绣制。"
　　 恭太王和西格弗里立即下令照计行事。

359　公主又问道:"你要我为你们赶制新衣,
　　 那么和你一同前去的到底是哪几位武士?"
　　 他回道:"连我四人。我那两位朝臣,
　　 旦克瓦特和哈根也要随我一同前去求婚。

360　"因此,我的妹妹,我的话请你注意!
　　　我希望你给我们四人预备四天的新衣,
　　　每天各换三套!要做得十分体面,
　　　使我们离别布伦希德的国家之后不致丢脸。"

361　两位武士于是谦恭有礼地向她告辞。
　　　克琳希德公主随即在她的后宫里
　　　召集了三十名侍女:这些女人
　　　对于这种工作,都具有娴熟的技能。

362　她们取出像雪一样白的阿拉伯绸缎
　　　以及像苜蓿一样绿的察察曼克①绸缎,
　　　在上面镶绣宝石:缝制华贵的衣裳。
　　　克琳希德的素手,亲自为他们裁样。

363　她们又用外国的獭皮制成里子
　　　(那时很不容易见到,非常珍奇),
　　　外面缝上绸缎,做成华贵的衣裳,
　　　十分绚烂夺目,任何人看到都惊奇叹赏。

364　她们还用当时王者服用的最好的丝绸,
　　　这些料子都是从利比亚和摩洛哥进口,
　　　非常名贵。从这点就可以得到证明,
　　　克琳希德公主对于武士们是多么体贴关心。

365　因为他们要作一次豪华的旅行,
　　　所以他们非要穿上貂皮不能称心,
　　　外面还要披上漆黑的锦缎外套:

---

①　非洲摩尔人国家的城市,在中世纪时以产丝绸闻名。

　　　　　直到今天武士们还在赴宴时穿着自豪。

366　　阿拉伯的丝绸衬着宝石显得更加辉煌！
　　　　宫女们在这上面所化的辛苦真不寻常：
　　　　在七星期之内，衣服全部制好，
　　　　为武士们准备的武器，样样也不缺少。

367　　一切都准备妥当。在莱茵河上，
　　　　也造好一只坚固的小船，在那儿漂荡，
　　　　这只船就要载着他们渡海求婚。
　　　　高贵的妇女们忙了一阵，全都疲倦万分。

368　　武士们获得消息，他们全都知道，
　　　　他们出国所要携带的衣裳已经制好，
　　　　一切都准备齐全，启程之期不远，
　　　　他们马上就要离开莱茵河畔的家园。

369　　一同前往的武士，都接到使者通知，
　　　　叫他们亲自前去试着制好的新衣，
　　　　看看是否太短，或者是否过长。
　　　　尺寸全都合身，因此他们感谢非常。

370　　任何亲眼看到的人，无不备致赞扬，
　　　　认为在世界上从未见过这种美丽的服装。
　　　　因此他们可以穿着它，前往异国的宫廷。
　　　　再有更好的武士服装，谁也不能相信。

371　　各位宫女都受到衷心的谢意。
　　　　这时武士们都一齐准备告辞；
　　　　高贵的武士们按着骑士之礼辞行。
　　　　晶莹的泪珠湿润了无数明亮的眼睛。

372 　公主说道:"亲爱的兄长,最好不要出门,
　　　你可以在这儿另外寻觅一位佳人,
　　　免得到异国去冒着性命的危险。
　　　这儿也有高贵的妇女,何必舍近求远。"

373 　我猜想她的心中已经预感到未来的变化。
　　　无论怎样好言安慰,妇女们总是眼泪如麻:
　　　串串的泪珠从她们眼中流落不止,
　　　她们胸前所佩的黄金饰物都被眼泪濡湿。

374 　她接着说道:"西格弗里阁下,我的兄长,
　　　我要把他托付给你,我知道你忠诚善良,
　　　愿他在布伦希德的国中不要遭遇危险!"
　　　勇敢的武士随即握着公主的手,发出誓言。

375 　他说道:"只要我的生命不发生意外,
　　　公主,请不要把令兄的事情挂在胸怀!
　　　我一定把他安全带回莱茵,交给你手里,
　　　这桩事决无差错。"公主随即欠身表示谢意。

376 　他们于是把黄金色的盾牌运到河边,
　　　又把随身携带的衣裳全部送上小船。
　　　马匹也都已牵来:立刻就要启程。
　　　许多美貌的妇女都在一旁眼泪纷纷。

377 　许多可爱的侍女都向着窗前走来。
　　　轻快的顺风吹得小船和征帆在那儿摇摆;
　　　堂堂的几位武士都已置身在莱茵河上。
　　　这时恭太王问道:"谁来做我们的船长?"

378　西格弗里说道:"这事情由我来办,
　　　诸位勇士,我可以使你们在海上获得安全;
　　　因为我对于一切正确的航线都了如指掌。"
　　　于是他们告别勃艮第国,全都得意洋洋。

379　西格弗里急忙拿起一根长长的篙竿,
　　　使劲地撑着小船,离开了河岸。
　　　勇敢的恭太也亲自拿着一根船桨:
　　　令人赞美的强壮的武士们开始出国远航。

380　他们随带了丰富的食粮,还有葡萄美酒,
　　　在莱茵河两岸出产的最好的葡萄酒。
　　　他们的马匹舒服地站在船上,非常平静,
　　　小船平稳地前航,一点没有不如意的事情。

381　强固的帆绳,拉紧得着力万分。
　　　天色刚暮,已经行了二十浬航程,
　　　他们趁着顺风,向着大海前进。
　　　他们的冒险使美貌的妇女们在家担心。

382　自从离开莱茵之后,在第十二天早晨,
　　　海风已经把他们吹到(根据我们传闻)
　　　布伦希德国中的伊森斯坦城堡之旁,
　　　除了西格弗里,谁也不认识这个地方。

383　恭太国王一看到这许多的城堡
　　　和广大的国土,急忙开言问道:
　　　"好友西格弗里,你能不能告诉我们,
　　　那些城堡和美丽的国土属于何人?"

384　西格弗里回道:"一切我都熟悉,

听我告诉你:这些城堡和土地
以及伊森斯坦要塞都是布伦希德的财产。
就在今天,你们要和许多美丽的妇女会见。"

385 "各位武士,现在请大家多加注意:
在这儿,我们的说话和意见都要一致!
我们今天就要前去布伦希德的宫廷,
在那位女王的面前,我们要分外当心。

386 "对着布伦希德女王和她的朝臣,
各位堂堂的武士,你们全要异口同声,
说我是恭太的家臣,他是我的主上,
这样才能使他心中的希望能够如愿以偿。"

387 对于这个约言,他们都表示同意,
没有一个怠慢;大家都十分义气,
决定照计而行。果然,后来当国王恭太
去见布伦希德的时候,一切都迎刃而解。

388 勇士的这番远征,不仅为了恭太之故,
多半还是为了克琳希德,那位美丽的公主,
因为她是他的灵魂,她是他的生命,
他要获得她做自己的妻子,同订白首之盟。

第 七 歌

恭太王智胜布伦希德

389 就在那时,他们的小船已经驶靠
城堡的旁边:国王恭太看到
许多美丽的少女站在窗前。
他不认识她们,他觉得深以为歉。

390 他急忙对他的朋友西格弗里询问:
"那些对着海面俯视我们的少女们,
你是否认识?请你对我明言:
谁是她们的主人?她们真是淑女名媛!"

391 勇士西格弗里说道:"你先小心窥瞧,
别让人家注意,然后向我报告,
你将挑选哪一位,如果你有权选择。"
勇敢而敏捷的武士恭太回道:"让我试试。"

392 "我看见一位,穿着雪白的衣裳,
站在那边窗前:多么美丽的姑娘!
我的眼睛只看中她,她这位美人;
如果我有权挑选,我就要和她成婚!"

393 "你看得很准,我真佩服你的眼光!
　　她就是美丽的布伦希德,此邦的女王。
　　她就是你一心一意、辗转思慕的美人!"
　　她的一举一动,使恭太王喜爱万分。

394 这时女王传令叫那些美貌的侍女们
　　从窗前走开:她们不可让异邦人
　　饱餐她们的秀色。她们都奉命唯谨;
　　可是她们当时的动静,且听我来说明。

395 她们知道有远客来临,全都尽情打扮;
　　美貌的妇女们总爱遵守这种习惯。
　　然后她们偷偷地走到小窗附近,
　　眺望那些勇士:她们看得非常起劲!

396 同来的勇士们一共只有四名。
　　勇猛的西格弗里正牵马走下河滨。
　　美貌的妇女们站在窗后眺望:
　　她们见他非常尊敬那位恭太国王。

397 西格弗里给国王拉住马缰绳,
　　那匹马又高又大,威武万分,
　　他恭候国王跨上马鞍,这样尽心尽意,
　　可是后来,国王却把这些事情完全忘记。

398 他又把他自己的马匹牵到岸上。
　　他这样侍奉别的武士,站在人家镫旁,
　　在他一生之中真是从未有过的事情。
　　美丽的高贵的妇女们都在窗畔看得分明。

399 这两位堂堂的武士,他们的衣裳

和他们的坐骑都是彼此一样，
全是雪白的颜色；美丽的钢盾，
在倨傲的武士们的手中闪烁耀人。

400　他们就这样骑马走向布伦希德的宫殿，
狭窄的马胸带，镶满宝石的雕鞍：
鞍旁悬挂着亮晶晶的黄金的小铃。
他们进入此邦，两位武士全威风凛凛。

401　他们手中拿着新近磨得锋利的长枪，
他们的威武的宝剑垂到踢马刺旁，
这种宝剑十分宽阔，而且非常锐利。
这一切，全看在美丽的布伦希德的眼里。

402　哈根和旦克瓦特也跟在后面来到。
这两位武士（根据前人传告）
穿着一身乌黑色的漂亮的服装。
他们的盾牌又新又好，宽大非常。

403　他们的衣裳是那样美丽而华贵，
全身闪烁着印度宝石的光辉。
他们把小船丢在河边，不加闻问：
勇敢的杰出的武士们就这样骑马进城。

404　在城里他们看到八十六座塔顶，
三座宽大的王宫和一座美丽的殿厅，
殿厅是用草绿色的高贵的大理石造成：
里面住着布伦希德女王和她的朝臣。

405　城门迎着高贵的远客们宽敞地大开。
布伦希德的朝臣向着武士们走来，

　　　　他们把贵宾迎入他们的女王的宫城，
　　　　命人接过了马匹和武士们手中的军盾。

406　这时有一位侍从叫道："把你们的宝刀
　　　　和铠甲交给我们！"勇猛的哈根回道：
　　　　"这可不成，这是我们随身佩带的东西！"
　　　　可是西格弗里却把宫廷的规矩向他解释。

407　"这是宫城中的规矩（我对你说知），
　　　　任何宾客在这儿都不准携带武器。
　　　　因此请交给他们保管：这样比较妥当。"
　　　　恭太的武士勉强听从，心中愤懑非常。

408　他们受到美酒的供奉和竭诚的款待。
　　　　只见无数凛凛的武士向宫廷里走来，
　　　　他们进进出出，全穿着华丽的服装。
　　　　对仪表堂堂的客人们投掷惊奇的眼光。

409　这时，早有人前去禀奏布伦希德女王，
　　　　说有几位异国的武士来到本邦，
　　　　他们穿着华贵的衣服，由海道启程。
　　　　美丽的年轻的女王随即开言询问。

410　她说道："我看到那些异国的武士，
　　　　站在那儿，全露出威风凛凛的样子，
　　　　他们到底是些什么人？快对我禀明！
　　　　他们渡海而来，到底是为了什么事情？"

411　"女王："一位侍臣回道："我得向你禀明，
　　　　我和那些武士，从未有过一面之亲，
　　　　只是其中有一人好像是西格弗里。

你要好好待他，女王，这是我的建议。

412 "那其中的第二位武士，仪表堂堂，
如果他的职位和他相符，定是一位君王，
一定当朝执政，统治着广大的领土。
瞧他站在武士们身旁，多高贵的风度！

413 "那第三位武士①，露着愤愤的眼光，
好像余怒未息，可是，我的女王，
他那魁梧的身躯，却是雄伟万分。
我想，这位武士的性情一定非常凶狠。

414 "那第四位武士②，是最年轻的一人，
他的样子像一位少女，优柔温驯，
他是一位谦恭的勇士，可是，在这里，
谁要是失敬于他，将来可吃罪不起。

415 "尽管他仪表堂堂，尽管他态度温文，
可是，他一发火，就会使许多妇人
因此伤心流泪，瞧他那种样子，
就知道他是一位勇敢的伟大的武士。"

416 女王于是说道："把我的衣裳取来！
如果勇猛的西格弗里是为了向我求爱
来到我的国中，他的命要丧在此地！
我并不那样怕他，甘愿屈服做他的妻子。"

417 布伦希德于是急忙换上华贵的衣裳。

---

① 哈根。
② 旦克瓦特。

许多美丽的侍女跟随在她的身旁,
全都盛装打扮,约有一百余名。
这些美貌的妇女都想瞻仰异国的嘉宾。

418　还有许多冰岛的武士跟在她们后面,
　　这些布伦希德的勇士,全都手执宝剑,
　　约有五百余人,使宾客们暗暗惊心。
　　他们一见女王到来,全都起立相迎。

419　骄傲的女王一眼看到西格弗里,
　　她就恭敬地向这位贵宾询问来意:
　　"欢迎你,西格弗里阁下!你远道光临,
　　不知有何赐教?请对我细说分明。"

420　"高贵的布伦希德女王,贤明的公主,
　　你先向我问话,我多谢你的宠遇,
　　这儿有一位高贵的武士在你的面前,
　　他是我的主上,任何荣幸我不敢占先。

421　"他是莱茵的国君;别的不用多讲。
　　我们远道而来,就为了拜见女王。
　　他愿不顾一切,只要获得你的爱情。
　　他决不中途放弃:因此请你趁早决定!

422　"他名叫恭太,是一位伟大的人君;
　　他所希望的,就是要赢得你的爱情。
　　他为了你,叫我跟着他前来贵地;
　　他要不是我的主上,我永远不会多事。"

423　女王说道:"既然他是人君,你是人臣,
　　如果他有这种胆量,敢来和我决胜,

万一他胜了我,我就做他的妻子;
可是如果我胜了他,那要把你们全部处死。"

424 特罗尼的哈根于是说道:"高贵的女王,
请表演你的绝技!在我们的主上
取胜于你之前,一定使你大为吃惊。
他要赢得一位美貌的女王,已经痛下决心。"

425 "这事可要多多考虑:他要和我比赛投枪,
还要比赛投石,并且要猛跳一步赶上!
你们在这儿也许容易赢得死亡和羞惭,
因此请三思而行!"美丽的女王这样讽谏。

426 勇敢的西格弗里向前走到国王身边,
叫他只管对那位女王痛快地直言,
不要有所顾忌:"放心地拿出胆量!
我自有妙技保护你取胜那位女王。"

427 恭太王于是说道:"高贵的女王,
你有何差遣,只管吩咐!多一些也无妨,
为了你的美貌,任何比赛都愿接受。
若不能得你为妻,我愿留下这颗人头。"

428 高贵的女王一听到恭太王的言语,
随即传告立即开始比赛,毫不犹豫。
她令人去把比武时穿着的衣服取来,
还有她的黄金的胸铠和一只华贵的盾牌。

429 此外,她又穿上一件丝质的链铠,
这是一种利比亚的丝织品,百战不坏,
任凭什么武器,也不能把它刺穿:

边缘镶绣着宝石和金丝,十分辉煌灿烂。

430 女王的骄傲和威吓咄咄地逼着贵宾,
　　旦克瓦特和哈根都感到愤愤不平。
　　他们十分担忧,不知道恭太结果如何;
　　他们想道:"这次旅行将给我们带来灾祸。"

431 这时,西格弗里,那位堂堂的勇士,
　　趁着大家不防,抽身回到小船那里,
　　把他藏在那儿的隐身衣拿在手中,
　　急忙套上:别人再也看不到他的影踪。

432 他又急忙溜回,只看到许多武士,
　　在女王进行比武的地方拥拥挤挤。
　　他凭着隐身衣的法力,偷偷地迈步向前,
　　所有在场的人们,一个个都看他不见。

433 在比武的地方已经划出了界线;
　　一大群的武士都要看着他们表演。
　　七百名武士全都手执宝剑站在两旁。
　　他们要担任裁判,决定谁是胜利的一方。

434 布伦希德也已经到场,只见她全副武装,
　　就好像要和全世界的国王争夺领土一样。
　　她那丝质的链铠上绣满许多金线:
　　她可爱的肤色在衣服下面隐隐可见。

435 她的侍臣们也急忙忙地赶了过来,
　　给她搬出一只沉重的黄金的盾牌,
　　又宽又大,上面装着钢制的带扣:
　　美丽的女王就要借它护身,进行决斗。

436　盾牌上的扣带也绣得辉煌灿烂：
　　　上面全用草绿色的宝石镶嵌，
　　　和黄金互相辉映，放出各色的光彩。
　　　不是勇猛的骑士，谁敢来向她求爱！

437　盾牌中央的凸饰据说有三指距粗厚，
　　　这位女王就拿着这样的盾牌战斗；
　　　它用黄金和钢铁制成，非常沉重：
　　　没有四位侍臣，决不能把它搬动。

438　勇猛的哈根看到他们搬来这种盾牌，
　　　这位特罗尼的武士觉得十分愤慨：
　　　"恭太王，你看如何？我们就有杀身之祸！
　　　你看中的这位妇女，她是一位道地的妖魔。"

439　关于她那华丽的衣裳请再容我介绍。
　　　她披着一件阿察果克①丝织品的战袍，
　　　十分贵重而豪华，在这件鲜明的衣服上
　　　镶着无数宝石，使她全身射出耀目的光芒。

440　这时，他们给女王抬来一根长枪，
　　　这是她常用的武器，锐不可当，
　　　又长又大又阔，并且沉重无比，
　　　它的枪尖在交战时刺起来非常锋利。

441　这根枪的重量，说起来甚是惊人：
　　　它用三百五十磅的铁块铸成。
　　　布伦希德的侍臣，三个人都不容易搬动。

---

① 阿察果克，是传说中的非洲地名。

高贵的恭太王看到它,不由得顾虑重重!

442 他心里想道:"这怎能不叫我吃惊!
就是地狱里的魔王也难以保全性命。
这一次我如果能够安然回到勃艮第,
我再也不想卷土重来,领教这位女子。"

443 哈根的弟弟旦克瓦特怒冲冲地咕嘴:
"我对于这一次的求婚旅行非常后悔。
我们过去都是武士!要是全在这里送死:
死在一个女子的手里,真是我们的奇耻!

444 "我们来到这个国家,使我感到悲怆。
要是我的哥哥哈根把宝剑拿在手中,
我也带着我的武器,布伦希德的侍臣,
他们也许不会这样趾高气昂,盛气凌人。

445 "我相信,他们一定不会有这样的气焰。
哪怕我向敌人发出一千次和平的誓言,
可是,那位美丽的女王,她一定
比我的亲爱的主上,首先送掉她的性命。"

446 他的兄长哈根于是说道:"要是我们
能够带进武器,并且有甲胄在身,
那么我们就能很容易地离开这个国中,
那位骄傲的女王,也会减少一些威风。"

447 勇士的言语,传到女王的耳中,
她环顾左右,露出一种讥刺的笑容:
"他既自以为勇猛,去取来他们的武器,
还有他们的甲胄,都交还给他们的手里!"

448 他们因女王下令,收回了自己的宝剑,
　　勇敢的旦克瓦特欢喜得红光满面。
　　他说道:"现在让他们随便怎样比赛,
　　我们有剑在手,恭太王决不会失败!"

449 布伦希德的膂力真令人无法形容。
　　一块重大的石头被搬进比武场中,
　　这是一块圆圆的又宽又大的巨石,
　　十二位刚强的武士也不容易把它搬起。

450 她每当投枪之后,就要掷出这块石头。
　　勃艮第的勇士们看到它非常担忧;
　　哈根说道:"倒霉!恭太王竟向她求婚!
　　她只配到地狱里去嫁给魔鬼做新人!"

451 她从雪白的手腕上卷起了衣袖,
　　然后使劲地把那只盾牌紧握在手,
　　同时高高地挥起长枪,开始比武。
　　异国的宾客们看到她的狠相,心怀恐怖。

452 要不是西格弗里给他大力支援,
　　谁能说恭太王不会死在她的面前?
　　西格弗里暗暗地走过去触着国王的手,
　　恭太王十分吃惊,不知道是什么来由。

453 他的心里想道:"刚才是谁碰我?"
　　他向四周探望,鬼也看不到一个。
　　西格弗里说道:"是我,你的西格弗里。
　　你对那位女王,一点不要存什么惧意。

454 "把你的盾牌给我,让我拿在手里,
　　我对你说的话语,你要仔细留意!
　　你只要做出姿势,实际动作由我来干。"
　　恭太王知道是他前来,才觉得心中放宽。

455 "我的法术,你决不可对任何人泄漏,
　　要是给女王知道,她一定不肯罢休,
　　我们要以智取胜,好让我们大功告成。
　　瞧她站在那儿对你挑战,多么威武怕人!"

456 那位凛凛的少女使出浑身的力量,
　　对准强大的簇新的盾牌投出长枪;
　　西盖琳德的王子把盾牌擎在手中。
　　钢盾上火花四迸,宛如吹来一阵大风。

457 锐利的枪尖竟然把勇士的盾牌刺穿,
　　铠甲的钢环上也看到火花飞散。
　　由于投掷的重力使武士们失足跌倒:
　　要是没有隐身衣,他们就要性命难保。

458 勇敢的西格弗里,他的口中鲜血直淌。
　　可是他急忙撑起;把那位女王
　　掷过来刺穿盾牌的长枪紧紧握住,
　　然后拚着性命向女王那儿用力掷出。

459 他想道:"我不要让这位美女死于我手。"
　　因此他把长枪掉转方向,枪尖朝后;
　　然后握住枪柄,掷向布伦希德女王,
　　由于他的猛力,女王的钢甲铿锵作响。

460 她的战铠上也飞出火花,好像风吹一样:

因为西格弗里的投枪,力大非比寻常。
尽管她十分强悍,也免不了跌倒在地:
当然,这种武艺,决非恭太王所能济事。

461 美丽的布伦希德慌忙地重新立起:
"高贵的武士恭太,我佩服你的武艺!"
她以为是他自己的力量强大勇猛;
不知道打倒她的却是另一位更勇猛的英雄。

462 她匆匆地走了过去;盛怒未收:
这位美丽的女王随即使劲地举起石头。
她挥起巨石,把它掷到很远的地方;
又跟着跳了过去,她的铠甲发出声响。

463 掷出的石头在十二寻以外之处落地,
可是少女的跳远,还超过这点距离。
勇猛的西格弗里走到巨石落下的地方;
拾石的是恭太,投石的全靠隐身人帮忙。

464 西格弗里身材高大,非常勇敢强健;
他把巨石更远地掷出,而且也跳得更远。
他的法术给他添上了足够的力量,
使他在跳远的时候,还能背起恭太君王。

465 跳远已经完毕,巨石落在远方,
只见恭太王站在那里,并无别人在旁。
美丽的布伦希德满面通红,怒气难平。
西格弗里就这样救了恭太王的性命。

466 她看到恭太安然无恙,站在武场那边,
随即对她的朝臣们大声地宣言:

"众位亲族和臣民,大家全走过来!
从今以后,你们都隶属于国王恭太。"

467　勇敢的武士们都放下了手中之剑,
　　　无数勇士都跪在恭太王的面前,
　　　对这位勃艮第的国君效忠称臣。
　　　他们都以为,他是靠自己的力量获胜。

468　他对她恭敬地答谢:他的礼貌很周。
　　　于是那位高贵的女王握住他的右手,
　　　把她的全部国土都交给他治理;
　　　因此恭太的勇士们心中都十分欢喜。

469　高贵的女王随即邀请这位堂堂的骑士
　　　一同前往宫中:他当然欣然同意。
　　　勇士们都受到比以前更隆重的款待,
　　　旦克瓦特和哈根再没有什么感到不快。

470　勇猛的武士西格弗里却是十分精明,
　　　他先把隐身衣拿去藏好,颇为细心。
　　　然后,才回到那许多妇女的身旁,
　　　一点不露声色,一本正经地询问国王:

471　"陛下,你在这儿迟迟地等待何事?
　　　女王要和你比赛武艺,什么时候开始?
　　　到底是怎样的比法,好让我们瞻仰瞻仰。"
　　　这位聪明的男子,好像什么也不知道一样。

472　女王于是说道:"这是怎么回事?
　　　恭太王和我比武,已经取得胜利,
　　　西格弗里阁下,你怎么没有见到?"

勃艮第国的哈根当下向女王回道：

473　"女王，因为你把我们弄得昏聩糊涂；
　　　当莱茵的国王和你在那儿进行比武
　　　而赢了你的时光，西格弗里正在船上，
　　　因此他全不知道。"恭太的臣下这样讲。

474　勇士西格弗里于是说道："我真欢喜，
　　　啊，女王，你的骄傲现在终于完全扫地，
　　　世上也竟有这位凌驾于你的贤君。
　　　高贵的少女，如今你要随我们同往莱茵！"

475　美丽的女王答道："现在还不成，
　　　我必须先要告知我的勇士和族人。
　　　远离故国对于我并不是这样简易：
　　　我要先邀集亲友，然后才能离开此地。"

476　她于是派出使者骑马驰向全国各地：
　　　迅速地召集她的臣属、知友和亲戚。
　　　少不了带去华美的衣裳大加赏赠：
　　　请他们要尽速地前来伊森斯坦王城。

477　每天从早到晚都有一批一批的人群，
　　　陆续不断地赶到布伦希德的宫廷。
　　　哈根想道："这样下去恐怕有什么差错，
　　　我们老等着她的家臣，未知后果如何。

478　"我们不知道这位美丽的女王是何居心；
　　　她不会怀着恶意要送掉我们的性命？
　　　只怕他们愈来愈多，集中大批的兵马，
　　　这位高贵的少女，生来就是我们的冤家！"

479　勇猛的西格弗里说道:"我要阻挠他们;
　　　你们所忧虑的祸事,永远不会发生。
　　　我要领一队你们从未见过的杰出的武士
　　　到这儿来给你们增援,使你们太平无事。

480　"不要多问我!我立刻就动身前去;
　　　在此期间,愿天主保护你们的名誉!
　　　我很快就要回来,并且带来一千名
　　　世界上很难觅得的最最精锐的士兵。"

481　恭太王随即说道:"别多耽搁时光!
　　　这种援助,我们确实是衷心盼望。"
　　　西格弗里回道:"我很快就回到这里!
　　　请告诉女王,说我此去是奉你的旨意。"

第 八 歌

西格弗里前往尼贝龙根借兵

482　西格弗里匆匆地（身上披着隐身衣）
　　　赶到河滨的码头：有一只船停在那里。
　　　西盖琳德的王子隐起身体跳到船上；
　　　他立刻划起了船，好像顺风吹送一样。

483　看不到舵手；西格弗里鼓起蛮劲，
　　　驾着小船破浪前进：膂力真令人吃惊！
　　　人人都以为是一阵大风吹动小船前航：
　　　其实是美貌的西盖琳德的王子自己的力量。

484　他拚力操驶，只有一天一夜的工夫，
　　　他已经赶到一个十分强盛的国度；
　　　别人赶这段路程，也许要百日以上。
　　　它名叫尼贝龙根国，就是他藏宝的地方。

485　勇敢的英雄划到一处广阔的沙洲附近：
　　　这位勇士随即把船儿在那边系紧。
　　　他舍舟登山，山顶上有一座城堡，
　　　这位疲倦的旅人要在那里过宿一宵。

486 他于是走到门前，城门紧紧地关上，
　　正如现在一个忠实的守门人尽忠职守那样。
　　这位异国的武士在门上猛力地敲了一阵；
　　可是城门守卫得很严，因为有一位巨人

487 守在门后，他担负看守城堡的责任：
　　无论什么时候，他总随带武器在身。
　　他问道："谁在这里敲门，敲得这样凶暴？"
　　勇敢的西格弗里压低嗓子在门外答道：

488 "我是一位异国的武士，请你劳驾开门，
　　否则我要在门外更加厉害地乱敲一阵，
　　把你们那些好睡懒觉的家伙全部吵醒！"
　　守门人听到西格弗里的说话，大发雷霆。

489 勇猛的巨人急忙拿起他的武器，
　　戴上头盔：这位刚强不屈的勇士
　　匆匆地擎好盾牌，砰地把门拉开；
　　他是多么愤怒地向西格弗里冲了出来：

490 "他竟胆敢要吵醒我们里面的英雄？"
　　他一面说着，一面猛砍，奋勇前冲。
　　异国的武士小心招架；可是这位守门人
　　砍得太狠，盾牌上的金器被打得碎落纷纷。

491 他使的是一根铁棍：勇士见了非常惊心，
　　甚至害怕会不会在他的手下突然丧命，
　　因为那位守门的巨人砍得实是太狠。
　　可是西格弗里却衷心喜爱着他的忠诚。

492 他们打得那样勇猛，全城都感到震动；

厮杀之声一直传到尼贝龙根宫殿之中。
西格弗里最后打败了守门人,把他绑起:
这个新闻马上在尼贝龙根国中传遍各地。

493　在遥远的山后,勇猛的阿尔布里希,
　　那位强悍的侏儒,听到战斗的消息。
　　他立即武装披挂,赶到冲突的地方,
　　他看到巨人已经被高贵的远客捆绑。

494　阿尔布里希十分骁勇,而且膂力过人。
　　他作着武士的装扮,甲胄非常齐整,
　　挥着一根沉重的金鞭作为武器;
　　他随即冲了过来,奔向勇士西格弗里。

495　在金鞭的尖端垂着七个沉重的结节。
　　他就用这些结节向勇士迎面痛击,
　　把勇士左手里的盾牌打得片片粉碎。
　　高贵的远客感到时运不佳,生命垂危。

496　西格弗里随即把打碎了的盾牌抛掉,
　　同时又把他的长剑插进了剑鞘。
　　他不愿杀死他的守宝人,残害无辜:
　　他要原谅他的臣民,这是为君的义务。

497　他赤手空拳,跳到阿尔布里希的身旁,
　　拉住那位白发老人的胡须,紧紧不放,
　　他使劲地狂拖,拖得侏儒放声大叫。
　　年轻的勇士就这样给他一次沉痛的训导。

498　他听到勇敢的阿尔布里希狡黠地叫道:
　　"我从没有对任何武士发誓尽忠报效,

如果我要向人低头,做他人的部属,
那么我愿听你指挥,终生为你服务。"

499　他把阿尔布里希绑起,像绑巨人一样,
　　　西格弗里的巨力使他感到痛楚难当;
　　　侏儒又向他问道:"请教尊姓大名?"
　　　他回道:"我是西格弗里,谅你早已闻名?"

500　侏儒阿尔布里希说道:"我真十分荣幸!
　　　从你那勇士的行动可以得到证明,
　　　你有确实的资格到此地来当一国之主。
　　　放我一条生路!任何事我愿竭力相助。"

501　西格弗里于是说道:"赶快给我前去,
　　　把我们最优秀的武士带到此处,
　　　一千名尼贝龙根人,叫他们来见我!
　　　你只管放心,我决不会计较你的过错。"

502　他随即给阿尔布里希和那位巨人松绑,
　　　阿尔布里希急忙去到武士们的身旁。
　　　他小心翼翼地唤醒尼贝龙根的勇士:
　　　"各位武士们!赶快起来去见西格弗里!"

503　他们都急忙起床,很快地收拾妥当;
　　　一千名勇敢的骑士全都着起戎装。
　　　他们跟着他来到西格弗里的面前:
　　　他们都和勇士握手,而且亲切地寒暄。

504　他们在烛光之下给他献上芳醇:
　　　他对大家迅速的赶到,表示感谢万分。
　　　他说道:"你们要跟我一同渡海远行!"

他看到那些忠实的勇士无不欢呼应允。

505　顷刻之间,集合了三千名的兵士,
　　　西格弗里挑选了一千名最精锐的勇士。
　　　头盔和铠甲都给武士们准备齐整,
　　　因为他要领他们前往布伦希德的宫城。

506　他说道:"忠诚的骑士们,对你们说明,
　　　你们要穿上华丽的服装跟我前去宫廷,
　　　因为有许多妇女要在那儿和你们会见,
　　　所以你们要考究服饰:打扮得十分体面。"

507　他们就在翌日清晨开始动身远行:
　　　西格弗里率领了多么众多的大军!
　　　他们全带着华丽的衣裳和骏马:
　　　一路浩浩荡荡,来到布伦希德的国家。

508　许多美丽的侍女站在平台上眺望。
　　　女王布伦希德说道:"瞧那边海上,
　　　谁知道是什么人远远地航驶过来?
　　　瞧那些船上的布帆,真是比雪还白。"

509　莱茵的国王说道:"是我的随行人员!
　　　他们在半路上落在我们后面不远;
　　　我命他们前来,女王,他们现已到此。"
　　　这些堂堂的嘉宾受到人们深切的注意。

510　人们看到西格弗里穿着华丽的衣裳
　　　和其他的武士们一起站立在船头上。
　　　布伦希德问道:"国王,我要请问:
　　　这些武士,我是不是需要去迎接他们?"

511　国王回道:"走到宫殿前去亲切地欢迎;
　　　让他们知道,你见到他们,非常高兴。"
　　　女王听从恭太的意见前去迎接武士,
　　　她对于西格弗里,更显得恭维备至。

512　宾客们都往招待处居住,武器另行保存。
　　　由于国中突然来到了这许多的客人,
　　　因此每个地方都看到他们来往成群。
　　　勃艮第的勇士们,一个个都起了归心。

513　高贵的女王说道:"谁能给我效命,
　　　帮我把金银分赏给两国的嘉宾,
　　　我要对他感谢:因为我有很多的财宝。"
　　　吉塞尔海的家臣,旦克瓦特立即说道:

514　"高贵的女王,请交给我你的钥匙!
　　　(勇士这样说着)我要给你好好办理;
　　　若有什么差错,都由我负完全责任!"
　　　这位勇士表示出他是一个丝毫不苟的人。

515　当哈根的兄弟受命以后,打开宝库,
　　　从他的手里散出了多么丰富的赐物!
　　　要求一马克的人,他所受领的一份
　　　可以使最贫穷的人无忧无虑地度过一生。

516　他发出了无数的赏赐,大约百磅有余。
　　　殿前只见许多服饰华丽的人群穿梭来去,
　　　他们穿着从未穿过的漂亮的衣裳。
　　　女王听到这个消息,觉得愤怒而心伤。

517 她说道:"我的主君,我愿收回成命,
 你的侍臣给我分赏,全无顾惜之心,
 衣服分得一件不剩,黄金也已分光!
 谁能去加以拦阻,我将对他感谢非常。

518 "他这样大手大脚,好像他的心中在想
 我准备去见阎王,可是我还要活在世上,
 我父亲遗留的财宝,我还要留着生活。"
 这样慷慨的守库人,女王真觉得从未见过。

519 哈根上前说道:"女王,请听我讲,
 莱茵的国王有的是黄金和衣裳,
 他一点都不在乎,我们不想从此地
 带走布伦希德女王国中的任何东西。"

520 她说道:"不,我这样做是为了我自己!
 我想随身携带二十箱黄金和绢丝;
 将来我们一同回到勃艮第的时候,
 我也可以在那里大加赏赐,免得空手。"

521 她命人在箱子里装满高贵的宝石。
 这件事情,她全吩咐自己的侍臣办理:
 她对于吉塞尔海的家臣再也不敢信任。
 恭太和哈根在一旁看到,不由发出笑声。

522 女王问道:"我的国家应该托付与何人?
 这样一位代理必须由你我决定委任!"
 高贵的国王答道:"你认为谁最适宜,
 就请你召他前来,让他在这儿代理国事。"

523 她看到她的一位近亲站在她的身边,

那是她的舅父,她于是请他向前:
"我的城池和国土,现在都交给你治理,
一直到将来恭太王亲自执掌朝政之时。"

524 她于是挑选了二千名本国的士兵,
另外还带了尼贝龙根勇士一千名,
随她一同前去勃艮第,担任护驾。
他们整顿妥当,立即骑马向海边出发。

525 她又带了八十六名妇女作为御侍,
还有一百名少女,全都十分美丽。
他们不再耽搁,立即开始启程;
留在国内的人们,眼眶内都含满泪水。

526 她遵照君王的礼仪离开她的宫城,
她和她身旁的近亲接着告别的亲吻。
在郑重叮咛之后,他们随即渡海远航。
这位年轻的女王,以后再没有重返家乡。

527 在航海的途中,有各种音乐表演,
他们进行了种种的娱乐,以资消遣。
顺利的海风吹送着他们继续前进,
可是这次航行,日后却引起许多人伤心。

528 她在行旅之中,不想和国王结婚:
她的快乐只是想着沃尔姆斯那座王城,
想着宫廷的威严,想着豪华的婚礼。
她在喜悦之中,不久就和武士们抵达目的地。

第 九 歌

西格弗里受遣先回沃尔姆斯

529　他们在海上一共航行了整整九天,
　　　特罗尼的哈根说道:"现在请听我言!
　　　我们忘了派人先回莱茵河畔的沃尔姆斯,
　　　我们早就该派遣一名使者前往勃艮第。"

530　恭太王说道:"你说的话非常有理。
　　　我的朋友哈根,担当这个差使,
　　　没有谁比你更适宜。请你骑马一行!
　　　只有你最能胜任,为我回国报告详情。"

531　哈根当下回道:"这事我不能胜任,
　　　让我依旧留在船上,担任你的侍臣。
　　　我愿照顾那些妇女,为她们管理衣裳,
　　　一直到我们把她们带回勃艮第的时光。

532　"最好请西格弗里,叫他当一下使臣,
　　　他的膂力强大,这件事一定能够胜任。
　　　要是他不肯,那就用婉言怂恿,
　　　为了令妹克琳希德,他一定言听计从。"

533 国王于是传召那位勇士,他立即来前。
　　恭太说道:"现在我们离家已经不远,
　　所以我要派一名使者去见我的舍妹
　　和我的母亲,告诉她们我们快要赶回。

534 "因此,西格弗里殿下,我要麻烦你一次,
　　你若能为我效劳,我一定报答你的厚意。"
　　勇敢的西格弗里,对这件事却不肯接受,
　　于是恭太王另换一副态度向他殷殷地恳求。

535 他说道:"西格弗里,务请你去走一遭,
　　这不仅是为我,也是为我的舍妹效劳。
　　我的舍妹和我,都会对你感谢不置。"
　　西格弗里听罢这话,随即欣然表示同意。

536 "你只管吩咐下来,我可以坦白相告:
　　为了那位美丽的少女,我愿再替你效劳。
　　为了我心爱的人儿,我怎能置之不顾?
　　我决不拒绝你的请求,请你马上吩咐。"

537 "那么请你这样去告诉我的母后乌台,
　　说我们此番远行,已经安然归来。
　　再告诉我的弟兄们,说大功已经告成;
　　还要请你把这个消息传给我国内的友人。

538 "对我那美丽的妹妹,也要请你面告,
　　并且说我和布伦希德托你向她问好;
　　对我们的朝臣,也请你一一报知,
　　说我已经胜利归来,事事都称心如意。

539 "再请你转告奥特文,我那位贤侄,

叫他在沃尔姆斯的莱茵河畔兴建宫邸。
对我的其他亲戚，也要请你传言，
说我和布伦希德要举行一次盛大的喜筵。

540　　"最后请告诉舍妹：她若一接到消息，
听到我和我的宾客们回到沃尔姆斯，
请她出来殷勤地迎接我这位新人！
我将永远不会忘记她待我的这种厚恩。"

541　　勇士西格弗里于是按着骑士之礼，
向布伦希德和她的侍臣们殷殷告辞。
他骑了一匹马飞快地向莱茵启程。
像这样英勇的使者，世界上没有第二人。

542　　他带了二十四位武士抵达沃尔姆斯。
恭太没有同来；这消息传至各地，
所有听到的人们，无一不觉得伤心，
他们恐怕：他们的君王已经在海外丧命。

543　　使者们跳下了马鞍，一个个洋洋自得。
年轻的吉塞尔海和他的兄长盖尔诺特
急忙上前相迎。他看到恭太王陛下
没有和西格弗里同来，不由十分惊讶：

544　　"西格弗里阁下，欢迎你回到沃尔姆斯！
可是请问，我们的国王恭太现在哪里？
但愿强悍的布伦希德没有夺去我们的兄长！
否则，他对她的爱情反给我们带来了祸殃。"

545　　"请你们不要担心！我那位高贵的朋友
命我回来向你们和他的亲族专诚问候。

是他遣我回来，他十分健康而安宁，
　　　我就是他的使者，来报告平安的音讯。

546　"现在不宜多事耽搁，请你赶快做主，
　　　让我去和母后乌台以及令姊会晤。
　　　我要替恭太王和布伦希德前去送信，
　　　向她们问好。他们二人现在都很康宁。"

547　年轻的吉塞尔海说道："请你赶快前往；
　　　我的姐姐看到你去，一定心花怒放。
　　　她为了我们的兄长，正在担忧发闷。
　　　她看到你必当高兴，我可以向你保证！"

548　"她有用得着我的地方，"西格弗里说道：
　　　"不论何事，我都情愿忠诚地为她效劳。
　　　现在请哪一位先去通禀，带我进宫？"
　　　年轻的骑士吉塞尔海随即自告奋勇。

549　年轻的吉塞尔海进去见到他的母亲
　　　和他的姐姐克琳希德，于是对她们说明：
　　　"尼德兰的英雄已经骑马回到沃尔姆斯；
　　　是我的兄长恭太派他到莱茵报告消息。

550　"他给我们带来佳音，报告国王的安宁；
　　　请允许他进宫，让他来面告详情。
　　　他对于冰岛的正确的消息非常清楚。"
　　　高贵的妇女们这时正在那儿惶惶焦虑。

551　她们急忙去取出衣裳，穿戴整齐；
　　　勇士西格弗里受到邀请入宫的通知。
　　　他欣然从命，他多么渴望和公主见面！

高贵的克琳希德见到他,于是亲切地开言:

552 "西格弗里阁下,欢迎你,勇敢的骑士!
我的兄长恭太,高贵的国王现在哪里?
我害怕,他已在强悍的布伦希德手下丧身:
我生在这个世界上,真是可怜的苦命的人!"

553 勇敢的骑士说道:"请给我使者的酬赏!
你们两位美丽的贵人,用不着忧伤。
我离开时他很安好,我得对你们说明;
是他亲自派我前来,给你们两位送信。

554 "高贵的公主,是他本人和他的爱妻
殷勤而钟爱地命我回来向你致意。
因此请拭干泪痕:新人们就要光临。"
克琳希德的耳中久已没有听到这种佳音。

555 她于是用雪白的围巾揩拭她美丽的眼睛,
把眼角的泪珠拭尽,然后怀着欣慰之心
对那位前来报信的使者开始表示谢意。
她的沉重的哀愁和她的眼泪都全部消失。

556 她命使者就座:他十分高兴地从命。
可爱的公主说道:"我若是拿出全部黄金
奉给你作使者的酬赏,我也毫不吝惜,
可是你过于高贵,因此我愿以好意代替。"

557 勇士说道:"哪怕我领有三十国的土地,
可是我还愿意从你的手中接受赏赐。"
高贵的公主于是回道:"那么就这样。"
她于是吩咐她的侍女去给使者搬运犒赏。

558 她赠给他二十四只手镯作为报酬,
手镯上镶满宝石。勇士并不想收受,
因为他本是富裕的王子,他毫不犹豫,
立即把手镯分赏给宫中各位美丽的侍女。

559 母后乌台也对这位勇敢的骑士表示谢意。
高贵的西格弗里说道:"另外还有要事,
当恭太王回抵莱茵之时,他要烦劳你们,
你们若能照计而行,母后,他会永远感恩。

560 "请听他的愿望,他要你们以隆重的礼节
去迎接他的嘉宾;此外还要注意,
他要你们到沃尔姆斯城外的河滨去欢迎,
他希望你们能完全按照他的愿望而行。"

561 可爱的公主说道:"这是我分内之事;
只要能获他的欢心,我不违背他的心意。
我愿忠诚而亲爱地遵行他的命令。"
她因为满腔高兴,不由得两颊泛起红云。

562 任何国王的使者从未受到这种款待之恩;
要是她可以吻他,她早就和他亲吻。
他就这样依恋不舍地和公主告辞。
勃艮第人都按着西格弗里的吩咐行事。

563 辛多尔特、胡诺尔特和鲁摩尔特勇士,
他们都十分忙碌,没有片刻的休息;
他们在沃尔姆斯城外的河滨兴建住房;
王家的臣仆们全都勤勤恳恳,非常繁忙。

564　奥特文和盖莱,他们也不停地忙碌,
　　 他们派遣了各路使者去邀请国王的亲族,
　　 他们给各处发出通知,请大家参加喜宴。
　　 美丽的少女们全都准备新装,斗艳争妍。

565　所有的宫殿和墙壁为了迎接外宾,
　　 全都粉饰一新;恭太王的大厅,
　　 由于巧匠设计,陈设了华美的家具;
　　 这样就可以举行盛宴,使大家感到欢娱。

566　所有被邀请的三位国王的亲戚友朋,
　　 他们都络绎不绝,赶赴沃尔姆斯宫城,
　　 为了迅速到那里迎接新后和国王。
　　 大家都从衣箱里取出许多华贵的衣裳。

567　不久就听到通告,说布伦希德的贵宾
　　 已经乘马来到。无数喧喧嚷嚷的人群,
　　 在勃艮第国中掀起了一片动荡狂潮。
　　 两国的武士们,真是济济多士,十分热闹!

568　美丽的克琳希德说道:"众位侍女们,
　　 你们要想和我一同前去迎接我们的客人,
　　 快从你们的箱子里取出最好的衣裳,
　　 让我们争取光荣,并且获得客人的夸奖。"

569　武士们也迅速赶来,他们吩咐众人
　　 把华美的用黄金制造的马鞍收拾齐整
　　 以供妇女们骑坐,前往莱茵河边。
　　 像这样美丽的马具,世人真难得看见。

570　从那些马匹的身上放出多么耀目的金光!

缰辔上密密镶嵌着的宝石多么灿烂辉煌！
　　　他们又给妇女们取来黄金色的脚凳，
　　　放在光洁的地毯上。妇女们都觉得快乐万分。

571　如上所述，许多供妇女乘用的良马，
　　　已经给许多高贵的少女们牵到宫廷的阶下。
　　　马身上的胸带全是最上等的丝织品。
　　　像这种优美的东西，真令人一言难尽。

572　八十六名高贵的妇女走出了后宫，
　　　头上佩着美丽的饰物；她们仪态雍容，
　　　服装华丽，列队走到克琳希德的身旁。
　　　另外还有许多美丽的少女，全都盛服艳装，

573　她们是勃艮第的美女，共有五十四名，
　　　这些高贵的少女，在宫廷外无处可寻。
　　　她们在金黄色的头发上结着鲜明的丝带。
　　　她们小心行事，对于国王的吩咐不敢懈怠。

574　她们穿着华贵的衣裳前去迎接外宾，
　　　她们的衣裳是世间少有的高贵的丝织品，
　　　穿在身上，和她们的美貌十分相称。
　　　谁对于任何一位觉得厌恶，真是愚蠢的人。

575　也有许多披着银鼠和黑貂的衣裘。
　　　她们的素手和藕臂上都戴着镯头，
　　　手镯套在丝织物的上面非常显明。
　　　关于这些细节，任何人也赞美不尽。

576　她们又用巧夺天工的美丽的长带
　　　系在服装外面，增加了许多光彩；

　　　　她们披着用阿拉伯丝绸做成的外衣。
　　　　这些美丽的妇女,一个个都欢天喜地。

577　每一个美丽的少女都用别针扣紧上衣,
　　　　显得十分可爱。要是没有美丽的姿色
　　　　和她们的服装衬托,那当然要感到痛苦。
　　　　世界上没有一位公主拥有这些漂亮的侍女。

578　当这些可爱的妇女们装扮完毕之时,
　　　　走进来许多带领她们出外的武士:
　　　　他们成群结队,无一不意气昂昂,
　　　　他们的手里拿着盾牌和梣木的长枪。

第 十 歌

布伦希德被迎至沃尔姆斯

579 在莱茵河的彼岸①,大家看到国王恭太
   带着一大群宾客,向河岸边驶靠而来,
   岸上有许多少女,骑在马背之上。
   所有前去欢迎的人们,都已准备妥当。

580 当冰岛的客人以及西格弗里带来的勇士,
   那些尼贝龙根人乘船到了沃尔姆斯之时,
   他们急忙舍舟上陆,一点不敢缓慢,
   因为他们看到国王的亲友都已站在对岸②。

581 现在让我再叙一叙高贵的母后乌台,
   她带领了许多侍女一同走出城来,
   亲自到河岸边去欢迎。因此在那时
   许多少女和许多骑士都得以会晤相识。

582 方伯盖莱给克琳希德牵马,走出城门,
   然后西格弗里急忙上前给她拉住缰绳,

---

① 指莱茵河左岸,沃尔姆斯所在地。
② 抵达沃尔姆斯时,先在右岸码头上上岸,然后再由渡船渡到左岸。

他为她担任侍役。她还是年轻的少女，
可是不久她就报他的厚爱，做他的终生伴侣。

583　勇敢的奥特文傍着母后乌台骑马而前。
　　　许多骑士和少女一对对跟在他们后面。
　　　这样盛大的欢迎队伍，夹着这许多妇人，
　　　世界上真是千古罕见，任何人都不能否认。

584　在克琳希德的面前，一直到停船的地方，
　　　凛凛的武士们，在那儿愉快地喧嚷，
　　　彼此互相比武——他们真不敢偷闲！
　　　许多美貌妇女被扶着跳下了马鞍。

585　国王和许多贵宾现在已经渡河登岸：
　　　多少枪支在妇女们的面前折成两段①！
　　　在冲击时从盾牌上传出强烈的反击之声：
　　　哎！盾牌上精致的金扣的响声多么惊人！

586　一大群美丽的妇女都站在码头上欢迎，
　　　国王从船上走了下来，带来许多贵宾；
　　　他亲自搀着布伦希德的手走到岸上。
　　　华贵的宝石和衣裳发出互相辉映的光芒。

587　公主克琳希德殷勤有礼，步履从容，
　　　上前欢迎布伦希德以及她的侍从。
　　　当她们俩出于真心互相接吻的时光，
　　　她们都用雪白的素手把头饰推向一旁。

588　克琳希德露出高贵的风度对她说道：

---

① 为了娱悦妇女，进行马上比枪。

"你今天光临敝国,真是我们的荣耀,
我和我的母亲,以及我们的朝野人士
全都衷心欢迎!"两位少女重新欠身作礼。

589 她们两位亲切友爱,不知拥抱了几次!
两位贵妇人对这位新娘所表示的厚礼,
那种亲密的欢迎,真正是旷古未闻:
乌台和公主不停地吻着布伦希德的樱唇。

590 当布伦希德的侍女们全都上岸之时,
凛凛的武士们都表示出温柔的风姿,
搀住那些美貌的妇女的手一同前行。
这些高贵的侍女们都向布伦希德走近。

591 她们向女王致敬,化费了许多的时辰,
布伦希德对每一位少女都报以亲吻。
两位高贵的公主依旧紧傍着站在那里,
许多豪勇的骑士望着她们,心中无限欢喜。

592 许多人们从前都曾听到过这种传闻,
说世间没有比这两位少女更美的丽人,
如今他们亲眼窥探:觉得果然不虚。
这两位公主的美貌,并不是世人的诳语。

593 谁要是有品评妇女和审美的眼光,
一定会称赞布伦希德的美貌是世间无双;
可是,若是有经历较深的人细加审视,
他一定承认克琳希德比布伦希德还要美丽。

594 这时少女们和妇女们也彼此寒暄作礼:
只见许多的美人都打扮得整齐秀丽。

远远近近,在沃尔姆斯城外的各处地方,
　　到处都见到丝绸的天篷和华丽的棚帐。

595　国王的亲族们都拥了过来,团团围住。
　　布伦希德和克琳希德,以及那些侍女
　　都被带领到一处树荫下的清凉的地方,
　　这件任务当然由勃艮第的勇士们承当。

596　这时客人们也都跨上雕鞍驰骋而来;
　　在比武声中,只听到枪尖冲击着盾牌,
　　在原野里到处都看到飞起一片烟尘,
　　好像烧着野火。武士们的勇猛真正惊人。

597　美丽的少女们在一旁看得目瞪口呆。
　　西格弗里和他的勇士们倏去倏来,
　　在妇女们的帐前不知来回了几多次,
　　这位英雄率领着一千名尼贝龙根的勇士。

598　这时特罗尼的哈根赶到:他奉主上之命,
　　用亲切的语调请大家把比武之事暂停,
　　免得美貌的妇女们都在那儿吃灰。
　　客人们接受劝告,都乐意遵奉无违。

599　盖尔诺特说道:"请大家停住马蹄,
　　一直到阴凉的时候,我们要在那时
　　把美丽的妇女们送到宽广的宫殿之中。
　　等国王命令一下,大家再准备策马出动。"

600　于是在原野的各处,比武立即终止。
　　骑士们和妇女们都走进棚帐里,
　　共同消遣娱乐:他们等着更大的欢欣。

大家就这样消磨时间,只待出发的命令。

601 不久夜幕渐渐降临,太阳已经西沉,
    晚风送来凉气,于是大家准备动身,
    许多的男男女女,都向城堡出发前进,
    武士们对美貌的妇女们都流露出惜别之情。

602 于是,按着国中的习俗,许多勇士们
    都不顾衣服破损,飞一般地驰骋,
    一直驰到宫廷,恭太王下马的地方。
    骑士们都高兴地扶着妇女们尽力帮忙。

603 这时母后乌台和克琳希德公主
    也和恭太王的王后告别:她们带着侍女,
    大家一同回到她们的广大的后宫。
    到处都听到欢呼的声音,真是快乐无穷。

604 桌椅都已摆齐:国王已准备和各位宾客
    一同就座。那位绝色的布伦希德
    站在他的身旁,她已在恭太的国中
    戴起女王的冠冕:她的美艳十分出众。

605 据说,给武士们设下的筵席多得惊人,
    在富丽的宽大的筵席上摆满了海味山珍。
    只要是他们所想到的,无不应有尽有。
    在国王的身旁坐着许多高贵的宾客亲友。

606 主上的侍从们用纯金制成的洗手盆
    给宾客们献奉清水。不论何人,
    他要是说在国王的宴会中还有比这次
    更周到的招待,我决不相信真有其事。

607 当莱茵的国王正要按照习俗取水的时光,
　　勇士西格弗里很恭敬地来到他的身旁。
　　他向他提起,在他前往冰岛之前,
　　为了向布伦希德求婚而对他许下的誓言。

608 他说道:"请你想想!你曾对我握手起誓,
　　只要布伦希德女王一到了勃艮第,
　　你就把令妹许配与我。前言犹在!
　　我此次随你出征,饱尝许多痛苦和灾难。"

609 国王对客人说道:"你的话很有道理;
　　我立下的高贵的誓言从来没有忘记。
　　我要尽我的能力实践我的诺言。"
　　他于是命人去请克琳希德前来相见。

610 她带了她的侍女们立刻来到殿前;
　　可是吉塞尔海急忙走下金阶传言:
　　"请命令你的侍女们回到原来的地方!
　　只要姐姐一人,单独到这儿来见国王。"

611 这位美丽的公主于是被领到国王面前。
　　从各国而来的高贵的骑士们坐满了金殿,
　　真是济济一堂。那位布伦希德女王
　　已经开始就座:她因此单独站在国王身旁。

612 恭太说道:"凭你的贞德我向你恳请,
　　高贵的贤妹,我的誓言请你帮我履行!
　　我把你许配了这位勇士:你做他的妻子,
　　那么你就完成了为妹的义务而使我满意。"

613　高贵的少女回道:"我亲爱的长兄,
　　　你不要向我恳求,任何事我都顺从。
　　　只要你有什么命令,我总遵命而行:
　　　你给我选配的丈夫,我愿意和他成亲。"

614　西格弗里看得乐不可支,面色绯红:
　　　这位勇士誓愿为克琳希德公主效忠。
　　　于是众人围成一圈①,让他俩站在一起,
　　　并且问她,对这位杰出的勇士是否中意。

615　像普通少女一样,她颇觉得难以为情;
　　　可是西格弗里却交上了极大的红运,
　　　因为她并不拒绝他所提出的婚事。
　　　尼德兰的高贵的英雄也立下恩爱的盟誓。

616　他对她誓结同心,少女也对他立誓偕老,
　　　他们两人随即作了一次热情的拥抱,
　　　西格弗里伸出手拥住这位美貌的佳人:
　　　他当着众位武士的面前和高贵的公主接吻。

617　好事玉成之后,家臣们各自分离。
　　　西格弗里和克琳希德一同入座就席,
　　　坐在国王的对面。许多勇士侍候着他。
　　　尼贝龙根的武士们都走到他的座旁保驾。

618　恭太王和少女布伦希德也已一同就座,
　　　她看到克琳希德(她从没有这样难过)
　　　坐在西格弗里身旁:不由开始痛哭,
　　　在她那光亮的面颊上流着滚滚的泪珠。

---

① 当订婚或发誓时,众人在四周围成一圈,这是古代的习惯。

619　莱茵的国王说道:"夫人,是什么原因,
　　使你那光亮的眼睛蒙上一层忧郁的愁云?
　　你应当十分高兴:因为我的国家、
　　我的城堡和许多臣民都已在你统治之下。"

620　"我当然有哭泣的道理,"美丽的少女说道。
　　"为了你的令妹使我的心悲痛难熬。
　　我看见令妹和你的家臣坐在一起。
　　她这样降低身份,我总觉得伤心不已。"

621　恭太王当下说道:"请你现在不要声张。
　　过一天我再把这事的始末对你细说端详,
　　我要告诉你为何把舍妹许给这位勇士。
　　她和西格弗里也许能永远过着快乐的日子。"

622　她说道:"我总为她的美貌和人品惋惜。
　　你要不说出把她许配给西格弗里的道理,
　　我要远走高飞,逃到我爱去的地方,
　　我永远也不让你和我亲近,睡在我的身旁。"

623　高贵的国王于是说道:"现在请听我讲:
　　他自己也有城堡和广大的领土,和我一样。
　　他也是一位高贵的君王,你不用怀疑:
　　因此我才把这位美丽无双的少女配他为妻。"

624　不管国王怎样劝说,她总是十分悲切。
　　这时许多善良的骑士都纷纷离开宴席。
　　他们进行剧烈的比武:喧声震撼宫殿。
　　国王留在众位宾客之间,感到十分厌倦。

625　他想还是躺在美貌的王后身旁较为安静。
　　她的爱情一定会使他感到十分开心；
　　他的心头就这样充满了无限的希望。
　　他于是对着王后布伦希德亲切地注望。

626　宾客们接受请求，中止他们的竞技。
　　国王于是准备和他的王后同往寝室。
　　克琳希德和布伦希德在金阶之前
　　迎面会晤，她们二人彼此还没有成见。

627　她们的侍女跟着赶来。谁也不敢踌躇：
　　堂堂的侍从们擎起烛火为她们照路。
　　两位国王的武士们都分成了两队。
　　有许多武士跟着西格弗里一同告退。

628　两位君主都前往他们休息的卧房。
　　每一位君主都想凭借着爱情的力量
　　征服他的娇妻。他们都觉得十分幸福。
　　西格弗里的欢乐，当然是非常心满意足。

629　勇士西格弗里躺在克琳希德的身边，
　　他对这位少女的爱情真是无限缠绵，
　　她对于他，就好像是他自己的生命一样；
　　哪怕代以一千个妇人，他也不愿把她遗忘。

630　他怎样抚爱这位娇妻，我想不必多讲。
　　现在我要对你们叙述，那位恭太王怎样
　　躺在布伦希德的身旁；这位高雅的武士
　　要是躺在别的妇人身边，也许会非常舒适。

631　他的男女侍从都离开了国王的身旁：

寝宫的宫门不一会就被紧紧关上。
他想,他可以抚爱一下她可爱的躯体:
可是要她做他的妻子,还没有到这种时机。

632　她穿着白色的麻布睡衣躺上卧床。
　　　高贵的骑士想道:"我往日的一切梦想,
　　　我所渴望的一切,都已达到目的。"
　　　以她那样的美貌,当然可以使他欣喜不迭。

633　高贵的国王亲自去把灯火隐蔽在一旁,
　　　这位勇敢的武士然后走近少女的卧床。
　　　他躺在她的旁边:他真是欢喜万分,
　　　这位英雄随即伸手去拥抱他那位美人。

634　要是那位高贵的妇女听他为所欲为,
　　　那么他对她不知要怎样地宠爱抚慰。
　　　可是她却怒气横生:使他扫兴万分。
　　　他本想求得欢乐,却招来敌意的憎恨。

635　她说道:"高贵的骑士,请你休动脑筋:
　　　你心中所想的一切,不会使你称心。
　　　国王陛下,请你记住,你若不把真话说出,
　　　我就要永守处女之身。"恭太不由十分厌恶。

636　他向她纠缠不已,扯破了她的睡衣。
　　　那位威严的少女立刻把腰带拿在手里,
　　　她挥起那条围在腰部的坚韧的绣带:
　　　狠狠地打着国王,使他疼痛得难以忍耐。

637　她把他的手和脚都一起用绳索捆绑,
　　　然后带他到钉着铁钉的地方,把他吊在壁上。

她不许他妨碍睡眠，禁止他发声惊吵，
　　　由于她那样膂力过人，他几乎把性命送掉。

638　这位要当夫君的人于是开始对她哀求：
　　　"请你为我解开捆绑，我高贵的王后。
　　　我以后再也不敢冒犯你，美丽的女王，
　　　并且再也不想亲近你，躺在你的身旁。"

639　她只管在那儿安睡，对他睬也不睬。
　　　他只得在那里吊了一夜，直到白天到来，
　　　一直到窗外透进来早晨的太阳的光辉。
　　　他纵然有一些力气，这时也已经万分疲累。

640　"恭太陛下，"美丽的少女启齿相问，
　　　"要是你的侍从看见你被一位妇人
　　　捆缚在这里，你的心里可觉得悲哀？"
　　　高贵的骑士回答："这对你并没有什么光彩。

641　"对我也没有什么荣耀，"勇敢的武士继续说道，
　　　"请你发发善心，让我回到你那儿睡觉。
　　　你要是对于我的爱情真这样厌恶非常，
　　　从今以后，我的手决不再碰一碰你的衣裳。"

642　她听罢他的回答，于是给他解开捆绑；
　　　他回到王后那里，重新躺上卧床。
　　　他离得她很远，使他的手接触不到
　　　她美丽的衣衫；少女也不愿他来缠扰。

643　这时他们的侍从给他们送来了新衣：
　　　新人们服用的晨装，预备得整整齐齐。
　　　不管他人都兴高采烈，这位一国的君王，

他在白天里虽戴上王冠,却总是十分懊丧。

644　根据国中的习俗,他们应守的义务,
　　　恭太王和布伦希德,一点不稍事踌躇:
　　　他们一同前往教堂,参加大弥撒典礼。
　　　西格弗里也来到那里。熙熙攘攘,十分拥挤。

645　按照国王的威仪,所有必需的一切,
　　　不论王冠和衣服,都已经准备周齐。
　　　他们于是接受祝福。仪式完毕之后,
　　　只见他们四人戴起冠冕,真是天成佳偶。

646　为了崇敬国王,有六百余名候补骑士,
　　　在那天接受授爵,这决不是夸大之词。
　　　在勃艮第的国中涌现出一片欢腾;
　　　从受爵的骑士手中,听到枪柄的破裂之声。

647　美丽的少女们都坐在自己的窗户之旁,
　　　眺望无数的盾牌在眼前闪烁发光。
　　　这时国王独自一人,离开他的廷臣:
　　　不管他人在进行何事,他总是凄然发闷。

648　他和西格弗里,两人的心情迥不相同。
　　　那位高贵的骑士,也许懂得国王的苦衷。
　　　他于是走近了国王,他开始轻声问道:
　　　"昨夜里的经过如何,请你对我坦白相告!"

649　国王于是对贵宾说道:"我把这个妖妇
　　　带回到自己家中,饱受了奇耻大辱。
　　　我想对她表示爱情,她却将我捆绑!
　　　把我带到铁钉那边,高高地吊在壁上。

115

650 "我在那儿担心受怕,从夜晚吊到天明,
她才把我解开。她一夜却睡得多么安静!
我和你叨在知己,所以秘密地相告。"
勇猛的西格弗里说道:"这真使我气恼。

651 "我给你献一条妙计,你只管依计而行,
我包管叫她今夜在你身边睡得十分贴近,
我包管她再也不会拒绝接受你的恩爱。"
恭太受了许多痛苦,听了这话笑逐颜开。

652 西格弗里随又说道:"一切都要顺利进行。
昨夜我们两人,各有不同的处境。
我觉得令妹就像我的生命一样使我怜爱。
因此布伦希德在今夜也定要和你鱼水和谐。

653 "我要在今天晚上偷偷地走进你的卧房,
把我的隐身衣披在身上,使人无法提防,
这样就没有一个人能窥出我的妙计。
那时你可以命令你的侍从回归他们的寝室。

654 "我于是把侍童手里擎着的烛火吹灭:
你看到这个征象,就可以知悉
我已走近卧房。因为我的形体已看不到,
我可以帮你征服你的新妻,让你和她欢度良宵。"

655 国王于是说道:"只要你不是为了自己,
夺去我的爱妻,那么我都欣然同意。
一切听凭做主,杀了她也在所不顾;
我决不对你埋怨:她乃是一位可怕的妖妇。"

656 西格弗里说道:"凭着我的真心起誓,
　　我决不会爱上了她;我见过的女子,
　　只有你的妹妹,最最获得我的欢心。"
　　西格弗里的这番话语,恭太王十分相信。

657 那时骑士们的竞赛混杂着悲苦和欢喜。
　　突然间传下命令,禁止喧哗和比试;
　　因为妇女们要通过那儿,前往宫殿。
　　侍从们挥散拥塞的人群,叫他们让在路边。

658 所有的观众和马匹都离开了宫廷,
　　两位王后,各由一位主教率领,
　　她们应该在国王之先入座就位。
　　许多杰出的武士,也跟着就座奉陪。

659 国王抱着快慰的希望坐在王后的身边:
　　他的心里老是记挂着西格弗里的约言。
　　今天这一天,在他宛如三十天那样久长:
　　除了对布伦希德的热爱,他什么也不思量。

660 他真是急不可耐,好容易等到散席。
　　美丽的布伦希德和克琳希德都受到迎接,
　　请她们退出客殿,前往后宫安寝;
　　啊!多少勇敢的武士站在王后的面前相迎!

661 王子西格弗里在他的美丽的妻子身边,
　　安闲地坐在那儿,十分快乐,毫无憎厌。
　　她伸出雪白的素手抚摩着他的手,
　　他趁她不提防之时,从她的面前溜走。

662 她正在和他嬉戏,忽然不见了他,

王妃于是转过身来，向他的侍从问话：
"我真觉得奇怪，国王现往何处？
到底是何人把他的手从我的手里夺去？"

663　她没有继续多问。他这时正匆匆忙忙，
　　　走到那些侍从们擎着烛火站立的地方：
　　　他把侍童们手里的烛火全部吹灭；
　　　恭太王心中知道，这是西格弗里的法力。

664　他知道他的意图：他下令妇人和侍女
　　　各自回房休息。等大家都已退出，
　　　这位高贵的国王亲自把门一关，
　　　又急速地在门后插上两根坚牢的门闩。

665　他随即把烛火隐匿在床帷的后面。
　　　强力的西格弗里——这也是无可避免——
　　　和美丽的少女立刻展开了一场争扭：
　　　恭太王的心中真是说不出的半喜半忧。

666　西格弗里于是躺在那位王后的身旁。
　　　她说道："恭太，请你要自己识相，
　　　不要让你像昨天那样再饱尝忧患，
　　　否则我的双手又要对你不客气一番。"

667　他只得忍气吞声，一句话也不吐露。
　　　恭太王眼虽不见，耳朵却听得清楚，
　　　知道他们之间并没有什么暧昧的事情。
　　　他们二人躺在床上一点也没有得到安静。

668　他假装着高贵的国王恭太的样子；
　　　他伸开手臂去拥抱美丽的少女的身体。

她把他从床上扔下,扔到踏板之上,
他的头撞着一只足凳,发出轰隆的声响。

569　勇敢的汉子急忙鼓起力量重新跳起,
准备和她继续争斗;可是他正开始
要去征服她的时候,又吃了一下大亏。
妇人而能作这样的抗御,真是难能可贵。

670　他还不肯罢休,少女于是跳起身来:
"我这雪白的衬衣可不容你扯坏。
你太粗鲁无礼:我要叫你认识我,
让你再尝一点痛苦。"强悍的少女这样说。

671　她伸开手臂抱住这位高贵的勇士,
她要像对待国王一样也把他捆起,
好让她躺在床上,睡得舒舒服服。
她因他扯坏衣裳,采取多么严厉的报复!

672　他的刚强和力量现在有什么用场?
她对武士显示出她的体力比他更强。
她使劲把他带走,他也无法抗拒,
她带他到床边的壁橱之旁,拚命把他揿住。

673　"倒霉,"他想道,"要是今天我竟然丧生
在一位女子的手里,那么天下的妇人,
看到我的先例,她们从今以后,
都要对她们的丈夫发出放肆的狮吼。"

674　国王在一旁听到一切:他为勇士担心。
西格弗里满怀羞愧,不由怒气填膺;
他使出全身的力量对她勇猛反攻,

抱着负隅的斗志要和布伦希德一决雌雄。

675 国王等待西格弗里获胜,等得非常焦急。
她抓紧他的双手,由于她强大的气力,
使他的指甲下面鲜血飞迸;英雄十分痛苦。
他于是极力反抗,抗拒这位美貌的少女,

676 使她先前所显露的坚强的意志全部消沉。
国王听得清清楚楚,可是他默不作声。
他把她揿倒在床上,她不由大声喊叫:
勇士西格弗里的大力使新娘疼痛难熬!

677 她伸手去摸腰部,要解下那根带子,
想把他捆绑起来;他急忙加以抵制,
他几乎揿碎她的肢骨和她的全身。
这一场争斗于是结束:她成了恭太的夫人。

678 她说道:"高贵的国王,我向你求饶:
我所做的冒犯行为,我要好好地补报。
从今以后,我再不拒绝你的高贵的爱情:
我已经认识你,你有资格做小妇人的夫君。"

679 西格弗里放下那位少女,闪过一旁,
装着好像要去脱掉他身上的衣服模样。
他从她的手指上除下一只黄金的戒指,
那位高贵的美丽的王后却一点没有注意。

680 他又取去她的腰带,一根精致的绣带;
他是不是出于傲慢之心,这也煞费疑猜。
他把它给了妻子,日后惹起一场是非。
这时国王和美丽的少女正在交颈而睡。

681　他露着国王的身份,抚慰着他的娇妻:
　　　她在这时也只得把羞恶之心完全抛弃。
　　　在他的情欲之下,她的面色有点发青。
　　　哎!她那强大的力量竟被爱情消磨净尽!

682　她已失去力量,变成一位普通的妇女。
　　　他温柔地拥抱着她那美丽的娇躯;
　　　她要再图反抗,也只得徒唤奈何。
　　　这都是恭太王用他的爱情所造成的结果。

683　他躺在她的身旁,显得何等多情!
　　　真是说不尽的恩爱,一直等到天明。
　　　在这段时期,西格弗里早已远走高飞:
　　　自有他那位美貌的新妻把他迎入深闺。

684　他极力回避她想要提出的一切问题,
　　　他所带回的东西,也久久地秘不提起,
　　　直到他归国之后,他才把珍宝交给了她:
　　　结局使许多武士和他自己都因此血染黄沙。

685　在次日早晨,国王显得十分喜气洋洋,
　　　和第一天相比真如霄壤:于是全国地方,
　　　无数高贵的武士更觉得说不出的欢快。
　　　国王所请来的嘉宾,都受到隆重的款待。

686　这种快乐的气氛一共连续了十四天,
　　　每个人都为所欲为,想尽一切娱乐和消遣,
　　　在这一段时期以内,欢乐之声从未停止。
　　　国王在招待上所化的费用,真是不可胜计。

687 高贵的国王的亲友,奉着主上的命令,
　　　为了国王的光荣,拿出衣裳和黄金,
　　　还有白银和良马,送给许多异国的武士。
　　　那些欣然接受礼物的人们都快乐地告辞。

688 尼德兰的英雄,勇敢的西格弗里,
　　　以及他的一千名兵士,也慷慨好施,
　　　把他们带到莱茵来的衣裳、良马和雕鞍,
　　　全部分给众人:他们的气派真令人称赞。

689 在他们还没有把丰富的礼物送毕的时光,
　　　那些归心似箭的人们都觉得焦急非常。
　　　宾客们受到这种厚遇,真是史无前例。
　　　喜宴就这样结束:许多武士都策马告辞。

第十一歌

西格弗里携妇归国

690　当所有的客人们都告别辞去之后，
　　西格蒙特王的儿子对他的从者开口：
　　"我们也要赶快收拾，准备启程回国。"
　　他的妻子听到这个消息，觉得非常快乐。

691　她对她的夫君说道："我们预备何时启程？
　　可是这样过于急促，我却不很赞成：
　　首先要让我的弟兄们和我分配国土。"
　　听到克琳希德这话，西格弗里很不舒服。

692　国王们都来对他进言，三人异口同声：
　　"西格弗里殿下，我们对你永远忠诚，
　　我们对你立下的誓言，至死也不背弃。"
　　勇士见他们这样殷勤，深深地表示谢意。

693　年轻的吉塞尔海说道："我们非常愿意，
　　和你共同分配我们所有的城堡和土地，
　　不管是哪一块国土，只要是属于我们，
　　你和克琳希德都可以分去你们应得的全份。"

694　看到国王们的这番心意，并无半点虚假，西格蒙特王的儿子于是对国王们回话：
"愿天主永远降福给你们的世袭领地
以及其中居住的人民：至于我亲爱的妻子，

695 "她可以不必分受你们所要给她的一份；
她要是在我国内为后,能够这样营生，
她就比世界上的任何人都显得豪富。
你们其他有什么盼咐，我都愿为你们服务。"

696 克琳希德说道："你虽不希罕我的土地，
可是勃艮第的武士，却也不容轻视；
任何一位国王也许都乐意带走他们：
因此应该让我的弟兄们把武士和我均分。"

697 国王盖尔诺特说道："你愿带谁就带谁！
你将看到这里有许多人愿意随你同归。
三千名武士之中你可以带走一千名武士
做你的宫廷侍卫。"克琳希德于是派遣专使

698 去征求特罗尼的哈根和奥特文的意见，
问他们和他们的部下愿不愿听她的调遣。
哈根听到这话，不由得怒气横生，
他说："恭太不能把我们让给世上的任何人。

699 "请你率领别的从者们和你同行；
你应该认识清楚特罗尼一族的本性。
我们必须继续留在国王们的身旁，
而且永远为他们效忠，像过去一样。"

700 他们于是放弃这个念头，准备动身。
克琳希德带着她高贵的侍从一同启程，

她带了三十二名侍女和五百名武士；
　　方伯艾克瓦特也跟着克琳希德离开故里。

701　所有的侍女和妇人,仆从和骑士,
　　全都告别辞行:这也是当然的事理。
　　只见她们互相交换接吻,然后各自离分,
　　每一个人都高高兴兴地离开恭太王的都城。

702　她的亲友们陪送着她,一直送得很远。
　　在国王们的国境以内,不论任何地点,
　　都按照他们的希望为他们安排夜宿的地方。
　　他们立刻又派了几名专使去见西格蒙特父王,

703　叫他们去禀告父王以及母后西盖琳德,
　　说他们的王子已经带了美丽的克琳希德,
　　那位王后乌台的爱女,从沃尔姆斯回返故国。
　　他们听得这个消息,真是说不出的快乐。

704　西格蒙特说道:"我终于等到这一天,
　　看到克琳希德在此为后,我真幸福无边!
　　我所有的领地都因此增高了无上的价值:
　　我儿西格弗里,现在可以亲自来料理国事。"

705　王后西盖琳德拿出红色的天鹅绒的衣裳
　　以及无数的金银:这是她给使者的酬赏。
　　她和许多武士听到这个消息都非常欢喜,
　　她的侍女们全都开始急急忙忙地打扮装饰。

706　她也知道,和西格弗里同来的人是谁。
　　她于是立即叫人替王子安设座位,
　　让他在亲友的面前举行加冕典礼。

西格蒙特王的家臣们都乘马前去迎接。

707 他们把勇士们迎到西格蒙特王的国中，
任何人所受到的欢迎，从没有这样隆重。
母后西盖琳德带了许多美貌的妇人
亲自乘马迎接克琳希德；勇敢的骑士们

708 行了一日的路程，才遇到了贵宾。
本国人和异国人，历尽了许多艰辛，
最后才抵达到一座广大的都市，名叫桑顿，
就是后来西格弗里夫妇在那儿加冕的都城。

709 西盖琳德和西格蒙特笑得乐不可支，
他们向乌台的爱女和勇士西格弗里
接了无数的亲吻；他们再也不用担心。
克琳希德的家臣们也都受到热烈的欢迎。

710 宾客们被带领到西格蒙特王的殿前。
美貌的少女们也全部被带到那边，
由人们搀扶她们下马；有许多勇士
开始在那儿为美丽的妇女们奔忙不息。

711 他们在莱茵举行的婚礼虽是豪华非常，
可是在这儿勇士们却穿着更华贵的衣裳，
他们在一生之中从未穿得这样美丽。
说起他们的豪富真使人觉得万分惊奇。

712 他们就这样处在荣誉之中，得意洋洋。
他们的侍臣们也穿着绣金的衣裳，
衣服上镶着高贵的宝石而且绣着花边。
这都是高贵的王后西盖琳德赏赐的恩典。

713 西格蒙特王于是对他的亲友们说道:
"我所有的亲友们,今天我要向你们奉告,
西格弗里从今以后要戴上我的王冕。"
尼德兰的人们听到这个消息都感到欣然。

714 他于是把王冕、审判权和国土移交给他:
西格弗里登了王位,统治整个的国家。
他要判决谁,惩罚谁,完全听他的命令,
国人对于克琳希德的夫君都怀着敬畏之心。

715 他在这种高贵的荣誉之中度过许多春秋,
当他统治宇内到了第十二载的年头,
美丽的王后给他生下了一位太子,
对于国王的亲友们,正符合他们的心意。

716 他们立即给太子举行浸洗和命名典礼,
取他舅父的名字:恭太,让他以此自励。
他要是不辱没至亲,应该成为一位勇士。
他们细心地将他抚养;这是当然的事理。

717 就在这时母后西盖琳德忽然与世长辞:
一国中的高贵的妇人所应掌握的权力,
于是由高贵的乌台的爱女全部执掌。
国人们对于母后的死亡,无不感到悲伤。

718 另外,在莱茵河畔,勃艮第的国中,
美丽的布伦希德,据说也在后宫,
给高贵的恭太王生下了一位王子。
为了仰慕勇士,给他取名叫西格弗里。

719 他们对这位王子的抚养多么仔细周详!
恭太王特命太傅教给他一切的义方,
教给他将来成为伟人时必需懂得的道理。
哎!不幸的恶运不久却夺去他的许多亲戚!

720 在西格蒙特的国中,那些勇猛的武士,
他们怎样优哉游哉地度过快乐的日子,
关于这种新闻,时时都可以听到报道;
另外,恭太王和他的亲友们生活也很美好。

721 尼贝龙根的国家,希尔蚌的武士
以及两位王子的财宝,都归了西格弗里
(他的亲友之中,谁也比不上他的豪富)。
因此这位高贵的勇士越加觉得心满意足。

722 除了原先的主人,从来没有一位英雄
掌握过这许多财宝,现在都到了他的手中,
这是他在一座山前凭借腕力夺获的东西;
为了这些财宝,他曾经伤害了许多骑士。

723 他享有极高的荣誉,可是纵非如此,
谁也不能不承认这位高贵的勇士
在跨大马的骑士之中十分佼佼出众。
人们都有充分的理由,畏服他的骁勇。

第十二歌

恭太王邀宴西格弗里

724　王后布伦希德,她的心中总觉得怀疑:
　　　"为什么克琳希德露出那样骄傲的神气?
　　　她的丈夫西格弗里乃是我们的封臣:
　　　他已有很久时间没有上朝来侍奉至尊。"

725　她把这个秘密的思想藏在心里不说出口;
　　　她看到他们远居异国,觉得十分难受。
　　　从西格弗里的国中也没送来过贡品,
　　　这到底是怎么回事,她很想知道详情。

726　她于是去问国王,是否有这种机缘,
　　　让她和克琳希德,能够再彼此相见。
　　　她把她心中的秘密向国王和盘托出;
　　　可是国王听了她的问话,却有点不很舒服。

727　高贵的国王说道:"我们怎能去请他们
　　　来到我们的国中?这件事万不可能。
　　　他们的住处离我们很远①:我难以相邀。"

---

①　西格弗里已从桑顿选都于遥远的尼贝龙根国。

　　　　布伦希德于是摆出一副骄傲的态度说道：

728　"一个国王的家臣，不管他怎样高强，
　　　对于他主上的命令，他总不能违抗。"
　　　恭太王听到她这种说话，不禁笑出声来：
　　　他每次见到西格弗里，从未当作臣下看待。

729　她说道："我亲爱的国王，看着我的情义，
　　　请协助我，把你的妹妹和西格弗里
　　　邀请到我们的国中，让我们会见他们：
　　　若得如此，我的心里真要觉得高兴万分。

730　"你的妹妹温良贤淑，真是有教养的女子，
　　　当我和你结婚的时候，曾和她坐在一起，
　　　我一想起那时，就觉得说不出的开心！
　　　她和勇敢的西格弗里相配，真是十分荣幸。"

731　她纠缠了许多时光，国王只得应承：
　　　"的确，再没有比他们更受欢迎的客人。
　　　现在我答应你的请求：我要派遣使者
　　　去邀请他们两位，请他们动身到莱茵来。"

732　王后又问道："现在请你对我明言，
　　　你在什么时候派遣使者，在哪一天
　　　我们亲爱的朋友会抵达到这里。
　　　你要派遣何人前去，也要对我说个详细。"

733　国王说道："让我告诉你，我要派遣
　　　三十名家臣骑马而去。"他宣召他们来前：
　　　他命令他们到西格弗里的国中传递音讯。
　　　布伦希德拿出许多富丽的衣服给他们送行。

734　国王说道:"各位武士要去给我传达旨意,
　　　我所吩咐你们的话语,你们要畅说无遗,
　　　去向勇士西格弗里和我的妹妹传言,
　　　说世间没有别人像我这样对他们眷念。

735　"为我邀请他们,请他们两位来到莱茵:
　　　让我和布伦希德可以常常和他们相亲。
　　　在今年的夏至以前,请他们来到这里,
　　　他和他的武士将看到我们对他所表的敬意。

736　"同时也向西格蒙特王传达我的问候,
　　　我和我的亲友们常常把他挂在心头,
　　　还要邀请我的妹妹,请她切勿迟延,
　　　快点骑马来会见亲人:难得有这样盛宴。"

737　布伦希德、乌台以及其他的妇人,
　　　也嘱托使者们到西格弗里的国中慰问
　　　那些可爱的妇人以及许多勇敢的武士。
　　　根据国王的愿望,使者们立刻动身告辞。

738　一切都准备妥当;他们的衣裳和鞍马
　　　都已经齐全:他们于是启程出发。
　　　他们赶往目的地,一路行色匆匆。
　　　国王又派了一些卫队给使者们担任护送。

739　他们乘马疾驰,走了三星期的路程,
　　　终于到了目的地,抵达尼贝龙根城。
　　　在挪威的国境里,他们见到西格弗里:
　　　由于长途的旅行,人马都已经力竭精疲。

740　西格弗里和克琳希德立刻获得报知，
　　　告诉他们外面来了一群异国的骑士，
　　　他们穿着勃艮第国人服用的衣裳。
　　　克琳希德急忙跳下了她正躺着休息的卧床。

741　她命一位侍女走到一处窗前去探看：
　　　那位侍女看到勇敢的盖莱站在宫前，
　　　除了他，还有许多被派来的随从。
　　　这个可喜的消息，正好治愈她怀乡的病痛。

742　她对国王说道："你可曾看到那些武士？
　　　他们在宫院里走动，和勇敢的盖莱在一起，
　　　是我的兄长恭太派遣他们离开莱茵。"
　　　勇猛的西格弗里于是说道："让我们去欢迎。"

743　所有的家臣们都向使者们的面前走去。
　　　每一个都尽可能地使用最恳挚的话语
　　　对那些高贵的使臣们表示欢迎之意。
　　　老王西格蒙特听到他们光临也十分欢喜。

744　盖莱和他的随从，都给安排下榻之地，
　　　马匹也被牵去保管。然后这些来使
　　　就被带到西格弗里和克琳希德的面前。
　　　他们当然高兴接见他们，毫无憎恨之念。

745　主人和他的妻子，立即站起身来。
　　　他们热诚地欢迎从勃艮第来的盖莱
　　　以及那些一同前来的恭太王的臣下。
　　　他们又令人安设坐椅，请方伯盖莱坐下。

746　"在我们就座之前，先让我们禀明来意；

我们这些疲倦的旅客,让我们稍立片时,
　　恭太王和布伦希德交给我们一项使命,
　　我们要向你们禀告:他们两位都很康宁。

747　"母后乌台也嘱咐我们到这里来传话,
　　年轻的吉塞尔海以及盖尔诺特殿下,
　　还有你们的近亲,他们都吩咐我们
　　给国王和王后带上勃艮第人的忠诚的慰问。"

748　西格弗里说道:"但愿天主报答他们,
　　我像对待朋友一样相信他们的厚爱和忠诚。
　　他们的姐妹也是这样;现在请继续告知,
　　我们亲爱的亲友们在家里是否都称心如意?

749　"自从我们分别以后,有没有人来欺负
　　我妻子的兄弟们?请对我说个清楚。
　　我愿永远竭尽我的忠诚帮助他们,
　　直到他们的敌人对我的援助懊丧万分。"

750　善良的武士,方伯盖莱于是回言说道:
　　"他们的一切起居,处处都迪吉安好。
　　他们要举行一次盛宴,请你前往莱茵;
　　他们很想和你相见,请你不要疑心。

751　"他们也请你的夫人和你一同前往。
　　等到这个冬天已经宣告结束的时光,
　　就在今年夏至以前,他们要见到你们。"
　　勇敢的西格弗里说道:"这件事倒为难得很。"

752　勃艮第的盖莱于是又接下去说道:
　　"你们的母后乌台曾叮嘱我前来转告,

133

还有盖尔诺特和吉塞尔海都求你们应允。
你们住得这样遥远,他们每日悲叹不停。

753 "我的王后布伦希德和她的侍女们,
知道这次盛宴的消息,都欣喜万分,
有一天她们能和你们再见,一定非常乐意。"
美丽的克琳希德听到这话,当然觉得欢喜。

754 盖莱是她的亲戚:主人请他入席;
又命人给宾客斟酒,转瞬斟献完毕。
西格蒙特也来参加:他一看到来使,
这位老王就对勃艮第人亲切地致词:

755 "欢迎你们,从恭太王国中来到的武士。
自从我儿西格弗里娶克琳希德为妻,
要是你们真的对我们表示十分友爱,
那么我们应该常常看到你们到敝国来。"

756 他们回道,他若愿意,他们将常常来访。
他们旅途的疲劳已经被欢乐一扫而光。
使者们被邀请就座;随即陈上佳肴:
西格弗里对宾客们的招待,十分殷勤周到。

757 他们在那儿耽搁了整整九天。
最后这些勇敢的骑士们都发出怨言,
他们恐怕再逗留下去,不会让他们回家。
国王西格弗里于是召集他的亲友们谈话。

758 他和他们商议,是否能前往莱茵:
"是我的姻兄恭太派使臣到这儿邀请,
他和他的弟兄们邀请我去参加欢宴;

要是他的国家离此不远，我倒非常情愿。

759 "他们也邀请克琳希德和我一同前往。
亲爱的朋友，请告诉我，我们应该怎样？
要是为了他们率领人马走过三十个国家，
西格弗里也情愿给他们尽力，毫无还价。"

760 他的武士于是说道："既然你情愿
前去赴宴，那么请听我们的鄙见：
你应该率领一千名武士随你同去莱茵：
那么你就不会在勃艮第丧失了你的荣名。"

761 尼德兰的老王西格蒙特也插嘴说道：
"你们要前去赴宴，为什么不给我禀告？
如果你们并不嫌弃，我也要一同前往：
我带领一百名武士，增加你们的武装力量。"

762 "你如果愿意同行，我亲爱的父亲，"
勇敢的西格弗里说道，"我感到非常高兴。
在十二天以内我就要辞别故乡。"
和他同去的人们，都给预备了马匹和衣裳。

763 高贵的国王对于这次旅行既然下了决心，
他就让那些迅捷的使者们先回国报禀。
他叫他们回到莱茵告诉他妻子的兄弟，
说他对于这次招宴，心中感到非常乐意。

764 西格弗里和克琳希德，根据大家传闻，
给那些使者们赐予了很多的赏赠，
使马匹都感到难驮：因为他是富裕的国王。
使者们于是策马回国，每个人都快乐洋洋。

765 西格弗里和西格蒙特给众人预备衣裳。
方伯艾克瓦特也立刻在各处奔忙,
他在西格弗里的全国以内到处征求,
只要是最上等的妇女服装,都出重价收购。

766 马鞍和军盾也都已准备得齐齐整整。
那些要和国王一同出门的骑士和妇人,
都得到充分的装备;大家都感到称心。
他就率领了这许多武士去拜访他的贵亲。

767 那些使者们向归国的路上迅速奔驰。
勇敢的骑士盖莱不久就回到勃艮第,
受到盛大的欢迎;他们不敢怠慢,
在恭太王的大殿之前,纷纷地跳下马鞍。

768 老老少少,都像旧例一样蜂拥上前,
大家争问消息。善良的骑士于是开言:
"我要是禀告了国王,你们就知道端详。"
他立刻和他的同伴们前往恭太王的身旁。

769 国王从座位上跳起身来,觉得非常高兴;
美丽的布伦希德听到客人不久就要光临,
也对使者表示谢意。国王随即向使者问道:
"那位对我竭尽忠爱的西格弗里一向可好?"

770 勇敢的盖莱说道:"他和你的妹妹
都欢喜得红光满面。世界上没有哪一位
像西格弗里和他的父王那样高谊隆情,
给他的亲友们传送这样万分恳切的问候。"

771 高贵的国王的夫人于是向方伯问话:
"现在我问你,克琳希德是否也来参加?
她那美丽的躯体是否还保持以往的丰姿?"
他说道:"他们两人同来,还带来许多勇士。"

772 母后乌台也把使者宣召到自己的面前。
她要询问些什么,用不着等她开言,
就可以让人猜到:"克琳希德近况可好?"
他于是立即回报,说她在短期内就要回朝。

773 西格弗里赠给使者的礼物:黄金和衣裳,
使者们也在宫廷里全部说出,毫无隐藏。
三位国王的家臣都看到了那些赏赐,
他们对西格弗里的厚爱,无不赞誉备至。

774 哈根在一旁说道:"他落得可以慷慨大方:
他就是永远不死,财产也消耗不光。
尼贝龙根的宝物都到了他的手里:
哎!但愿有一天把这些财宝运到勃艮第!"

775 宫廷里的武士,知道西格弗里将要启程,
大家都非常高兴。恭太王的家臣们,
从早到晚,一个个全都忙碌不息。
他们在城外为嘉宾安排了许多华丽的座席。

776 刚勇的胡诺尔特和武士辛多尔特
都忙得不可开交:因为他们的职责
是膳务总管和酌酒侍臣,要预备许多坐椅;
奥特文也来帮忙;恭太王对他们表示谢意。

777 御膳冢宰鲁摩尔特,也在那时尽力张罗,

指挥他的下属,预备了许多大锅、
深锅和平锅;哎!他们真是忙个不停!
他们正在那儿预备许多盛馔迎接他们的嘉宾。

第 十 三 歌

西格弗里夫妇前往赴宴

778 关于他们的辛勤忙碌,我们毋庸多叙,
 现在单讲克琳希德王后怎样带着侍女
 离开尼贝龙根国土直向莱茵启程。
 许多马匹驮着美丽的衣裳,真是闻所未闻。

779 他们为这次旅行准备了许多箱笼行李。
 勇士西格弗里带领了他的亲友武士
 以及他的王后,一路上好不开心;
 这次远行,后来却给他们带来极大的不幸。

780 他们把西格弗里和克琳希德的王子
 留在家中没有带去;这是理应如此。
 他们这次出门给他造成了许多烦恼:
 这位王子以后就再也没见到父母的面貌。

781 高贵的老王西格蒙特也跟着他们同往。
 他要是知道这次宴会后来引起的下场,
 他也不会前去亲自体验那种遭遇:
 他在亲人的身上,从未见到过那种悲剧。

782 他们派遣了使者预先前去通知。
乌台的许多亲戚和恭太王的武士
排成了壮丽的行列骑马出外欢迎。
主人表现出极大的热情迎接他的贵宾。

783 他去到布伦希德的面前,见她坐在那里:
"从前你来我国,我妹妹对你怎样迎接?
我希望你也同样去欢迎西格弗里的王后。"
她说道:"当然前去,我们本来是情谊相投。"

784 高贵的国王于是说道:"他们明早就到;
你要前去欢迎,那就要赶快趁早,
不要让我们在城里等待他们光临:
我们难得会见像他们那样亲爱的贵宾。"

785 她于是立刻命令她的侍女和妇人,
叫她们把最上等的衣服全部收拾齐整,
让她的侍从们在客人面前穿得焕然一新。
众人都乐于遵命:这也是无须说明的事情。

786 恭太王的家臣也都急急地赶去欢迎:
国王召集他的全部武士随他同行。
王后也露出高贵的仪容乘马前往。
他们迎接亲爱的贵宾,大家都喜气洋洋。

787 他们怀着多大的喜悦迎接他们的宾客!
他们认为,从前克琳希德欢迎布伦希德
来到勃艮第时也没有这样的隆重。
看到这种场面的人,无一不快乐融融。

788 这时西格弗里也已带领他的人马来临。

只见这位英雄率领了无数的军兵
在原野里到处奔来奔去,纵横驰骋。
所有在场的人们,都躲不了拥挤和沙尘。

789　当勃艮第的主君看到了西格弗里
和老王西格蒙特之时,他立即亲切地致词:
"我和我的全部亲友都向你们热烈欢迎;
对于你们的访问,我们都觉得非常高兴。"

790　爱好面子的西格蒙特说道:"愿天主保佑,
自从我的儿子西格弗里和你们结亲以后,
我无时无刻不想到贵国来拜望你们。"
恭太说道:"现在天从人愿,我真快乐万分。"

791　西格弗里受到大家极其隆重的欢迎,
这也是本应如此;没有人对他抱着怨心。
盖尔诺特和吉塞尔海也对他礼遇备至;
宾客们受到这种恳切的欢迎,真是罕有前例。

792　这时两位王后也已经互相会晤。
只见马鞍全空,许多美丽的妇女
都由勇士们搀扶着跳到草地之上:
愿意为妇人效劳的人,总是不惮烦忙。

793　克琳希德和布伦希德互相问安答礼。
许多骑士们都感到无上的欣喜,
因为她们的寒暄是那样的和蔼可亲。
另外还有许多武士们为妇人们奔走不停。

794　华丽的侍从们都互相携手同行;
不论何处,都看到妇女们相聚成群,

彼此温文地欠身作礼而且亲热地接吻。
恭太和西格弗里的家臣都看得高兴万分。

795　他们不再迟延,随即向都城骑马前进。
国王吩咐他的国人都要热烈欢迎,
让宾客们看到勃艮第人的情绪是多么高涨。
许多美妙的武艺给少女们看得心花怒放。

796　特罗尼的哈根,还有那位奥特文,
他们在尽力显露自己的权力高人一等。
他们发出的命令,谁也不敢不依:
高贵的宾客感到他们的接待真是无微不至。

797　在城门之前,只听到奔腾冲击的声音
和盾牌的鸣响。主人和他的贵宾
停马看了许久,然后大家一同入城。
他们在许多娱乐之中消遣了飞速的时辰。

798　然后他们快乐地骑马来到客殿之前。
到处都看到富丽堂皇的精致的披毡
在妇人们的马鞍上美妙地垂挂;
恭太王的家臣们这时都走了过来接驾:

799　他们把宾客们都带到了下榻的地方。
这时,布伦希德的眼睛总是不断地注望,
她看着克琳希德夫人:她真是绝代美女:
她那高贵的肤色比黄金的光辉还胜过几许。

800　在沃尔姆斯城中,到处都听到喧哗的声音,
从臣们欢乐不倦。恭太王发下命令,
叫马匹总管旦克瓦特对他们好生照顾:

他于是安排好舒服的营舍让宾客们居住。

801 膳食全部供应，不论在城内或是城外，
异国的宾客从没有受到过这样的款待：
只要他们想到什么，都可以得到供给，
因为国王十分富有，对任何人都不加拒绝。

802 大家都给他们亲切地服务，毫无嫌隙。
国王和他的宾客们一同就座入席；
西格弗里依旧保持他从前的席位。
许多服装华丽的武士在他的后面跟随。

803 一千二百名武士围着他坐在桌旁。
王后布伦希德，她的心中暗自思量，
从没有一位家臣像他这样昌大。
但是她对他尚怀好意，并不想干涉于他。

804 就在国王大摆筵席的那一天晚上，
酌酒的侍臣在各个筵席间来去繁忙，
许多高贵的衣裳都被美酒沾湿。
那种周到的招待，真正是尽心尽意。

805 按照当时宫廷中存在的宴会旧习，
妇人和少女们都被带领到住处去休息。
不管是哪里的客人，主人都十分关心；
大家对他们都很尊重，一切都全部供应。

806 等到黑夜消退，白昼的曙光照来，
妇女们都亲手把她们的衣箱打开，
只见在美丽的衣裳上闪烁着宝石的光芒。
她们随即都从箱笼里取出许多华贵的服装。

807 天色还没有大亮,在大殿之前
    就来了许多骑士和侍从:掀起闹声一片,
    这时为国王举行的早晨唱经弥撒还未开始。
    对于少年骑士的骑击比试,国王全表示谢意。

808 随即听到人们高高地奏起许多长号,
    喇叭声和笛声响成一片,声震云霄,
    嘹亮的回声传遍了广大的沃尔姆斯城。
    勇敢的英雄们骑在马背上到处纵横驰骋。

809 于是在这个国中,许多勇猛的骑士
    进行了骑击比武:在年轻人的心里,
    充满了激昂的情绪,真是热烈非常。
    许多堂堂的骑士都擎着盾牌互相较量。

810 许多美貌的侍女以及漂亮的妇人,
    她们都坐在窗前,打扮得美丽万分。
    她们观看许多勇敢的武士表演武艺:
    主人自己也和他的族人一同乘马奔驰。

811 他们就这样进行消遣,消磨了许多时辰。
    不久,从教堂里传来一阵阵的钟声。
    马匹被牵了过来,妇人们都跨上马背;
    许多勇敢的武士在高贵的王后后面跟随。

812 她们在教堂前的草地上跳下马来。
    布伦希德对她的客人们还没有什么嫌猜。
    她们戴着冠冕走进宽大的教堂里面;
    这种亲密的友情不久就化为凄凉的仇怨。

813　唱经弥撒告终之后,她们依旧保持尊敬,
　　　一同乘马回宫。她们依旧高高兴兴,
　　　参加国王的盛宴。一直到第十一天,
　　　她们这种宴饮的欢乐才发生了巨大的转变。

第十四歌

两位王后的争吵

814 有一天在晚祷之前，听到一阵喧嚣，
   那是许多武士们在宫院里竞技喊叫：
   他们在进行比武，借此消磨时间。
   许多的男男女女，都急忙奔过去观看。

815 两位高贵的王后，她们坐在一起，
   互相谈论着天下无匹的两位勇士。
   美丽的克琳希德说道："我有一位丈夫，
   凭他的本事可以统治这许多国家的国土。"

816 布伦希德对她说道："这怎么可能？
   除非世界上只有你和他两个人生存，
   也许所有的国家，才能听他的命令；
   只要恭太存在一天，永不会有这种事情。"

817 克琳希德继续说道："你瞧瞧他的风姿，
   他真是一表人材，胜过一切的武士，
   就像是皎洁的明月出现在众星之中！
   因此我的心里总感觉到十分快乐融融。"

818　布伦希德又说道:"不管你的丈夫
　　　是多么英俊美丽,他还得退让一步,
　　　不能胜过你高贵的兄长,恭太武士:
　　　他是王中之王,这句话决不是言过其实。"

819　克琳希德又说道:"我的丈夫盖世无双,
　　　我这句话有相当理由,决不是存心夸奖。
　　　有许多地方,他都值得受人尊敬。
　　　他和恭太不分高低!布伦希德,你可相信?"

820　"克琳希德,听我说,你可不要生气;
　　　我所说的话语,也不是没有道理。
　　　我初次见到他们,他们两位都曾说过,
　　　后来由于国王的愿望,在比武中打败了我,

821　"他凭着骑士的本领,获得了我的许婚,
　　　那时西格弗里自己也说他是国王的家臣:
　　　因此我当他是我的臣下,这是他亲口所讲。"
　　　美丽的克琳希德随即说道:"这真令人心伤。

822　"我高贵的兄长怎么会做出这种莽事,
　　　他怎么竟说把我许配给他的下属做妻子?
　　　布伦希德,我向你亲切地恳请,
　　　请你客客气气,以后别再谈论这种事情。"

823　国王的妻子答道:"我可办不到这事:
　　　我怎么能轻易放弃这许多武士,
　　　他们和西格弗里都该是我们的家臣①。"

---

① 布伦希德不肯承认西格弗里是独立的国王,而把他当作是附庸的藩臣,因为这样,西格弗里的骑士也就间接附庸于恭太王。

美貌的克琳希德听罢此言开始觉得气愤。

824 "你必须放弃这种念头,他在今世
决不会臣服于你。因为这位武士
比我那位高贵的兄长恭太还要高贵。
你刚才所说的话语,望你别再向我多嘴。

825 "而且我也要觉得奇怪,他既是你的臣下,
既然你对我们两人有权力加以管辖,
为什么许久以来他没有向你朝贡;
我现在再也不要看你那一副骄傲的尊容。"

826 布伦希德说道:"你的大话说得太过分,
好吧,从今以后,我倒要看看别人
对待你是不是像对待我一样的尊敬。"
就这样,这两位妇人都显得怒气难平。

827 克琳希德又说道:"事实将不容你否认:
你既然把我的丈夫称作你的家臣,
那么今天就让两位国王的武士观望,
看我是不是在王后之前先一步走进教堂。

828 "我要让你看到,我是高贵而自由的人,
而且我的丈夫也比你的丈夫高出一等。
我说出的话语,决不会让你笑骂:
你在今天还可以看到,你的这位臣下

829 "将在勃艮第的勇士之前先进入宫廷。
我将要受到人们高度的拥戴和尊敬,
超过任何一位在这儿戴过冠冕的王后。"
在这两位妇人之间,结下了海样的深仇。

148

830　布伦希德又说道："你若不是臣下的身份，
　　　那么前往教堂的时候，你和你的侍女们
　　　应该不要和我的家臣们走在一起。"
　　　克琳希德说道："当然，我们一定如此。"

831　"侍女们，穿好衣裳，"克琳希德传下吩咐，
　　　"在这种地方，我决不能受到任何侮辱。
　　　你们有华贵的衣服，今天全都穿起：
　　　我要让布伦希德收回她亲口说出的言词。"

832　她们当然乐从；大家都拿出华贵的新衣。
　　　许多妇人和侍女顷刻间打扮得十分美丽。
　　　高贵的国王的夫人于是带着家臣们走去；
　　　克琳希德以及她带到莱茵来的四十三名侍女

833　都根据自己的愿望穿得焕然一新。
　　　衣服的料子都是透明的阿拉伯丝织品。
　　　这些艳服的少女就这样向教堂启程。
　　　西格弗里的家臣，已经在门外恭候她们。

834　人们都感到惊奇，为什么两位王后，
　　　不像先前那样地靠在一起行走，
　　　她们分道而往，不知是何缘故。
　　　许多武士后来就因此饱尝到忧愁和痛苦。

835　恭太王的妻子已经站在教堂的门前。
　　　许多骑士们都挤在她们的旁边
　　　对那些美丽的妇人们贪婪地注视。
　　　高贵的克琳希德带了一群美女也来到那里。

836 任何一位高贵的骑士之女所穿的服装，
和她的侍女们相比，都显得暗淡无光。
她是这样的富裕，即使有三十位王后
一齐和她斗富，她也决不会输她们一筹。

837 任何人也不敢说，哪怕他有这种愿望，
说他曾经看到有人穿过一种服装
比她的侍女们所穿的衣服还要富丽。
只为气气布伦希德，她才摆出这种阔气。

838 这时两位王后都来到了教堂的门前。
国王的主妇，出于一种猜忌的私怨，
恶声地命令克琳希德立停在那里：
"家臣的妻子没有抢在王后之前的道理。"

839 美丽的克琳希德，但见她余怒未休：
"你最好还是站在那里少开你的尊口。
你自己辱没了你那美丽的身体；
人家的姘妇怎么能做起国王的妻子？"

840 国王的妻子说道："你说谁是姘妇？"
"就是你，"克琳希德回答："是我的丈夫，
我的西格弗里，第一个做了你的情人；
我的哥哥恭太，并不是他破了你的童身。

841 "你有什么人格？这真是一种狡智：
他既是你的臣下，你为何让他爱你？
你的悲叹，"克琳希德说，"一点没有理由。"
"我一定，"布伦希德说，"要告诉你的哥哥。"

842 "我有什么惧怕？你完全被骄气所蒙蔽。

你和我谈话,简直把我当作你的侍婢。
你应当知道,你的话真正使我气恼:
我们就此一刀两断,我以后再不跟你和好。"

843 布伦希德开始哭泣;克琳希德更不迟延,
带了她的侍女们,抢在王后之前
走进了教堂。深重的仇恨由此而生;
明亮的眼睛就为了此事而变得模糊湿润。

844 不管人们在那儿祈祷天主和唱经,
布伦希德却觉得时间太慢,焦急不宁,
因为她的心神不定,忧闷非常:
日后,有分教许多勇敢的武士为她补偿。

845 布伦希德和侍女们走到教堂门前站下。
她想:"我一定要向克琳希德继续问话,
这尖嘴的女人为什么高声责骂于我:
要是她夸过大口,我一定跟她拚个死活!"

846 这时高贵的克琳希德带领着武士们出来。
布伦希德对她说道:"请你不要走开。
你骂我是人家的姘妇,你要拿出证明;
你知道,你说的这种话,使我多么伤心。"

847 美丽的克琳希德说道:"你为何挡我去路?
我手上戴的这只金戒指,就是你的证据。
这是西格弗里和你同床后带给我的东西。"
布伦希德从没有经历过这种痛苦的日子。

848 她说道:"这高贵的金戒指是我失窃的东西,
被你藏匿了多年,我一点没有在意:

到底是谁偷去,我现在要追究分清。"
这两位妇人,彼此都抱着愤激的心情。

849 克琳希德又说道:"我决不会做小偷。
你要是爱惜名誉,最好是免开尊口。
我腰里围着的带子,这也是你的证明。
我一点不说谎:西格弗里做过你的夫君。"

850 她那根腰带是用尼尼菲①的丝绸做成,
上面镶着高贵的宝石,真是美丽万分。
布伦希德一看见此物,不由大哭哀号。
恭太王和他的全部家臣这一下全都知道。

851 布伦希德于是说道:"快把莱茵的国君
给我请来这里,我要说给他听,
他的妹妹今天给我这样大的侮辱;
她当着众人面前说我是西格弗里的姘妇。"

852 国王带着武士们走来,他一眼看到
爱妻布伦希德在哭泣,随即婉言问道:
"是哪一个欺负了你,我亲爱的王后?"
她对国王说道:"我在这里真正觉得难受。

853 "就是你的妹妹,她在这儿胡说八道,
破坏我的一切名誉,我要向你控告,
她说我是她丈夫西格弗里的姘妇。"
恭太王当下说道:"她真是胡言乱语。"

854 "她把我那根久已失去的腰带随系在身,

---

① 尼尼菲,古代亚述的首都。

还戴着我的金戒指。我在这世上做人，
真是非常悔恨：主上，这种极大的羞耻，
你若不能为我洗雪，我将再也不会爱你。"

855 恭太王说道："那么去把西格弗里叫来：
他如果吹过大话，他当然不会抵赖，
否则，尼德兰的英雄定会拒不承认。"
于是派人去请勇士西格弗里来当面对证。

856 勇士西格弗里看见大家的脸上怒气未消，
他不明其中的底细，于是急忙问道：
"这些妇人为何哭泣？请向我说明：
国王派人召我前来，到底有什么事情？"

857 恭太王说道："我在这儿觉得痛心之至，
我的妻子布伦希德夫人告诉我一件消息：
你曾吹过大话，说你是她的第一个丈夫。
这是克琳希德所言：你可曾说过这种话语？"

858 "从没有，"西格弗里回说，"她若说过此话，
我一定不肯罢休，要将她痛责一下，
我要当着众位朝臣，立下高贵的誓言，
我从未说过此话，我要洗清我的不白之冤。"

859 莱茵的国王于是说道："就听凭尊意。
你要是在这里当着大家的面前起誓，
我就开脱你曾说那种假话的罪名。"
堂堂的勃艮第武士们于是排成了圆形。

860 勇敢的西格弗里伸出手立下了誓言。
高贵的国王说道："我现在已经了然，

你一点没有关系,我完全恕你无罪:
克琳希德冤枉了你,你从没有这种行为。"

861 西格弗里又说道:"她有什么用意,
要惹起你这位美丽的夫人这样生气,
这件事情真使我感到很不舒服。"
这时,勇敢的武士们大家都面面相觑。

862 "我们要教导妇人,"勇士西格弗里说道,
"这种无意识的废话,决不可听信计较。
请你禁止你的夫人,我也禁止我的妻子。
这种骄纵的狂言,我现在真正觉得羞耻。"

863 许多美貌的妇人,大家都不理不睬。
看到布伦希德这样的悒悒不快,
勃艮第的朝臣们都对她惋惜非常。
特罗尼的哈根,这时走到王后的身旁。

864 他看见她哭,随即问她为了何事。
她告诉他这件消息。他立即对她起誓,
他要叫克琳希德的丈夫把这笔债务清还,
否则他再也不会快快乐乐地活在人间。

865 奥特文和盖尔诺特都来共同商议。
这些勇士都建议把西格弗里置之死地。
乌台的王子,吉塞尔海也在此时来到,
听到他们的谈话,他于是正色地说道:

866 "善良的勇士们,为什么竟有这种企图?
西格弗里,难道竟到了这种地步,
让你们这样恨他,要谋害他的性命?

妇人们常常为了很小的事情就愤愤不平。"

867 哈根急忙回道："难道我们应该哺养野种？
这对于我们善良的武士，一点没有光荣。
他竟说出这种大话，侮辱我们的王后，
我要和他拚个你死我活，一定要坚决复仇。"

868 这时国王亲自说道："他对待我们
一向忠诚敬爱：不该送掉他的残生。
我对于这位勇士，干吗抱着这种仇怨？
他对我们十分忠心，而且出于自觉自愿。"

869 可是美茨的勇士奥特文却向国王启奏：
"他那强大的膂力，现在已不足担忧。
只要主上应允，我一定使他难以活命。"
这些勇士们就这样无故地生起谋害之心。

870 没有人继续搭话，只有哈根一人，
每天每日向恭太王发表他的高论：
只要西格弗里一死，有许多国土
都会归他统治。勇士开始觉得闷闷不舒。

871 这件事暂时中寝，大家依旧比赛武艺。
哎！从教堂到宫殿，西格弗里的妻子
看到人们要断了多少坚强的枪柄！
恭太王的武士，全都抱着激怒的心情。

872 国王说道："放弃你们愤怒的杀心。
他的出世，为我们带来名誉和幸运；
这位奇勇的武士是这样的强大可怖。
他要是窥破真情，谁也抵敌他不住。"

873　"决不会,"哈根说道,"请你只管放心!
　　　一切事情我们都秘密地慎重进行。
　　　他要用痛苦来偿还布伦希德的眼泪。
　　　哈根和他誓不两立,我要永远和他作对。"

874　恭太王于是问道:"这件事可怎样办到?"
　　　哈根回答他说:"不久你就可以明了:
　　　我们密遣一些无人认识的使臣,
　　　叫他们骑马来到我国,向我们宣布战争。

875　"那时你要当着客人,说你要率领群臣
　　　准备前去迎敌。他看到你要出征,
　　　一定答应给你助战:我只要向他的妻子
　　　打听到他的秘密①,包管你把他置之死地。"

876　可叹那位国王,竟听了哈根的奸计,
　　　这些杰出的骑士,就这样神鬼不知,
　　　布置了不忠不义的残害的阴谋:
　　　两位妇人的不和,使许多武士罹杀身之祸。

---

① 西格弗里背部的可以使他致命的地方。

第 十 五 歌

西格弗里坠奸人之计

877 在第四天早晨,有三十二名使者
　　骑马来到王廷:他们向高贵的恭太
　　投递战书,告诉他新的战争就要来到。
　　这场假戏给妇女们带来了极大的烦恼。

878 使者们获得允许,让他们进入宫廷。
　　他们说,他们是吕代格的臣民,
　　从前曾经败在西格弗里的手里,
　　被献给恭太王,在这个国家中当过人质。

879 恭太王向使者们招呼,并且传令赐座。
　　有一位使者说道:"国王,让我们站着,
　　我们要向你禀告我们所带来的消息。
　　你知道,有许多母亲的儿子要和你们作敌。

880 "吕代伽斯特和吕代格命我们前来:
　　他们在从前曾经受过你们的伤害,
　　现在就要率领人马到你国来打仗。"
　　恭太王勃然大怒,装作不知道的模样。

881 这些伪装的使者被带到宾馆里去休息。
西格弗里怎么能识破他们的奸计,
就是别人,也没有谁知道这种阴谋。
可是他们自己,后来却惹下了一场大祸。

882 国王和他的家臣们不停地窃窃私议:
特罗尼的哈根老是向他纠缠不息。
有许多家臣本希望不要招惹大祸,
可是哈根,他却总不肯放弃他的奸谋。

883 有一天,西格弗里看到武士们在私语。
尼德兰的英雄随即向他们走去:
"国王和他的朝臣为什么这样忧愁?
要是有人欺侮了他,我一定帮助他复仇。"

884 恭太王于是说道:"我确有心事在身:
吕代伽斯特和吕代格又要和我们战争。
他们要带领兵马来进犯我们的国土。"
勇敢的武士立即说道:"我一定前去抵御,

885 "西格弗里的手掌为你们保住一切的荣名;
那两位武士管叫他遇到上次同样的命运。
我要踏平他们的一切土地和城堡,
否则决不收兵:我愿拿我的头作担保。

886 "你和你的武士们在家中坐镇都城;
让我率领我的一批部下前去出征。
我要让你看到,我很愿为你尽力;
我一定让你的敌人,在我的手里遭到痛击。"

887 国王于是说道:"你这句话使我高兴!"

他假装着对于他的援助真个十分开心。
这位不忠义的武士假意曲躬俯首。
高贵的西格弗里说道:"请国王不要担忧。"

888 他们和从者们准备出发,十分匆忙:
这是给西格弗里和他的部下装模作样。
他于是召集了从尼德兰来的战友:
西格弗里的勇士们,一个个都取出了甲胄。

889 勇敢的西格弗里说道:"西格蒙特我父,
请你留在本国:只要天主给我们降福,
我们一定会安然无恙,回到莱茵。
你在国王这儿,希望你过得高高兴兴。"

890 他们于是准备起程:大旗已经树起。
四周围聚着恭太王部下的许多武士,
他们谁也不知道这幕假戏的真情。
西格弗里所率领的,真是一支堂堂的大军。

891 他们把头盔和胸铠全都装上了战马;
许多勇猛的骑士都已经在准备出发。
特罗尼的哈根于是走到克琳希德面前;
他向她告辞:他们就要出国去和敌人作战。

892 "我真愉快,"克琳希德说道,"西格弗里
现在为了我的弟兄们这样尽心尽力,
我得到这样一位能保卫亲友的夫君,
因此,"王后得意地说着,"我总是非常高兴。

893 "亲爱的朋友哈根!我希望你想想,
我常愿为你效劳;从没有和你参商。

我希望你好好地照应我亲爱的丈夫：
　　　我对布伦希德的失礼，请不要向他报复。"

894　高贵的妇人又说道："这事我已经后悔，
　　　我已经被他痛打，受过他的责备，
　　　我虽然说过不好听的言语冒犯过她，
　　　可是这位勇敢而善良的武士已经给我惩罚。"

895　他说道："你们在几天以内就会讲和。
　　　克琳希德，亲爱的王后，请告诉我，
　　　我对于你夫西格弗里，有什么可以报效。
　　　他是我最敬爱的人。我很高兴替他效劳。"

896　"我一点没有担心，"高贵的妇人说道，
　　　"只要他不要任着自己的性子，过分骄傲，
　　　谁也不能在战斗之中把他的生命夺去；
　　　因此这位勇敢的武士，永远可以安全无虞。"

897　"王后，你要是惧怕，"哈根开始说道，
　　　"他会被人刺伤，那么请对我直告，
　　　我有什么法子可以防止这种事情？
　　　不论骑马步行，我要永远保护他的生命。"

898　她说道："你我大家都是要好的亲戚：
　　　因此我把我亲爱的丈夫诚心委托给你，
　　　请你照顾我的夫君，保护他的生命。"
　　　她于是和盘托出，她所不应该讲的事情。

899　她说道："我的丈夫非常勇猛，也很坚强。
　　　从前，当他在山头屠戮毒龙的时光，
　　　这位快乐的武士浸浴过毒龙的血液，

因此在战斗时任何武器伤不了他的身体。

900　"可是每逢他去出战,看到许多枪矛
　　　从武士们手中掷出,我总是非常烦恼,
　　　深怕有一天失去了我的亲爱的丈夫。
　　　哎!为了西格弗里,我真是常常忧虑!

901　"亲爱的朋友,为了使你真诚待我,
　　　我现在要把真情特地对你说破。
　　　我要告诉你知道,我亲爱的夫君
　　　有什么可以致命之处。这是出于我的信心。

902　"当热血从毒龙的伤口里往外涌流,
　　　这位勇敢的武士在血中浸浴的时候,
　　　一片菩提树的阔叶落在他的两肩中间:
　　　造成他的致命之处;也给我带来忧烦。"

903　特罗尼的哈根说道:"你可以亲自
　　　在他的衣服上缝上一个小小的暗记。
　　　在战斗的时候,我就可以防止他受伤。"
　　　她原想保他的寿命;不料竟促致他的夭亡。

904　她说道:"我用一根丝线在他的衣服上
　　　暗暗地缝一个十字:当你们前去战场,
　　　他去冲锋陷阵,和敌人交战之时,
　　　我的勇士,希望你对我的丈夫防范留意。"

905　"当然,"哈根说道,"我亲爱的王后。"
　　　克琳希德以为这样做可以无忧:
　　　不知道正好让她的丈夫被人算计。
　　　哈根向她告别,于是快乐地离开她那里。

906 国王的朝臣们都感到十分高兴。
　　我想,任何武士也干不出这种事情,
　　美丽的王后对他们是那样的信任,
　　而他们却犯下滔天的大罪,背信弃恩。

907 第二天早晨,带领了一千名兵丁,
　　勇敢的西格弗里愉快地告别远行。
　　他以为此去可以替他的亲友雪耻增光。
　　哈根策马向他靠拢,以便觑看他的衣裳。

908 他看到衣服上的暗记,随即十分秘密地
　　派遣了两位家臣,再回国另送消息:
　　叫他们自称是吕代格派来的使者,
　　说他们已经班师,莱茵人可以免去兵灾。

909 西格弗里还没有给他的亲友报仇雪恨,
　　就要他拨转马头,这使他多么纳闷!
　　恭太王的家臣苦苦地将他劝止。
　　他回到国王那里,国王对他表示谢意。

910 "好友西格弗里,愿天主报答你的厚意,
　　我有急难的事情,你愿意为我尽力:
　　我也理所当然,要报答你的大恩。
　　我对你比对我的任何亲友更加信任。

911 "我们已经免去一场军旅的劳苦,
　　现在让我们去打一些熊和野猪,
　　到我常爱前往的峨登森林里去行猎。"
　　这是不义的武士哈根所想出来的诡计。

912 "快去给我所有的客人通知这个消息,
　　 我想在早晨出发,谁愿意同去狩猎,
　　 叫他好生准备,可是谁愿意留在宫廷
　　 和妇人们消遣作乐,这也同样使我高兴。"

913 西格弗里露出愉快的态度说道:
　　 "你要出去打猎,我也非常喜好。
　　 不过要请你借给我猎人一名
　　 和数头猎犬,我就随你乘马同去森林。"

914 恭太王随即问道:"你只要一名就行?
　　 我可以借给你四名,他们对于森林
　　 和野兽出没的路径都十分熟悉,
　　 免得你不识路途,两手空空地回到家里。"

915 这位勇猛的武士于是骑马去见他的妻子。
　　 就在这时哈根向国王禀告了一桩密事,
　　 他说出了怎样把这位凛凛的勇士翦除。
　　 从没有一位武士会干出这样的不义之举。

第十六歌

西格弗里遇刺

916 恭太和哈根,这两位勇猛的武士,
怀着诈心,约好了到森林里去狩猎。
他们带着尖锐的枪矛要去猎获野猪、
黑熊和野牛:这种娱乐真是十分威武!

917 西格弗里也得意洋洋地和他们同往。
他们又随身携带了各种各样的干粮。
他后来在一座冷泉之旁罹杀身之祸。
这是恭太王的妻子、布伦希德策划的计谋。

918 勇敢的武士来到克琳希德那里。
这时,他和从者们的高贵的猎衣
都已被装上马背:他们要渡过莱茵。
可是克琳希德却抱着十分忧郁的心情。

919 西格弗里吻着他亲爱的妻子的嘴:
"爱妻,愿天主保佑我安然而归,
让我们彼此再会;请和你的亲友
快乐地消遣度日:现在我不能在此多留。"

920　她想起了她对哈根亲自说出的事情，
　　　可是，她却不敢向西格弗里说明：
　　　高贵的王后开始悲叹着她的一生：
　　　这位绝色的温柔的妇人哭得沉痛万分。

921　她对武士说道："你不要出去打猎：
　　　我今天做了一个噩梦，梦见野猪两匹，
　　　它们在荒野里追你：鲜血染红了野花。
　　　我哭得这样伤心，我们女子实在按捺不下。

922　"我总是害怕，有人在暗中算计我们，
　　　因为，也许我们曾经得罪了一些别人，
　　　他们会记仇寻衅，对我们怀着鬼胎。
　　　亲爱的夫君，我诚心地劝告你不要出外。"

923　他说道："我的爱妻，我出去只是短期；
　　　我不知道这儿有谁会对我含着敌意。
　　　你的亲友们，大家都和我感情很好：
　　　那些武士们也没有理由给我别的恶报。"

924　"不，西格弗里，我总怕你有什么灾难。
　　　我今天做了一个噩梦，梦见两座大山
　　　倒下来压在你身上，从此就见不到你：
　　　你要离开我出门，真使我觉得悲痛不止。"

925　他伸出双手拥抱住他那位贤淑的妻子，
　　　他又用无数的亲吻对她爱抚备至。
　　　转瞬之间，他就辞别了他的美眷；
　　　可怜她从此以后，再没有能见他生还。

926　他们于是骑马进入一座深邃的森林里

　　　　去消遣作乐;还有许多勇猛的骑士
　　　　随着国王前往。在这次旅行之中
　　　　需要的精美的食物,也另外派人输送。

927　许多满载的马匹已经渡过莱茵先行就道,
　　　　它们替狩猎的人们装运葡萄酒和面包,
　　　　还有大鱼大肉以及一个富贵的国王
　　　　在出门时应该携带的各种食物和干粮。

928　堂堂的勇猛的猎友们就在绿林之旁,
　　　　对着野兽出没之处安排了宿营的地方,
　　　　他们就要在那片广阔的草地上狩猎。
　　　　西格弗里也到了那里,国王立即获得消息。

929　猎友们埋伏在森林的每一个角落里
　　　　等待着搜捕围猎。强悍的西格弗里,
　　　　这位勇猛的武士说道:"各位堂堂的英雄,
　　　　谁知道野兽的踪迹,带我们进入森林之中?"

930　哈根说道:"我们在开始狩猎以前,
　　　　先让我们分开,大家是否情愿?
　　　　这样我们可以知道,我和诸位先生,
　　　　在这次森林行猎之中,谁是最好的猎人。

931　"猎人和猎犬,让我们大家均分:
　　　　然后各人按各人的心愿,各奔前程,
　　　　谁的成绩最好,我们就向他贺喜。"
　　　　于是猎友们各自准备,大家不再犹疑。

932　高贵的西格弗里说道:"我不多要,
　　　　我只要一只猎犬,它的嗅觉要好,

　　　　能够在森林里嗅得出野兽的踪迹。
　　　　祝大家胜利！"克琳希德的丈夫十分得意。

933　　这时来了一位老猎人，带着一只猎狗，
　　　　过了不多时间，他就把这些猎友
　　　　领到野兽出没的地方。野兽一被惊起，
　　　　就被他们捕获，取得像老手一样的成绩。

934　　猎犬所赶到的野兽，都被西格弗里，
　　　　这位尼德兰的英雄，亲自用手打死。
　　　　他的马跑得飞快，野兽都无从逃逸：
　　　　他的成绩超过众人，大家都对他赞誉备至。

935　　无论在哪一方面，他总是十分威武。
　　　　他亲手把它置之死地的第一匹动物，
　　　　是一头凶猛的野猪，它逃不出英雄的手里；
　　　　没有多时，这位勇士又发现一只咆哮的狮子。

936　　当猎犬追赶着它的时候，他拈起了弓，
　　　　发出锐利的一箭，立即把它射中；
　　　　狮子被箭射伤之后，一共只跳了三跳。
　　　　猎友们无一不夸奖西格弗里射技的高妙。

937　　以后他又打死一头公牛，一匹麋鹿，
　　　　四头强大的野牛，一匹粗暴的大鹿。
　　　　他的马来去如飞，野兽都奔逃不了：
　　　　多少牝鹿和牡鹿，都被他全部捉到。

938　　后来他的猎犬又追赶到一头巨大的野猪，
　　　　这位狩猎大王，一看到它快要逃去，
　　　　随即快马赶上，追到了他的目标。

那头野猪愤怒地对着高贵的勇士猛冲暴跳。

939　克琳希德的丈夫立即拔剑把它杀死:
别的猎人,谁也不能这样轻易成事。
野猪毕命之后,他随即把猎犬扣好。
他的丰富的猎品,勃艮第人统统知道。

940　他的猎师们说道:"我们有句话难以启口,
西格弗里殿下,能否给我们留些野兽?
你今天快要把我们的山林搜捕一空。"
勇敢的堂堂的武士听罢此言露出了笑容。

941　刹时间到处听到一片喧哗和吼叫。
猎人们和猎犬的喊声高震云霄,
只听到山野和森林都传来了回响。
二十四头猎犬全都被猎人们释放。

942　许多野兽都逃不了残酷的死亡的手掌。
猎人们都想争取能分到一些奖赏,
可是看到勇敢的西格弗里来到炉火边,
他们的这种妄想,刹时间就化作了轻烟。

943　狩猎已告结束,但是还没有全停。
回到炉火边来的一批批打猎的人群
都带回了许多兽皮和各种野兽。
哎!他们给炊事场运来了多少美味珍馐!

944　国王于是下令通告那些高贵的猎人,
请他们回来就餐;于是吹起了一阵
嘹喨的号角之声:给大家通知,
高贵的国王已经回到宿营的地方休息。

945 西格弗里的一个猎人说道:"我的主人,
 我听到了一阵催我们集合的号角之声,
 我们该赶回营地:让我给他们回答。"
 于是此应彼和的号角吹奏得十分喧哗。

946 高贵的西格弗里说道:"我们走出林中!"
 他稳坐在马背上;别人都随后跟从。
 他们发出叫声,吓得一匹野兽在窜逃,
 那是一头野熊:武士于是对随从们说道:

947 "让我干一桩事情给猎友们消遣消遣。
 我看到一头野熊;放出我们的猎犬。
 我要把这头野熊带回我们的营地:
 哪怕它奔得飞快,也逃不出我的手里。"

948 他们于是放出猎犬;野熊逃得匆忙。
 克琳希德的丈夫纵马想要把它追上。
 不料来到一处狭谷:马匹不能通过;
 强悍的野兽自以为已经从猎人的手中逃脱。

949 这位堂堂的高明的骑士于是跳下马背,
 开始向前追赶。那匹野兽无可躲避,
 逃不了他的手掌;他立即把它生擒。
 勇士一点也没有伤它,急忙把它缚紧。

950 熊既不能抓他,又不能咬他;
 他把它扣在鞍旁,随又纵身上马,
 这位勇敢而高贵的武士十分欣然,
 他准备把熊带回炉火边给他的猎友们消遣。

951　他策马赶回营地,气概是多么堂堂!
　　　他的枪矛宽大锋利,真是非常坚强;
　　　他佩着美丽的剑器,一直垂到马刺旁边;
　　　这位英雄还带着一只猎角,金光十分鲜艳。

952　他的猎装,从没有人能和他相比。
　　　只见他穿着一件乌黑的丝质的上衣,
　　　还戴着一顶黑貂的帽子,十分名贵。
　　　哎!他箭袋上绣的花边,又是多么精美!

953　箭袋的外方,用一块豹皮裹封,
　　　增加了不少香气。他还有一只宝弓:
　　　别人要用绞盘,才能把它拉开,
　　　可是勇士自己,却使用得自由自在。

954　他的外套,全部用山猫皮缝制,
　　　从上到下,看上去十分斑斓美丽。
　　　在这位勇猛的名猎师的身体两旁,
　　　从鲜艳的轻裘上闪耀着钮扣的金光。

955　他又佩着巴尔蒙名剑,非常宽大而华美:
　　　这种剑十分锋利,用它去斩钢盔,
　　　也无不迎刃而解:真是锐不可当。
　　　这位堂堂的武士,他的气概非比寻常。

956　我要是把这些装备说得十分完全,
　　　那么应该再介绍他箭袋中装满的利箭;
　　　黄金制的箭杆,手掌阔的箭头,
　　　谁要是被它射着,包管他性命难留。

957　　这位高贵的骑士堂堂地离开森林;

170

恭太的家臣们看到他骑马来临，
他们都迎上前去，牵去他的骏马：
马鞍旁系着一头野熊，十分强悍而高大。

958　他一下马，就把熊的绳索放松，
解开它的嘴和脚爪：猎犬看到野熊，
立刻全部围上来汪汪地吠个不停。
野熊想向森林逃去：众人都大吃一惊。

959　野熊受到叫声的惊吓，窜入厨房：
哎！厨司们多么恐惧地逃出炉火之旁！
许多大锅被打翻，许多柴火被拨散：
哎！在灰烬之中糟蹋了多少丰盛的美餐！

960　君主和侍从们都从座位上跳起。
野熊开始愤怒咆哮；国王不再迟疑，
立刻下令把系着的猎犬全部释放；
这场虚惊要是就此告终，倒也快乐非常。

961　敏捷的武士们，纷纷拿枪拈弓，
一点不敢怠慢，直奔那只野熊；
可是大家都不发箭，怕伤猎犬的性命。
鼎沸骚动的喧声使四周的山林传出回音。

962　野熊看见猎犬众多，开始夺路奔逃；
除了克琳希德的丈夫，谁也无法追到。
他赶上去一剑，野熊立刻呜呼哀哉；
众人于是把死熊的尸体又向炉火边拖来。

963　所有看到的人都称他是一个好汉。
这时，快乐的猎友们都集合在一起就餐。

在美丽的草地上坐满了许多武夫。
哎！摆在猎友们面前的菜肴是多么丰富！

964 侍酒的人却很怠慢，迟迟不送酒来；
武士们从没有受到像这一次的款待。
要不是其中有许多人怀抱诈心，
那么这些勇士们也不会遗留可耻的污名。

965 高贵的西格弗里说道："我真觉得奇怪，
从厨房里端上了这许多的菜来，
为什么侍酒的人却不前来送酒？
像这样的对待猎人，我不愿再当猎友。

966 "我在贵国，你们应该招待得更加周到。"
怀着诈心的国王于是当着宴席说道：
"我们今天有失敬之处，他日再行补报：
这是哈根的责任，他让我们焦渴难熬。"

967 特罗尼的哈根回道："我亲爱的主上，
我以为今天的狩猎是在另一处地方，
我已把酒送到斯派希茨哈尔特①那里。
今天无酒可饮，我保证下次决不如此。"

968 高贵的西格弗里说道："这真难以谅宥：
你们应该给我送来七匹马驮运的甜酒
以及芳香的葡萄酒；要是不能送上，
那我们还是把营地移到靠近莱茵河的地方。"

---

① 在莱茵河右岸。现在的斯派沙尔特。

969　特罗尼的哈根说道："两位高贵的骑士①，
　　我知道有一处冷泉，就在不远之地：
　　我奉劝你们前去，请勿对我发怒。"
　　他的劝告给许多勇士带来了极大的痛苦。

970　勇士西格弗里，只觉得焦渴不堪；
　　这位英雄立即令人把筵席撤散：
　　他要前往山麓下的泉水那里。
　　这是武士们怀着奸诈所提出的建议。

971　西格弗里亲手猎获的许多野兽，
　　全被装上车辆，向宫城里运走。
　　看到的人，无一个不夸赞他的英名。
　　独有哈根，他对西格弗里起了不义之心。

972　他们正想走到那棵阔大的菩提树旁，
　　特罗尼的哈根说道："我常听得人讲，
　　克琳希德的丈夫，要是他拔足飞跑，
　　谁也赶他不上：哎！请让我们瞧瞧！"

973　勇敢而高贵的尼德兰的英雄于是回言：
　　"你们要是和我赛跑，一直跑到泉边，
　　你们就可以知道。这样一来，
　　谁最先走到那里，就算他是优胜者。"

974　勇士哈根说道："好吧，就让我们试试。"
　　勇猛的西格弗里说道："我如果失利，
　　我就在草地之上，躺在你们的脚边。"
　　恭太王听到这句话语，他觉得多么欣然。

---

① 指恭太和西格弗里。

975　勇敢的武士又说道:"我还有话交代:
　　我的衣服和武器,我都要随身携带,
　　我要拿着枪矛、盾牌和我的全副猎装。"
　　他于是把宝剑和箭袋匆忙地系在臂上。

976　另外两位却急忙脱去自己的衣裳;
　　他们留着两件白衬衫穿在身上。
　　像两只野豹在长满苜蓿的野地上奔跑;
　　可是在泉水旁边,还是敏捷的西格弗里先到。

977　不论何事,他总胜过别人,争得光彩。
　　他于是急忙解开武器,取下箭袋,
　　把坚强的枪矛倚靠在菩提树枝上;
　　这位卓越的宾客站到清泉的流水之旁。

978　西格弗里的举止,显得高尚文雅:
　　他在流泉的旁边,把他的盾牌放下;
　　无论他怎样焦渴,他也决不占先,
　　却让着国王先饮;可是国王竟报德以怨。

979　那道山泉十分纯洁、清凉而且甘美:
　　恭太王于是俯下身来,屈就流水。
　　等他畅饮一通,然后才站起身体;
　　勇敢的西格弗里也想仿效一下这桩乐事。

980　他高尚的举止却得到悲惨的下场;
　　哈根把他的宝剑和雕弓都移过一旁,
　　然后又奔回来,要取去他的枪矛,
　　并且窥望着在勇士的衣服上所绣的暗号。

981 当高贵的西格弗里俯饮泉水的时光,
哈根对着他背上的十字暗号猛刺一枪,
心脏的鲜血从创口里溅满了哈根一身。
以武士而干下这种罪行,在后世实无二人。

982 他把枪尖深深地刺进了他的心里。
然后怀着万分恐惧的心情拚命逃逸,
从没有别的武士使他逃得这样仓惶!
这时,西格弗里已经知道自己受了重伤,

983 这位勇士立即从泉边跳起,十分狂怒;
一根长长的枪杆依旧插在他的背部。
他想伸手去取他的雕弓或是宝剑,
要是取到,哈根的罪孽就要报在眼前。

984 可是濒死的勇士没有找到他的宝剑,
只有一只盾牌,还留在他的身边。
他于是从泉边拿起盾牌奔向哈根:
恭太王的朝臣们都来不及夺路逃遁。

985 他虽受致命之伤,还能奋力猛击一番,
只见盾牌上的许多宝石都纷纷飞散,
那面盾牌几乎在他的手里碎成齑粉:
这位堂堂的贵宾,多么想报仇雪恨。

986 在他的猛击之下,哈根不由得跌倒;
震撼林野的回声,到处都可以听到。
要是他手中有剑,哈根早已性命难全。
重伤的勇士怒气冲天;这原是理所当然。

987 他的面色苍白;再也站不住他的身体。

他肉体的气力,到此时已完全消失,
因为他苍白的面色已经露出了死相。
许多美丽的妇人,后来都为他痛哭悲伤。

988 克琳希德的丈夫就这样倒在野花之中。
鲜血从他的创口里不断地喷涌。
他开始痛骂那些不忠义的奸人,
定下陷害他的诡计,这也是出于气愤。

989 濒死的勇士说道:"可恨怯弱的狗才,
我尽心尽力所为何来,竟遭你们杀害?
我一向对你们忠诚,结果却是如此。
可叹你们对你们的朋友竟干出这种丑事。

990 "从今以往,有许多你们的后世子孙
都要因此蒙羞受辱:你们的怒愤,
在我的身上报复得极端狠心。
在高贵的武士之中,要开革你们的姓名。"

991 所有的骑士都奔往被害的勇士的身边。
对许多猎友讲来,这确是悲哀的一天。
懂得忠诚和名誉的人,无不为他伤心:
这位豪勇的武士,本来值得大家的同情。

992 勃艮第的国王也对他的死亡悲叹不胜。
垂死的勇士说道:"假手杀人的人,
哀悼被害的死者,毫没有这种必要:
他只值得万人痛骂:还是不要假哭为妙。"

993 凶猛的哈根说道:"我不知道你因何悲叹。
我们所感到的威胁,现在都已消散。

现在再也没有什么敢和我们对抗的人；
　　　他的威权丧在我的手里,我真高兴万分。"

994　尼德兰的英雄说道:"你少在那里自夸,
　　　我要是预先知道你们有杀人的计划,
　　　我早就对付了你们,绝不会丧命。
　　　我只为我的爱妻克琳希德夫人感到伤心。

995　"现在天主垂怜,竟赐我一个儿子,
　　　从今以后,他一定受到许多物议,
　　　说他的至亲曾经被人家阴谋杀害：
　　　我要是气息未断,怎能不替他悲哀。"

996　这位濒死的英雄又哀哀地继续说道:
　　　"高贵的国王,你如果还愿以忠厚之道
　　　对待世间的人们,那么我的爱妻,
　　　我要把她托付给你,请对她特别仁慈。

997　"她是你的妹妹,你要念手足之情：
　　　你要一本至尊的正德时时对她关心。
　　　我的父亲和我的家臣一定等得我很久：
　　　妻子痛哭她的丈夫,从没有这样的难受。"

998　四周的野花,都被他的血液浸湿。
　　　他作着垂死的挣扎,可是已不能久持,
　　　因为死亡的利剑刺得无法挽救。
　　　这位勇敢而高贵的武士已经不再开口。

999　勇士们看到高贵的武士已经死亡,
　　　他们把他安放在一面黄金的盾牌之上；
　　　大家又从长计议,如何进行掩蔽,

　　　　以便隐瞒真相,不让人知道是哈根所为。

1000　其中有许多人说道:"我们惨遭不幸;
　　　大家都要异口同声,隐瞒一切真情!
　　　就说克琳希德的丈夫独自骑马行猎,
　　　当他经过森林之时,受到强盗的袭击。"

1001　特罗尼的哈根说道:"我要运他回家。
　　　纵然他的妻子知道,我也毫不惧怕。
　　　因为她曾使我高贵的王后生忧;
　　　不管她怎样啼哭,我也不会觉得难受。"

第十七歌

西格弗里的哀荣

1002　他们等到黄昏时分才一同渡过莱茵：
　　　武士们的狩猎，从没有这样令人惊心。
　　　他们的猎获物赢得许多贵妇人的哭悼，
　　　后来竟使许多堂堂的武士拿生命来还报。

1003　现在我要向你们叙述那些骄傲的人们
　　　和恐怖的复仇故事。且说那位哈根，
　　　他命人把尼贝龙根的西格弗里的尸体
　　　抬到克琳希德所居住的一座后宫那里，

1004　他命人把尸体偷偷地放在她的门边，
　　　因为每天早晨，在天色未亮以前，
　　　她总要去参加黎明弥撒，从无遗漏，
　　　这样，克琳希德就会看到她丈夫的尸首。

1005　像往常一样，教堂里又敲起了晨钟：
　　　美丽的克琳希德唤醒了许多侍从。
　　　她叫她们去取烛火以及她的服饰。
　　　这时走来一位侍臣，发现西格弗里的尸体。

1006　他看见他满身鲜血，衣裳全部浸湿：
　　　这就是他的主上，他还茫然不识。
　　　他手里擎着烛火，走进寝室以内，
　　　他来报告的消息，使克琳希德夫人心碎。

1007　她正要带着侍女们一同前去教堂，
　　　"夫人！"这位侍臣说道："请等着，我有话讲：
　　　门外躺着一位被人杀死的骑士。"
　　　"唉，"克琳希德说道："这到底是怎么回事？"

1008　在她还没有证实这是她的丈夫以前，
　　　她想起了哈根问过她的一番语言，
　　　他曾问她防范之道：她不由悲从中来。
　　　英雄之死使她从此丧失了一切的欢快。

1009　她跌倒在地，一句话也不讲；
　　　这位伤心的美妇人就这样躺在地上。
　　　克琳希德的悲痛真是深重无比；
　　　她在晕厥之后放声大哭，震撼了整个宫室。

1010　侍从们说道："也许是异国的武士。"
　　　她一阵心痛，从嘴里吐出了一口血液。
　　　"不，这是西格弗里，我亲爱的良人：
　　　主谋是布伦希德，而刽子手就是哈根。"

1011　她叫人扶她出去看一看武士的尸首：
　　　她用雪白的素手托住他美丽的头。
　　　他虽是血肉模糊，她却立刻看得分明：
　　　尼贝龙根的英雄躺在那里，令人无限伤心。

1012　这位温柔的王后沉痛地绝叫起来：

"这桩事真令我悲哀！我知道你的盾牌
不会被人用剑砍坏！你是被暗杀而丧生。
我要是知道谁是凶手，一定给你报仇雪恨。"

1013 她所有的侍从们都跟着她们的女主人
　　 一同大放悲声，她们心中悲痛万分，
　　 因为她们失去了那位高贵的君主。
　　 哈根为了布伦希德的忿怒竟这样狠心报复。

1014 悲痛的王后说道："快派出一人
　　 给我去叫醒西格弗里的勇士们，
　　 并且向西格蒙特王报告这桩惨事，
　　 让他前来帮我一同哀悼勇敢的西格弗里。"

1015 于是推了一位使者，他立刻前往，
　　 赶到尼贝龙根勇士们安寝的地方。
　　 他送去这个噩耗，夺去他们的欢欣；
　　 要不是听到妇人们的哭声，他们还不肯相信。

1016 这位使者也前去老王休息的地方。
　　 西格蒙特正睡不着觉，躺在床上，
　　 好像他的心已经预告他这桩祸事，
　　 他再也不能见到他那个活生生的儿子。

1017 "西格蒙特老王，快点起来，我的王后
　　 克琳希德派我到你这儿来有要事禀奏，
　　 她遭到最凄惨的祸事，心中痛苦不堪；
　　 你也要去陪她哀悼，因为这事也和你有关。"

1018 西格蒙特跳起身来说道："什么事情？
　　 美丽的克琳希德到底为了何事伤心？"

使者含泪说道："她怎么能不悲哀：
尼德兰的勇敢的西格弗里已经被人杀害。"

1019　西格蒙特老王说道："不要寻我开心，
触我儿子的霉头，告诉我这不吉的音讯，
不要对他人胡扯，因为他果真被人谋害，
我就哭他到死，也止不住我的悲哀。"

1020　"我告诉你的消息，你要是不信以为真，
那么请你亲自去听克琳希德和她的侍臣
全都在为了西格弗里的死亡悲叹不停。"
西格蒙特于是多么惊惧！果然有祸事来临。

1021　他和他的一百名武士都从床上跳起。
他们急忙把锋利的长剑取在手里，
向着那传出一片惨哭之声的地方没命奔跑。
这时勇敢的西格弗里的一千勇士也已赶到。

1022　当他们听到妇人们在伤心痛哭的时光，
这时他们才想起：没有好好地穿起衣裳。
他们因为悲痛，头脑搞得十分昏糊；
在他们的心里埋藏着人间极大的愁苦。

1023　西格蒙特老王走到克琳希德的身旁。
他说道："到这个国家来真正遭殃！
我们来探访好亲友，是谁设下暗计
夺去了你的丈夫，夺去了我的儿子？"

1024　"我要是知道是谁，"高贵的王后回道，
"我的心神一生一世也不会对他友好，
我要设法让他受苦，使他的一切亲族，

决不撒谎,都要为了我的缘故而挥泪痛哭。"

1025　西格蒙特抱着王子西格弗里的尸身,
　　　他的亲族们,没有一个不悲痛万分,
　　　他们的哀哭之声,到处都传着回响,
　　　震撼着宫殿、大厅和整个沃尔姆斯的城墙。

1026　任何人也无法安慰西格弗里的妻子。
　　　他们从他美丽的尸体上脱下了血衣,
　　　洗清他的创伤,把他放在棺架之上;
　　　他的亲族家臣,怀抱着多么深刻的哀伤!

1027　他的尼贝龙根的武士们大家说道:
　　　"我们都已经准备,替他把冤仇伸报。
　　　杀害他的奸人,就在这座宫里。"
　　　于是西格弗里的武士们都纷纷去取武器。

1028　那些优异的武士们都取了盾牌而来,
　　　一千一百名勇士,由西格蒙特作统帅。
　　　老王亲自指挥:为了他儿子的惨死,
　　　他要立志报仇,这桩事他也是义不容辞。

1029　他们不知道更该和谁去拚命斗争,
　　　因为那天和西格弗里同去狩猎的人
　　　只有恭太王以及他的一班臣属。
　　　克琳希德看到他们武装起来,觉得很不舒服。

1030　不管她的烦恼多大,不管她的苦痛多深,
　　　她却十分着急,恐怕尼贝龙根的勇士们
　　　死在她弟兄们的手里,她于是加以阻挠:
　　　她像朋友对待朋友一样,对他们亲切地警告。

183

1031　伤心的王后说道:"西格蒙特父王,
　　　你要待怎样?也许你还不知端详。
　　　恭太王不知道有多少勇敢的武士:
　　　你们要是前去惹他,大家都白白送死。"

1032　大家都挥起剑器,表示战斗的决心,
　　　高贵的王后于是向他们恳求而且下令,
　　　她要他们绝对避免这一场战斗。
　　　要是他们不肯住手,这可要惹她生愁。

1033　她说道:"西格蒙特父王,不要着急,
　　　应该等待更好的机会;我一定帮助你
　　　替我的丈夫报仇。谁是杀他的凶手,
　　　我要是知道,一定要报复他,永不甘休。

1034　"在莱茵河畔他们有这许多骁勇的武士,
　　　因此我现在要劝告你们不能惹起战事:
　　　我们一人要当他们三十,众寡不均:
　　　他们待我们的那种举动,让天主给他们报应。

1035　"请你忍受暂时的悲痛,留在这里,
　　　一等天色大亮,那么,众位武士:
　　　就请大家帮助我给我的丈夫举行入殓。"
　　　武士们于是应道:"夫人,就遵照你的意见。"

1036　骑士们和妇人们怎样地在放声悲恸,
　　　任何人也不能用言语来刻画形容,
　　　整个的宫城都听到他们的哀啼。
　　　高贵的市民们都成群结队地赶到他们那里。

1037 他们和客人同声悲哭：他们也感到伤心。
　　　他们不知道，西格弗里有什么罪行，
　　　这位高贵的武士为什么竟这样屈死，
　　　许多市民的妻女们都和妇人们一同哭泣。

1038 他们又急忙去找锻匠赶快动手，
　　　用金银造成一副又坚固又大的棺柩，
　　　外面用钢皮包嵌，打得十分坚牢。
　　　所有一切的人们，心中都感到伤痛难熬。

1039 夜幕渐渐消去。报道天色已露微明。
　　　高贵的王后令人把她亲爱的夫君、
　　　这位高贵的死者的遗骸抬入教堂。
　　　他的所有的亲友都含着眼泪陪她同往。

1040 当他们来到教堂之时，只听到钟声齐鸣。
　　　到处都听到神父们唱弥撒的声音。
　　　恭太王和他的家臣们都在这时赶到，
　　　凶狠的哈根也到场；其实他不来为妙。

1041 恭太王说道："我的贤妹，真正令人伤心！
　　　我们竟不能避免发生这种不幸。
　　　我们对西格弗里的夭亡都非常哀悼。"
　　　"你这话就不对了，"悲痛的夫人这样回道。

1042 "你要是觉得悲伤，这事就不会发生。
　　　当我失去了我亲爱的丈夫的时辰，
　　　我可以说，那时你早已把我忘记。
　　　天主有知，怎不让我自己遭受这种惨事。"

1043 他们拒不承认。克琳希德于是说道：

"谁是无罪的人,这件事很容易明了:
他只要当着大众的面前走到遗体之旁:
那么我们就可以立刻知道这桩事实的真相。"

1044 这真是一种奇迹,在今天还可以看见,
如果一个凶手走到被害人的身边,
伤口里就要流血,像当时的情况一样;
因此哈根所犯的杀人罪行,也就众目昭彰。

1045 西格弗里的伤口又像被害时一样涌出鲜血。
本来在悲痛的人们,这时更加痛哭不绝。
恭太王于是说道:"请听我说明原委:
是强人杀害了他的性命:并不是哈根所为。"

1046 她说道:"这个强人我已经知道:
愿天主让他在他的亲族手里得到果报!
恭太和哈根,干这事的就是你们。"
于是西格弗里的勇士们又要和他们斗争。

1047 克琳希德却说道:"请你们暂时忍耐。"
她的哥哥盖尔诺特和幼弟吉塞尔海,
这时也来到了吊唁死者的地方。
他们是真心地悲悼;泪珠充满了眼眶。

1048 他们是由衷地痛哭克琳希德的丈夫。
追思弥撒就要开始:无数男男女女
都成群结队地从各处涌向教堂里来;
漠不相干的人们,也都为死者痛哭尽哀。

1049 吉塞尔海和盖尔诺特说道:"我们的姐妹,
请你不要过分悲哀,事情已无法挽回。

只要我们活着一天,总不离你的左右。"
　　　可是世间再也没有什么人能安慰她的忧愁。

1050　在中午时分,棺柩已经赶造完毕。
　　　大家从棺架上抬起西格弗里的尸体。
　　　王后还不想把英雄的棺柩立即葬埋:
　　　因为她要让所有的人们都辛劳地前来含哀。

1051　他们把尸体用珍贵的丝料包裹。
　　　在场的人没有一个不觉得难过。
　　　高贵的母后乌台和她的一切侍女,
　　　对着英雄的遗躯,都痛心地流泪唏嘘。

1052　人们一听到教堂里传出唱经的声音,
　　　知道英雄已经入殓,大家都纷纷挤进:
　　　为了安慰英灵,他们送上许多悼仪。
　　　在敌人中间,也有人对他保持深厚的友谊。

1053　可怜的克琳希德对她的侍从们说道:
　　　"为了我的缘故,希望你们不惮烦劳:
　　　你们各位若是对死者和我有眷念之情,
　　　请你们分掉这些黄金以慰西格弗里之灵。"

1054　在他入土以前,不管是怎样小的孩子,
　　　只要他稍稍懂事,无一不奉上追仪。
　　　那一天所献的弥撒几达一百台以上。
　　　西格弗里的亲友们都拥拥挤挤地前来吊丧。

1055　弥撒献罢以后,群众们都各自分散。
　　　克琳希德又说道:"不要让我孤孤单单
　　　一个人在这儿为这位杰出的武士守夜:

187

我的欢乐全寄托在他的身上，难以仳离。

1056 "我要在这儿守上三天三夜之久，
让我在亲爱的丈夫身旁守得十分足够。
也许天主不弃，会命死神将我召去；
那么可怜的克琳希德的痛苦就得到结束。"

1057 城内的市民们都各自回到自己的住家。
神父、修士以及死者生前的部下，
她命令他们留在那里陪伴守护。
他们日以继夜，每一个人都十分辛苦。

1058 这许多人留在那里，不食不饮。
但是忍不住饥饿的人，也自有供应，
给他们充分的招待，由西格蒙特承办。
尼贝龙根的勇士们经历着许多困苦和艰难。

1059 据我们听说，在这守丧的三天之中，
唱经的教士们都和克琳希德一同
忍受了许多困苦。但是也得到不少的赏赠！
哪怕是贫穷的人，也可以立地成为富人。

1060 不管是怎样一无所有，贫无立锥之士，
她都从库房里拿出黄金来给他布施，
毫无吝色；因为死者已无生还之望，
为了他的英灵，几千马克的黄金已经散光。

1061 她把地产和租税也交出来广施布赠，
捐给许多教堂和忠厚虔诚的人们。
贫穷的人都受到许多衣服和纹银。
她不过是让人知道她对死者的一点爱心。

1062　在第三天早晨,正举行弥撒的时光,
　　　在教堂旁边整个广阔的墓地之上,
　　　看见一大群的民众围在那里痛哭:
　　　像对待至友一样,他们为死者含哀执绋。

1063　根据世人传闻,在这四天之间,
　　　一共散去有三万马克以上的财产,
　　　全都布施给穷人,以慰死者的英灵。
　　　因为他的生命和风流,都已一时消尽。

1064　不久,弥撒告终,唱经的声音暂停,
　　　无数的市民都怀着不堪悲痛的心情。
　　　英雄的灵柩从教堂里被移到墓场。
　　　除了哭泣和哀叹,更听不到别的声响。

1065　市民们都高声啼哭,参加送葬的队伍:
　　　无论男男女女,没有一个感到欢娱。
　　　在安葬之前,又传出念经和唱经之声。
　　　哎!多么可敬的神父在送他进入墓门!

1066　当这位忠实的妻子还没有抵达墓地之时,
　　　她由于过分悲痛,常常陷于人事不知,
　　　人们好几次用清水喷洒,使她苏醒:
　　　她心中的忧愁真不可能用言语来说尽。

1067　她还能保全生命,这真是一种奇迹。
　　　许多可敬爱的妇女都陪着她唏嘘叹息。
　　　王后说道:"众位西格弗里的旧臣,
　　　请你们出于同情之心,向我表示推恩:

1068　"让我在悲哀之余得一点微小的安慰,
　　　使我能把他那俊秀的面庞再看上一回。"
　　　她伤心地恳求,是这样的坚持而长久,
　　　因此人们不得不重新打开那具华丽的棺柩。

1069　王后被扶到西格弗里灵柩的安厝之处。
　　　她伸出雪白的素手抬起他清秀的头颅,
　　　她吻着高贵的骑士,吻着那位死者;
　　　由于过分的悲哭,她明亮的眼中滴下血来。

1070　这真是一场极痛苦的死别的惨景。
　　　她被人扶着离开,因为她已无力步行。
　　　这位绝色的妇人又陷于失神的境地;
　　　她那娇美的身躯也许要被痛苦折磨得离开人世。

1071　就这样完成了高贵的英雄的葬礼,
　　　陪他同来的那些尼贝龙根的勇士,
　　　无一不挥泪悼惜,充满极大的悲痛:
　　　那位西格蒙特老王,脸上更不见一丝笑容。

1072　在那儿有多少人,由于深重的悲愁,
　　　完全不进饮食,竟持续三天之久。
　　　但是他们也不能老是这样把身体毁伤:
　　　在痛苦过后,他们也像世人一样恢复保养。

第 十 八 歌

西格蒙特归国，克琳希德留在母家

1073　克琳希德的阿公来到她的面前。
　　　他对王后说道："我们不要再在此羁延。
　　　我想，我们在莱茵是不受欢迎的客人。
　　　亲爱的王后克琳希德，快随我们踏上归程。

1074　"你高贵的丈夫在此国遭逢不幸，
　　　由于奸人的诡计，使他丧失了生命，
　　　这并不是你的责任：为了我的爱子，
　　　同时为了我的王孙，我对你决无二意。

1075　"堂堂的武士西格弗里所应允你的一切，
　　　王后，我们仍旧让你保持你的权力。
　　　那些国土和王冠依旧是你的所有；
　　　西格弗里的臣民都愿在你的下面侍候。"

1076　从者们都接到通知，要他们火速出发。
　　　每一个人都急忙忙地准备他的鞍马：
　　　住在仇敌的中间最使人觉得心伤。
　　　妇人们和少女们都奉命收拾她们的衣裳。

1077　当西格蒙特正想启程回国的时候，

克琳希德的母亲却向她苦苦哀求,
她要她留在故国,住在自己的亲友之间。
悲痛的王后说道:"这事情确是十分为难。

1078 "那个把我这不幸的妇人害成这样的家伙,
让我常常看见他在眼前,怎不使我难过?"
年轻的吉塞尔海说道:"我亲爱的姐姐,
你应该诚心诚意地和你的母亲住在一起。

1079 "那个把你害得这样伤心而愁闷的家伙,
你用不着仰仗于他,你可以靠我生活。"
她对勇士说道:"这件事怎能如此?
我要是看到哈根,我一定会被他气死。"

1080 "我可以让你避开了他,我亲爱的姐姐。
你可以住在你的兄弟吉塞尔海的宫里。
我要好好地待你,让你忘记死去的夫君。"
失去欢乐的王后说道:"这也许能使我宽心。"

1081 当她年轻的弟弟向她亲切地劝谏的时候,
母后乌台、盖尔诺特也都向她恳求,
还有她的亲友们也劝她留在莱茵:
在西格弗里的臣民之中,她并无什么至亲。

1082 "他们都不是你的亲人,"盖尔诺特说道。
"不管是怎样的壮士,死亡都逃避不了。
因此,亲爱的妹妹,请你好自宽心:
留在你的亲人这里,这是对你有益的事情。"

1083 她于是答应了她的哥哥,留在母家。
这时西格蒙特的部下都已备好鞍马,

因为他们要启程赶回尼贝龙根故乡；
武士们的服装也都已装载到马背之上。

1084　西格蒙特老王走到克琳希德的面前
对她说道："西格弗里的部下都在鞍马旁边
恭候你的大驾：让我们一同启程，
我在勃艮第人这里，真觉得讨厌得很。"

1085　克琳希德说道："我最诚恳的亲戚，
他们都向我劝告，叫我留在这里。
我在尼贝龙根并没有血肉至亲。"
西格蒙特听到克琳希德此话，十分伤心。

1086　西格蒙特老王说道："别听那种闲言：
你将在我的臣民之前戴上你的冠冕，
你依旧和从前一样保持你的权势：
你失去了你的丈夫，这件事并不能怪你。

1087　"为了你的儿子，你也该和我们一同回家：
你不能让他成为孤儿，把他抛下。
你儿子长大成人，他会安慰你的心胸。
那时许多勇敢而善良的武士都要为你尽忠。"

1088　她说道："西格蒙特老王，我不能同行。
我一定留在这里，不管发生什么事情，
我的至亲们，他们会分去我的忧愁。"
武士们听到这个消息，都觉得很不好受。

1089　他们齐声地说道："我们要对你明言，
你要是留在此地，住在我们的仇人中间，
我们在这种时光，不由不觉得伤心，

武士们出国赴宴,从没有这样凄凉的事情。"

1090 "你们只管放心,愿天主保佑你们的归程。
我要派许多卫兵,一路上保护你们,
直到你们抵达故国;至于我的儿子,
如蒙不弃,我就把他拜托给你们众位武士。"

1091 他们听到她的口气,知道她不愿同归,
西格弗里的勇士们都纷纷落下眼泪。
西格蒙特怀着多么凄惨的心情
和克琳希德道别!他知道了什么叫做伤心。

1092 高贵的国王说道:"这场宴会真是遭殃!
今后再不会有别的君臣像我们这样,
为了欢乐到这里来重蹈我们的复辙:
勃艮第人再也不会看到我们前来作客。"

1093 西格弗里的勇士们,大家都高声说道:
"我们或许再来,这件事也未可逆料,
因为我们将会发现杀害我们主上的凶手。
他们和我们之间,已经结下了血海的冤仇。"

1094 老王吻着克琳希德。他看到她已经
决心留在母家,他觉得十分伤心:
"我们马上就要凄惨地回转故乡:
现在我才认识到我所遭到的一切忧伤。"

1095 他们不带护卫,离开沃尔姆斯直指莱茵:
他们的心中,毫没有什么畏惧之情,
他们相信,要是遭到敌人的袭击,
勇敢的尼贝龙根武士有足够的防御兵力。

1096 他们行色匆匆,也不向任何人告辞。
可是吉塞尔海和盖尔诺特两位兄弟
却来送别老王;他们都怀着同情之心:
这两位勇猛的武士想要诚恳地对老王声明。

1097 勇敢的盖尔诺特十分恳切地说道:
"我对于西格弗里的惨死,一点也不知道,
我从没有听说过这儿有谁和他结仇,
天主会明白一切,我确实为他非常难受。"

1098 年轻的吉塞尔海派出许多护卫送行。
他让这些忧伤的人们不再操心,
国王和武士们于是启程回返故国。
国人们迎接他们,他们却很少感到欢乐。

1099 关于他们以后的情形,我也不很清楚。
现在只说克琳希德,她总是常常哀哭,
除了她那位忠诚而和蔼的幼弟吉塞尔海,
谁也不能给她安慰,让她觉得心情愉快。

1100 美丽的布伦希德依旧是骄纵万分:
无论克琳希德怎样哀泣,她也不加闻问。
她对于她已经再没有忠诚友爱之情。
后来克琳希德也让她感到极度的伤心。

第 十 九 歌

尼贝龙根之宝被运至沃尔姆斯

1101 高贵的克琳希德就这样在家居孀,
方伯艾克瓦特也回到她的身旁,
他带了他的部下,一本忠义之心,
直到他老死之时,他都为王后效命。

1102 他们给她一幢住宅,在沃尔姆斯教堂之旁,
屋宇非常宽大,而且富丽堂皇,
这位忧郁的妇人就和从者们住在一起。
她常爱怀着虔诚之心到教堂里去参礼。

1103 在她爱人的墓地上,也常见到她的踪迹。
她每天去到那里,总是悲悲切切,
为了他的英魂,她常向天主祈祷:
死去的武士经常受到她的诚心的哀悼。

1104 乌台和她的侍女常来解除她的寂寞,
可是她这颗伤痛的心再也得不到欢乐,
任何人想要给她安慰,总是徒然。
她对于她死去的丈夫,那种追思怀念,

1105　从没有别的妇人,像她这样思念之深:
　　　从这一点也可以看到她爱情的真诚。
　　　她为他唏嘘流涕,一直到她最后的一天。
　　　后来由于至诚所致,她终于报了深仇宿怨。

1106　自从她丈夫死后,她就居丧在家,
　　　一直守了四年,这话一点也不假,
　　　她和她的兄长恭太从未有一次交言,
　　　她和她的仇人哈根,也没有见过一面。

1107　特罗尼的哈根说道,"我们能否办到,
　　　能否设法让你的妹妹和你言归于好,
　　　那样,尼贝龙根之宝就可运到此间:
　　　只要王后回心转意,你就能获得许多财产。"

1108　高贵的国王说道:"我们可以一试,
　　　让盖尔诺特和吉塞尔海去向她说辞,
　　　一定要她应允把宝物运到莱茵国中。"
　　　"我不相信,"哈根说道,"这件事能够成功。"

1109　国王于是派了奥特文和方伯盖莱,
　　　叫他们去拜望克琳希德:后来
　　　又把盖尔诺特和年轻的吉塞尔海请到,
　　　叫他们到王妹那里,试探着去走一遭。

1110　勃艮第的勇敢的盖尔诺特于是前去说辞:
　　　"王后,你为西格弗里之死哀恸了多时。
　　　国王并没有害他,他要来向你表明。
　　　因为大家都听到,你常常这样叹气伤心。"

1111　她说道:"没有人怪过他,杀人的是哈根。

我丈夫的致命之处,是他来向我询问。
当时我怎么知道,他和他结了冤家?
否则我决不会多嘴,"高贵的王后继续说话,

1112　"我要是没有把他的秘密向人泄漏:
我这不幸的妇人,今天也不会这样哀愁!
我再不愿和害我丈夫的人结成朋友!"
堂堂的男子吉塞尔海于是开始向她恳求。

1113　"那么让我和国王谈谈。"国王听到这句回言,
他立即带了亲友,来到克琳希德的面前。
哈根却不敢随国王去见这位未亡人;
他知道他的罪孽:她的痛苦乃是由他造成。

1114　当她向恭太王表示和解、消除怨恨之时,
他随即十分恭敬地和她行亲吻之礼:
要不是他的计谋造成她这种痛苦,
他当然可以大大方方地常和克琳希德会晤。

1115　在亲人之间,从没有见过挥了这许多眼泪
互相和好。她的损失给了她极大的伤悲;
可是她除了一人,全都加以宽宥:
因为只有哈根,乃是杀他丈夫的凶手。

1116　没有经过多少时间,他们就千方百计,
劝王后克琳希德把她的宝物迁移,
叫她把宝物从尼贝龙根搬到莱茵地方:
这原是她的新婚礼物,当然要归她保藏。

1117　吉塞尔海和盖尔诺特于是启程远行。
王后克琳希德命令了八千名军兵

跟着他们一同前去藏宝的地方，
取回由阿尔布里希和他的部下看守的宝藏。

1118　看到这些莱茵的勇士们前来取宝，
勇猛的阿尔布里希对他的部下说道：
"我们没有办法不把这些宝物交付，
因为高贵的王后说这些是她的新婚礼物。

1119　"可是如果我们的那件珍贵的隐身衣
没有和西格弗里一同不幸地丧失，
那么就决不会有今天的事情发生。
克琳希德的丈夫常把那件宝衣披挂在身。

1120　"这位英雄从我的手里夺去我的隐身衣，
使我整个的国家都全部归他统治，
如今西格弗里竟遭到了无妄之灾。"
这位守宝人于是前去把他的钥匙取了出来。

1121　克琳希德派去的武士和她的亲族，
都站在山麓旁边：他们于是搬出宝物，
一件一件搬到海边，装到了船上，
然后溯流而上，一直向莱茵驶航。

1122　关于这些宝物的奇闻，我要向你们叙述：
他们要用十二辆大车把它从山洞里装出，
全部装到海边，需要装运四天四夜，
而且每一辆大车，每天需要装运三次。

1123　谈到这些宝物，也不外是宝石和黄金。
如果拿它去把世界上的一切统统购进，
那么这些宝物也不会损失一马克的价值。

哈根要贪图这笔财产,确实是有他的道理。

1124　其中最值得宝贵的是一根黄金小杖,
　　　谁能掌握住它,那真是幸福非常,
　　　全世界的人都会对他俯首听命。
　　　阿尔布里希的部下有多人随盖尔诺特同行。

1125　这些宝物就这样被运到恭太王的国里,
　　　全部财产都归王后克琳希德一手管理,
　　　许多库房和高楼,都装得满坑满谷:
　　　像这种希世的财宝,可以说是冠绝今古。

1126　可是,纵然有千倍以上的更大的财产,
　　　只要高贵的西格弗里能从冥府生还,
　　　克琳希德情愿厮守着他,赤贫如洗。
　　　从没有一位英雄获得过这样忠实的妻子。

1127　她有了这些宝物,因此近悦远来,
　　　引来许多异国的武士;因为她十分慷慨,
　　　像她那样的宽大,真是罕有前例,
　　　世人没一个不承认,她的为人非常仁慈。

1128　不论贫富,都受到克琳希德的布赠。
　　　哈根于是对国王说道:"要是不闻不问,
　　　听她这样继续下去,那么有许多武士
　　　都会被她收买,这对于我们有很多不利。"

1129　恭太王说道:"这些财产都属于她私人:
　　　她可以自由处理,我怎么能加以过问?
　　　只要她能对我抛弃前嫌,已是求之不得;
　　　至于她怎样分散金银,那我可不愿干涉。"

1130　哈根对国王说道:"一位贤智之士
　　　决不会把这些财宝交给妇人的手里。
　　　她那样慷慨布施,传播她的恩惠,
　　　总有一天使我们勇敢的勃艮第人感到后悔。"

1131　恭太王于是说道:"我曾对她立誓,
　　　保证以后决不再冒犯她,惹她生气,
　　　我不愿背誓食言:她乃是我的妹妹。"
　　　哈根又说道:"一切事情都让我来担罪。"

1132　他们那些人不遵守所立的誓言:
　　　他们把孀妇的财宝抢到手边。
　　　哈根把全部钥匙都放在自己的身旁。
　　　她的哥哥盖尔诺特听到这事,愤怒非常。

1133　年轻的吉塞尔海说道:"我的姐姐
　　　又被哈根惹了许多闲气:我要加以阻止:
　　　要不念在亲族之情,我要他拿性命抵罪。"
　　　西格弗里的妻子就这样又流了新的眼泪。

1134　国王盖尔诺特说道:"为了这些财宝,
　　　不要再让我们受苦,我建议把它抛掉,
　　　全部沉在莱茵河中;谁也不能占有。"
　　　这时她来到吉塞尔海面前,神色十分忧愁。

1135　她说道:"亲爱的兄弟,你不要把我忘记,
　　　你要做我的保护人,保护我的财产和身体。"
　　　他对他的姐姐说道:"等我们回来以后,
　　　我一定不负你的瞩望:现在我们要出门远游。"

1136　恭太和他的亲族们在那时辞国出门，
　　　最卓越的武士们都跟随他一同登程；
　　　只有哈根，因为他对克琳希德怀有敌意，
　　　所以一人留在家里：安排了他的诡计。

1137　没有等到高贵的国王游罢回朝，
　　　哈根就在那时取出了全部的财宝：
　　　他把它统统沉入洛黑附近的莱茵河中。
　　　他原想享用这些财宝；可是没有能成功。

1138　在哈根把这些财产这样隐匿以前，
　　　他们曾彼此立下了高贵的严格的誓言，
　　　约好在他们生前，应该秘密地保存，
　　　谁也不能自己享用，也不能把它交给他人。

1139　国王们带着许多武士终于踏上归程。
　　　克琳希德于是带领她的侍女和妇人
　　　来向他们哭诉；他们也觉得伤心。
　　　他们都表示愤慨，装作要送掉他的性命。

1140　他们齐声说道："他这事真做得不对。"
　　　哈根因为众怒难犯，只好暂时躲避，
　　　最后终于获得宽恕：他们饶了他一命；
　　　可是克琳希德却永远消不了对他的恨心。

1141　在她的心里又添上了一重新的烦恼，
　　　最初为了丈夫的丧生，现在又为了财宝
　　　被他们完全抢掉；因此，她的叹气，
　　　在她一生之中，直到最后一天都没有停止。

1142　这并不是虚话，自从西格弗里死后，

她在苦痛之中,还度过十三个年头,
她的心中常常悼念着英雄的惨死:
她对他忠贞不改、大家都对她赞誉不置。

第 二 部

克琳希德的复仇

第 二 十 歌

艾柴尔王遣使迎聘克琳希德

1143　就在那时,因为王后海尔凯已经不在,
　　　国王艾柴尔正要另娶一位妻子回来,
　　　他的亲友于是向他推荐:在勃艮第
　　　有位名叫克琳希德的高贵的孀居的女子。

1144　他们看到美丽的王后海尔凯已经去世,
　　　于是说道:"大王要是再想娶一位高贵的女子,
　　　娶一位世间罕有的崇高的贤淑的王后,
　　　只有克琳希德;西格弗里曾做过她的配偶。"

1145　高贵的国王说道:"这桩事怎样可成?
　　　我是一位异教徒,一位未受浸洗的人;
　　　她却是一位基督徒;恐怕她不会同意。
　　　要是能把她迎娶回来,真可谓一桩奇事。"

1146　武士们又开言说道:"为了你的荣名,
　　　为了你的富贵,也许她可以答应。
　　　我们对这位高贵的妇人何妨试她一试:
　　　大王要和她缔结良缘,这件事非常适宜。"

1147　高贵的国王说道:"你们各位臣下,
　　　有哪一位熟悉莱茵的人民和他们的国家?"
　　　贝希拉润的善良的路狄格上前说道:
　　　"那几位高贵的国王,我在年幼时就已知道。

1148　"恭太和盖尔诺特是两位高贵的骑士;
　　　第三位名叫吉塞尔海:他们不论何事,
　　　都竭力遵循着荣誉和道德的标准而行;
　　　就是他们的祖先,也都有这同样的令名。"

1149　艾柴尔又说道:"朋友,我再问你,
　　　她到这儿来加冕为后,是否适宜?
　　　她果真具有如众人所称的那种美貌,
　　　那么我的亲友们就决不会在一旁啰唆。"

1150　"她的美貌和我那位高贵的王后海尔凯
　　　确实是不相上下:你找遍整个世界,
　　　再也没有哪位王后能胜过这位妇人:
　　　谁要是被她择为佳婿,那真是欣慰万分。"

1151　他说道:"路狄格,那就劳您驾去走一遭。
　　　要是我和克琳希德能成百年之好,
　　　我一定尽我的力量报答你的大恩;
　　　你给我办妥此事,也就尽了最大的忠诚。

1152　"我要从库房里多拿给你们一些川资,
　　　让你和你的随从们过得欢欢喜喜;
　　　所有马匹和衣裳,只要使你称心,
　　　都可以给你充分的供给,以完成这个使命。"

1153　高贵的路狄格,这位方伯回答说道:

"我要使用你的金钱,算不了一位英豪。
　　　我愿意自己带一切费用前往莱茵
　　　做你的使者;我受了你的许多俸金。"

1154　高贵的国王说道:"你打算何时启程
　　　去迎聘我的新后?愿天主保佑你们,
　　　让你们一路平安,同时也保佑我的新妻;
　　　但愿幸运助我成功,此去能获得她的同意。"

1155　路狄格又说道:"在我们出国以前,
　　　我们要把武器和衣裳预备得十分齐全,
　　　让我们在王后之前不会失去面子;
　　　我此番前往莱茵,要随带五百名勇士。

1156　"勃艮第人一看到我和这许多兵士,
　　　他们国内的民众一定会赞誉备至,
　　　他们会异口同声,说从未有一位国王
　　　派遣这许多武士,像大王派的使臣这样。

1157　"高贵的国王,你要知道,这位新妻,
　　　乃是西格蒙特的王子、最勇敢的武士、
　　　西格弗里的后妃;你和他也有过一面之亲;
　　　这是确实,世界上谁不钦佩他那盖代的荣名。"

1158　国王艾柴尔说道:"那位高贵的君王,
　　　真是盖世无双,她如果是他的妻房,
　　　那么我对这位王后也不可加以轻视。
　　　再说她那绝色的美貌也使我觉得满意。"

1159　方伯又说道:"好吧,我要向你禀明,
　　　在二十四天以内我们就要出发远行。

　　　　我要派人去告诉歌台林德,我的妻子,
　　　　说我要亲自出门,出使到克琳希德那里。"

1160　路狄格于是派了一位使者前去贝希拉润,
　　　　把这事告诉他的妻子,高贵的方伯夫人,
　　　　说他要亲自出去为国王迎聘新后,
　　　　夫人这时正想起海尔凯,怀念着她的故旧。

1161　这位方伯夫人一听到这项消息,
　　　　她觉得又喜又忧,不由垂泪悲泣,
　　　　她不知道能否再娶到从前那样的王后,
　　　　她想着海尔凯,心中止不住十分难受。

1162　七天以后,路狄格从匈奴出发登程,
　　　　国王艾柴尔为了这桩喜事高兴万分。
　　　　使者们在维也纳城中置备新衣;
　　　　他们也没有多事耽搁,恐怕误了行期。

1163　他的夫人歌台林德在贝希拉润等他归里,
　　　　路狄格的女儿,那位年轻的方伯小姐
　　　　也很高兴地巴望着父亲和他的随从。
　　　　许多美貌的侍女们都等着她们的主人回宫。

1164　当高贵的路狄格离开维也纳城市
　　　　前往贝希拉润之前,许多马匹
　　　　已经驮着服装和武器出发先行。
　　　　为了防止劫夺,一路上防卫十分严紧。

1165　当他们一起抵达贝希拉润城市之时,
　　　　主人对他的随从们十分殷勤有礼,
　　　　请他们入馆休息,与以热诚的招待。

高贵的歌台林德看见主人回来,非常愉快。

1166 他可爱的女儿,那位年轻的方伯小姐,
看到父亲回来,也觉得欢天喜地。
她们多么欢迎这些来自匈奴的英雄!
那位高贵的小姐,脸上不由堆起了笑容:

1167 "欢迎我的父亲和他的一行随从勇士。"
于是那许多高贵的武士对年轻的方伯小姐
都十分亲切地说出恭维的感谢的话语。
歌台林德夫人很了解高贵的路狄格的心绪。

1168 当她在夜间和路狄格一同就寝的时辰,
这位方伯夫人用温柔的言词向他询问,
匈奴国的君王派他到哪一国去出使。
"我的爱妻,"他说道:"我正要告诉你此事。

1169 "我要为我的主上去迎聘一位新妻,
因为美丽的海尔凯王后已经去世。
我要去见克琳希德,赶到莱茵:
请她来即位为后,把她迎到匈奴王的宫廷。"

1170 "愿天主保佑!"歌台林德说道:"马到成功!
我们常常听人谈起她那无上的光荣。
她可以继海尔凯之后,执掌后政:
我们听到匈奴王娶到这位后妃,高兴万分。"

1171 方伯路狄格说道:"我亲爱的夫人,
我们这一行人马就要向莱茵启程:
你要多取出些钱财,给他们作旅费:
武士们得到富裕的供养,就显得精神百倍。"

1172　她说道：“在你和你的随从离开此地以前，
　　　我都要尽我的力量满足每一位的心愿，
　　　只要让他们满意，我无不有求必应。”
　　　方伯于是又说道：“你做事真使我觉得开心。”

1173　哎，从她的库房里拿出多少华贵的料子！
　　　他们为高贵的武士们立即镶上衬里，
　　　自顶至踵，全部打扮得焕然一新；
　　　路狄格为自己挑选衣料，也挑得十分称心。

1174　在第七天早晨，主人带了他的武士
　　　离开贝希拉润出发。他们的衣服和武器，
　　　装载得满满地打从巴伐利亚地方经过。
　　　一路上太太平平，倒也没遇到强盗劫夺。

1175　在十二天之内，他们抵达了莱茵，
　　　这个消息当然是隐瞒不了的事情：
　　　国王和他的朝臣们都接到了报告，
　　　说有外国的宾客光临。主上于是问道，

1176　是否有人认识他们，务须速来回话。
　　　众人看到那些装载得很沉重的驮马，
　　　从这一点上就知道他们是豪富的武士。
　　　他们立即在广大的城中布置宾馆供他们休息。

1177　当这些宾客们一起抵达都城之时，
　　　市民们望着他们的行列都觉得新奇。
　　　他们不知道，他们从何处来至莱茵。
　　　主上于是询问哈根，要他把宾客的来历说明。

1178 特罗尼的哈根说道:"我还没和他们见面;
要是我看到他们,也许能向你明言,
说出他们是从何处骑马来到我国。
我一定立即认识他们,除非他们是远客。"

1179 客人们都被招待到下榻休息的地方。
使臣和随从们都穿着华贵的服装,
他们骑马走向宫廷,非常引人注意。
他们穿着上等的衣裳,裁剪得十分精致。

1180 勇猛的哈根说道:"我已有许多日子
没有和他们见面,根据我的记忆,
他们好像是从匈奴国中来的使臣,
就是那位高贵而勇敢的路狄格大人。"

1181 国王立即说道:"这怎能令人相信,
这位贝希拉润的方伯竟会屈驾光临?"
恭太王的一番话语还没有说了,
勇敢的哈根已经看见堂堂的路狄格来到。

1182 他和他的亲友们忙上前欢迎,不敢怠慢:
这时五百名勇敢的武士全都跳下了马鞍。
从匈奴国来的客人受到隆重的欢迎;
像这样服饰华贵的使者真是旷古绝今。

1183 特罗尼的哈根发出了欢呼的声音:
"我们对众位武士表示极大的欢迎,
我们欢迎贝希拉润的使臣和他的随从。"
这些匈奴国的武士受到欢迎者的极大尊崇。

1184 国王的近亲们也都纷纷地赶到,

美茨的奥特文对路狄格开言说道：
　　　"我向你说句真话，在我们这里，已经
　　　有很久时间没有这样高高兴兴地迎接贵宾。"

1185　他们感谢众位武士们的热诚的欢迎。
　　　他们于是和随从们一同走向大厅，
　　　国王恭太正和许多的武士坐在那里。
　　　国王立即离座立起；这是他的为君之礼。

1186　他露出多么恳切的态度欢迎使臣
　　　和他的全部随从！盖尔诺特也对客人
　　　和他属下的武士表示极大的尊敬。
　　　国王于是和堂堂的路狄格一同携手而行。

1187　他把客人接引到他自己的玉座那里。
　　　他命人给贵宾斟酒（侍臣们都欢天喜地），
　　　奉上最好的甜酒和上等的葡萄酒，
　　　这些莱茵地方出产的名酒都非常甘美可口。

1188　吉塞尔海和盖莱，旦克瓦特和伏尔凯，
　　　他们听到这个消息，也都一齐赶来。
　　　他们知道有贵客光临，感到十分高兴：
　　　他们在国王面前，向高贵的骑士们热烈欢迎。

1189　特罗尼的哈根对他的主上恭太说道：
　　　"这位方伯大人对我们这样亲切友好，
　　　我们全体武士都觉得感激不尽；
　　　我们应该报答歌台林德的夫君的盛情。"

1190　国王恭太说道："现在我要向你询问，
　　　匈奴国的艾柴尔大王和海尔凯夫人，

他们两位近况可好？请向我明告。"
方伯对国王回道："我正愿对陛下禀报。"

1191　他和他的随从们于是从座位上站起
　　　对国王说道："请允许我向你禀奏消息，
　　　大王艾柴尔交给我一桩重大的使命，
　　　我要把他派我到勃艮第来的目的向你说明。"

1192　国王说道："你到我国来有什么目的，
　　　我允许你一一告知，不用和朝臣商议。
　　　我和我的武士们都愿意洗耳恭听：
　　　你可以把你的来意郑重地向我们说明。"

1193　高贵的使臣说道："我伟大的主上
　　　派我到莱茵来通好，问候国王，
　　　同时也向你的全部亲友致敬；
　　　我所负的这种使命，完全出于他的诚心。

1194　"我高贵的大王也命我送来讣告，
　　　我们的全国人民现在都深深地哀悼，
　　　因为我主上的王后海尔凯已经去世：
　　　她所养育的美丽的公主和高贵的王子，

1195　"一大群子女现在都成了可怜的遗孤。
　　　因此举国上下，都感到极大的悲苦：
　　　可怜他们失去了鞠养劬劳的亲人，
　　　我们的国王，也是毫无休止地伤痛万分。"

1196　"愿天主保佑，"恭太说道："他派你前来，
　　　对我和我的亲友竟这样恳切地关怀。
　　　我听到他对我们的问候，非常高兴；

215

　　　　我和我的朝臣们愿意永远报答他的盛情。"

1197　勃艮第的高贵的盖尔诺特说道：
　　　"世人对于王后海尔凯的去世将同声悲悼，
　　　因为她的种种贤德令人难以忘记。"
　　　哈根和其他许多武士都对此话表示同意。

1198　高贵的使臣路狄格于是又开言说道：
　　　"国王陛下，请允许我，还有一事禀告，
　　　我的主人派我来还负有另一种使命，
　　　因为自从王后驾崩，他终日里非常伤心。

1199　"他曾听到人说，西格弗里已经去世，
　　　克琳希德在家孀居：要是此话属实，
　　　同时她能同意，他愿意聘娶她前往那边
　　　在武士面前加冕为后，这是我主上的意见。"

1200　恭太王于是怀着愉快的心情说道：
　　　"如果她肯听此话，我一定向她劝告。
　　　在三天以内，我将告知她这个消息：
　　　只要她不拒绝，我怎么会不表示同意？"

1201　这时，宾客们都得到了舒服的下榻之地，
　　　路狄格感到他们的招待非常恳挚，
　　　他欣喜在恭太王的国中遇到了旧交①。
　　　他从前厚待过哈根，哈根现在也以礼相报。

1202　就这样路狄格在那儿勾留了三天。
　　　国王聪明地传召群臣，征求大家的意见，

---

①　路狄格是哈根在入质匈奴时的旧交。

　　　　他向他的亲友们问计,让艾柴尔大王
　　　　和克琳希德结为夫妇,这事情是否适当。

1203　大家都表示赞成;独有哈根另持异见。
　　　　他对勇敢的武士、国王恭太这样进言:
　　　　"你若能聪明地观看问题,请你注意,
　　　　纵然她有此心,你也不能答应这件婚事。"

1204　恭太说道:"为什么你要加以阻止?
　　　　不论什么事情,只要对于她将来有利,
　　　　我都乐于应允:因为她是我的胞妹。
　　　　只要有关她的荣名,我们要主动玉成其美。"

1205　哈根回道:"请陛下不要说得这样简便,
　　　　你要是像我一样深知艾柴尔和他的威权,
　　　　你就不会如刚才所说的让他们结成夫妇,
　　　　如果不然,将来你就要第一个尝受痛苦。"

1206　"为什么?"恭太说道:"如果她和他结亲,
　　　　那么我可以很容易地避免和她接近,
　　　　免得招她的怨恨而使我感到忧伤。"
　　　　哈根于是又说道:"我觉得这事总不妥当。"

1207　这时国王又请盖尔诺特和吉塞尔海来商量,
　　　　问他们将克琳希德允许给那位强大的国王
　　　　做他的王后,他们二人是否赞成。
　　　　大家都表示同意,反对的依旧只有哈根。

1208　勃艮第的勇士吉塞尔海于是说道:
　　　　"我的朋友哈根,你正可以重修旧好:
　　　　把你对她所犯的旧罪,现在全部洗清。

对于她的前途，决不要存什么妒嫉之心。"

1209 "你对于我的姐姐已经给了她许多烦恼，"
这位堂堂的武士吉塞尔海又接着说道，
"纵然她憎恨于你，你也是咎由自取：
世界上再没有像她这样失去欢乐的妇女。"

1210 "我要把我所知道的坦白地告诉你们，
如果她到了艾柴尔的国中和他成婚，
她一定尽她所能，给我们造成苦痛。
因为那时有许多勇敢的武士为她效忠。"

1211 勇敢的盖尔诺特却反对哈根的意见：
"我们可以这样，在他们二人的生前，
我们决不前往艾柴尔大王的国中。
我们应该对她诚心；这也是我们的光荣。"

1212 哈根随又说道："你们不要反对我的意见：
如果克琳希德戴上了海尔凯的冠冕，
她一定尽可能地给我们找来许多烦恼：
请放弃这种计议，这样对于你们较好。"

1213 美丽的乌台的儿子、吉塞尔海怒气填膺：
"我们大家不应该存心干虚伪的罪行。
只要对她名誉有利，我们都感到愉快。
不管你怎样说，哈根，我对她总要真诚相待。"

1214 哈根听到这话，也不由觉得生气。
吉塞尔海和盖尔诺特，两位堂堂的武士，
以及高贵的恭太王最后都一致首肯，
只要克琳希德愿意，他们都愿竭力玉成。

1215 方伯盖莱于是说道:"我要去对她规劝,
劝她好好答应艾柴尔大王的这段良缘。
他有那许多武士畏敬地为他效劳:
他一定可以消除她在这里所获得的烦恼。"

1216 这位敏捷的武士立即去到克琳希德面前。
她殷勤地接见了他,他于是对她进言:
"你应该好好地欢迎我,给我使者的酬报:
你现在有喜事临门,破除你一切的烦恼。

1217 "在一切统治国土、荣戴冕旒的国王之中,
有一位最高贵的国王派了使者和随从
到我国来预备迎聘夫人前夫结亲;
高贵的骑士们作专使。国王叫我前来通禀。"

1218 悲痛的王后说道:"天主决不容许
你和我的亲族们对我这可怜的妇女
寻这样的开心:一位从贤淑的妇人那里
得到过真诚的爱情的丈夫怎能和我作夫妻?"

1219 她剧烈地反对。于是盖尔诺特,她的仲兄
和年轻的吉塞尔海一同进入她的宫中。
他们劝告她拿爱情来弥补生活的空虚:
要是她嫁给国王,这真是她的无上幸福。

1220 但是再也没有一个人能把这位王后说服,
劝她在世界上再和一位男子结成夫妇。
武士们于是央求她道:"如果没有希望,
那么请你答应,让使者来和你见面一趟。"

1221　"这个我不拒绝,"高贵的夫人说道,
　　　　"这位使臣路狄格,是一位有德的英豪,
　　　　我倒愿接见他一次:要不是他,
　　　　任何别的使者,我也永不愿和他们谈话。"

1222　她说道:"在明天早晨你们把那位武士
　　　　送到我的后宫。我向他说明一切,
　　　　我要把自己的意见亲自和他长谈。"
　　　　于是又重新引起了她的一阵痛哭和悲叹。

1223　高贵的路狄格在这时的唯一的要求,
　　　　也只有希望见一见这位高贵的王后。
　　　　他知道得很清楚:只要能够如此,
　　　　他一定要把她说服,让她答应嫁给武士。

1224　在第二天早晨,正举行唱经弥撒之时,
　　　　高贵的使者们来到;观看的人十分拥挤。
　　　　和路狄格一同入宫的许多卓越的武士们,
　　　　只见他们衣冠楚楚,服饰全都华贵万分。

1225　可怜的克琳希德,怀着悲凉的心情,
　　　　等待着那位高贵的使者路狄格光临。
　　　　他看到她全身穿的是家常的服装;
　　　　而她的侍女们却都穿着十分华贵的衣裳。

1226　她亲自走到门口迎接来访的客人,
　　　　她抱着和善的态度欢迎艾柴尔的使臣。
　　　　连他自己一共十二人进入她的宫中;
　　　　他受到隆重的招待;这样的使者千载难逢!

1227　使者和他的随从都在座位上坐了下来。

两位方伯,艾克瓦特和盖莱,
这两位高贵的武士,侍立在她的身旁。
为了王后的不欢,没有一个露出快乐的面庞。

1228 在她的面前坐着许多美丽的妇女。
王后克琳希德,她总是在伤心啼哭。
她胸前的衣服,都被她的热泪沾湿。
高贵的方伯看到这种情形,不由离座起立。

1229 他极其恭敬地说道:"最高贵的公主,
我和我同来的随从希望得到你的允许,
让我们站在夫人的面前向你禀奏,
告诉你,我们这次出使是为的什么原由。"

1230 "我可以允许你,"王后对他说道,
"把你要讲的话语,统统向我报告,
我愿意耐心倾听:因为你是高贵的使者。"
在座的别人都看到她的情绪很不愉快。

1231 贝希拉润的方伯路狄格于是对她开言:
"王后,我高贵的国王艾柴尔命我前来
到你们贵国传达他对你的忠诚爱慕之心;
因此他派来许多武士,希望求得你的爱情。

1232 "他要对你亲切地献上他那无忧的爱情;
他要把他从前对待王后海尔凯的好心
永远转送给你,海枯石烂,决不改变:
他希望聘你前去继承从前的王后当朝加冕。"

1233 王后对他说道:"路狄格方伯大人,
若是有人知道我的心中正在伤痛万分,

221

他就不会再劝我和另一位男子成亲：
我已失去一位任何妇女都寻觅不到的夫君。"

1234　勇敢的使臣说道："除了亲切的爱情，
还有什么能慰人忧伤？谁能为自己选定
和他心情相契合的良友，他就会获得安慰，
他就会体会到，只有爱情能消除心中的伤悲。

1235　"你要是答应和我高贵的君主结成美眷，
你就可以戴上十二个国家的冠冕。
我主还要把他亲自征服的三十个国家，
全部交托给你，置于你的统辖之下。

1236　"从前侍奉王后海尔凯的许多武臣，
还有许多出身贵胄的美貌的妇人，
他们将以对待故主之心为你效劳，
拥戴你为他们的女后，"高贵的英雄继续说道，

1237　"而且，如果你答应和我主共掌天下，
他命我对你禀明，他还要把他
从前交给王后海尔凯的大权移交给你：
艾柴尔的一切武士都要全部归你统制。"

1238　王后于是说道："我怎能再发出心愿，
重嫁给一位勇士为妻，和他人配匹良缘？
由于一人的死亡，造成我极大的忧伤，
哪怕到我的末日，也难得有解愁的时光。"

1239　匈奴人又说道："万分高贵的王后，
你到了艾柴尔那里，一切就不用忧愁，
你若答应这件亲事，你就非常开心；

因为有许多卓越的武士为我主尽忠效命。

1240 "海尔凯的侍女们和夫人的侍女们,
她们将和平相处,共同作你的宫人,
武士们看到这种情形也会非常悦服。
请接受劝告,夫人,这样真是你的幸福。"

1241 她从容有礼地说道:"现在谈话暂时中止,
直到明天早晨,请你再光临这里,
那时我再针对你的来意给你答复。"
勇敢的高贵的武士当然只好听从她的吩咐。

1242 当他们都回到宾馆里去休息之时,
高贵的王后派人去邀请她的幼弟
和她的母后:她告诉他们二人,
除了痛哭以外再没有什么合乎她的身份。

1243 她的幼弟吉塞尔海说道:"姐姐,我猜想,
而且也很相信,那位艾柴尔大王,
你若答应他的亲事,他能给你消忧解愁,
别人所劝你的话语,我看都有一些理由。

1244 "他能弥补你的空虚,"吉塞尔海继续进言:
"从伦河到莱茵河,从易北河到海边,
再也找不到像他那样强大的国王。
他要是聘娶你作后妃,你真是幸福无疆。"

1245 她说道:"亲爱的兄弟,你为何劝我此事?
像我这样的人,只应该终日悲泣流涕。
我怎能到宫廷里的武士之前去露面?
我虽有美丽的容貌,早已消逝,非比从前。"

1246　乌台母后于是对她的亲爱的女儿说道:
　　　"我的爱女,你最好答应你兄弟的劝告。
　　　听从亲友们的忠言,对你只有幸福。
　　　许久以来我总是看到你一个人在伤心痛哭。"

1247　她于是向天主祈祷,请求天主赐计。
　　　因为她纵然还有金钱衣服可以布施,
　　　有如她的丈夫、高贵的武士在世时一样,
　　　可是以后,她再也不会过到快乐的时光。

1248　她的心中想道:"我难道要把我的身体
　　　交给一位异教徒?我是基督教的女子,
　　　我一定要受到全世界人民的侮辱;
　　　他纵把所有的国家都给我,也于事无补。"

1249　她于是暂时撇开。那一夜直到天明,
　　　她躺在床上,真是千头万绪,想个不停。
　　　她那光亮的眼睛,总是有泪珠滚下,
　　　直到曙光来临,她不得不起来去望弥撒。

1250　这时,正当弥撒的时候,国王也都来临;
　　　他们看到她,都走过来和她携手同行,
　　　他们劝她答应匈奴人所提出的亲事。
　　　可是这位夫人一点也没露出欢喜的样子。

1251　他们于是把艾柴尔的使臣带到她的面前,
　　　因为不管她对这桩亲事愿与不愿,
　　　他们今天就要辞别归国,离开恭太的国土。
　　　路狄格进入宫廷:他的随从们都对他敦促,

1252 叫他仔细摸准高贵的国王的心意
　　　以便及时进行；大家认为这样比较适宜；
　　　因为他们回国以后，来往的路程很远。
　　　路狄格于是被人带去和克琳希德相见。

1253 这位武士立即上前用谦和的言辞
　　　请问高贵的王后，请她给予指示，
　　　他回国以后将以何言对艾柴尔回禀。
　　　他所得到的答复，依旧是不能应允。

1254 她说她永远不会再爱上另一位男人。
　　　方伯于是对她说道："这话我不很赞成：
　　　你为什么要这样糟蹋你可爱的身体？
　　　你还可以堂皇地做一位高贵的武士的妻子。"

1255 无论他怎样苦苦地劝告，总是徒劳，
　　　最后，路狄格向高贵的王后秘密地说道，
　　　他可以支持她解除一切的不幸。
　　　听到这话，她那极大的哀愁才稍稍减轻。

1256 他对王后说道："请你不要悲哭；
　　　在匈奴国中哪怕只有我、我的部属、
　　　我那些忠实的亲友，而没有别人，
　　　可是谁要是得罪了你，总让他难以脱身。"

1257 王后的情绪到这时才有点轻松缓和。
　　　她说道："路狄格，请你起誓，谁触犯我，
　　　你要第一个站出来为我报仇雪恨。"
　　　方伯对她说道："我已经准备好了，夫人。"

1258 路狄格于是和他的随从们都一同起誓，

他们将永远对她效忠,这些高贵的武士,
将来在匈奴国中,绝对会负起责任,
保卫她的名誉:路狄格又伸出手来保证。

1259　忠实的王后想道:"我要是能得到
这许多坚贞的朋友,我就决不计较
世界上任何人对我说些什么闲话。
也许我能把亲爱的丈夫的冤仇洗雪一下。"

1260　她想道:"艾柴尔大王拥有这许多武士,
若能听我指挥,我就能随心所欲地办事。
他又有这许多财宝,我可以尽量布赠;
因为可恶的哈根把我的财宝抢得一丝不剩。"

1261　她对路狄格说道:"要是我没有听说,
他是一位异教徒,我倒也愿往贵国,
听从他的旨意,侍奉他做我的丈夫。"
方伯又说道:"王后,这一点你不必踌躇。

1262　"那儿有许多基督教的武士侍奉我王,
你在他那里决不会引起什么忧伤。
你还可以轻而易举地劝说我的君主,
挽救他的心灵,使善良的国王信奉天主。"

1263　她的弟兄们也说道:"姐妹,请你应允,
把你所有的忧愁,现在都抛弃干净。"
他们劝告了许久,最后这位忧愁夫人
终于在武士们面前答应和艾柴尔大王成婚。

1264　她说道:"我这可怜的妇人,只好从命!
我只要找到亲友,能给我带领路径,

　　　　我就启程出发,前去匈奴成婚。"
　　　　美丽的克琳希德又在武士们面前伸手保证。

1265　方伯说道:"你有两位武士为你效命;
　　　　我的武士数目更多:因此无须操心,
　　　　我们一定会堂堂地把你送到莱茵彼岸。
　　　　我想你在勃艮第不能再多事耽搁时间。

1266　"我有五百名武士,还有许多亲属:
　　　　在此地和匈奴国中,你若有所吩咐,
　　　　他们都唯命是听;我自己也竭诚相事,
　　　　只要你能明鉴我的微忠,我永不觉得羞耻。

1267　"现在请你吩咐把你们的马具加以准备;
　　　　路狄格劝你的话语,不会给你带来后悔。
　　　　同时请对跟从你的侍女们关照一声:
　　　　有许多杰出的武士要在半路上迎接你们。"

1268　从前在西格弗里生前所用的许多马具,
　　　　她们还保存在手里,因此她和许多侍女,
　　　　在她临去之日,还能打扮得非常美观。
　　　　哎!他们给美貌的妇人拿来多漂亮的马鞍。

1269　她们在平时,本来就爱穿华美的衣裳,
　　　　现在为了出门,她们更收拾许多服装,
　　　　因为她们对艾柴尔大王已经非常了解;
　　　　她们于是把长期封锁的箱箧一齐打开。

1270　她们忙了四天半,没有休息的时光,
　　　　从箱笼里拿出了许多珍藏的衣裳。
　　　　克琳希德又开始打开了她的宝库,

她要给路狄格的随从们布赠许多财物。

1271　从前尼贝龙根的黄金还有一些留存：
　　　她要亲自布施，分给那些匈奴使臣。
　　　六百匹驮马也不能把它全部搬尽。
　　　克琳希德这样主张，哈根却已获得音讯。

1272　他说道："克琳希德对我再不会存有好意：
　　　因此西格弗里的黄金应该保存在这里。
　　　我为什么把这一笔巨大的财产遗给敌人？
　　　克琳希德拿这些财宝做甚，我有数得很。

1273　"她要是把财宝带走，我十二万分的相信，
　　　她一定广为布施，造成对我的恨心。
　　　她还没有得到马匹，把这些财宝搬走：
　　　我要叫人告诉克琳希德，哈根不肯放手。"

1274　她一听到这个消息，觉得非常生气。
　　　这个消息也传到了三位国王的耳里，
　　　他们想加以阻拦。可是不能办到。
　　　高贵的路狄格于是露出愉快的心情说道：

1275　"高贵的王后，干吗为这些黄金叹气？
　　　艾柴尔大王为你抱着多深厚的情意，
　　　他的眼睛看到了你，他就会给你许多财宝，
　　　你简直花费不了；夫人，我可以为你担保。"

1276　王后对他说道："高贵的路狄格大臣，
　　　没有一位公主的财产比我被哈根
　　　抢夺去的那一份财宝更加多而可贵。"
　　　她的仲兄盖尔诺特于是去到她的宝库周围。

1277　他使出国王的大力把库门上的锁打开。
　　　把克琳希德的财宝统统取了出来，
　　　约有三万马克以上之数的黄金，
　　　交给客人们均分：恭太王也非常开心。

1278　可是贝希拉润的歌台林德的夫君说道：
　　　"以前从尼贝龙根运来的一切财宝，
　　　哪怕它现在还在克琳希德的保管之下，
　　　我的手和王后的手都不要去碰它一下。

1279　"还叫他们保存，因为我绝对不要。
　　　我从本国带来的财宝，为数已经不少，
　　　我们在路上的费用，一切无须担忧：
　　　为了这次旅程，我们已经准备得十分足够。"

1280　可是她的侍女们依旧装满十二箱黄金，
　　　这是她们的旧藏，人间希有的珍品，
　　　她们在临去之时，都全部搬了出来，
　　　为了沿途使用，又拿出许多饰物随身携带。

1281　她非常恐惧奸恶的哈根的势力。
　　　她还有一千马克的追仪存在手里：
　　　她都拿了出来，追奠他故夫的亡魂。
　　　路狄格看到她的举动，觉得她十分贞诚。

1282　可怜的王后说道："我有哪些友人
　　　愿意跟随着我度过不幸的一生，
　　　和我一同乘马前去艾柴尔的国家？
　　　请接受我的黄金，去购买衣服和鞍马。"

1283　方伯艾克瓦特立即上前回答王后：
　　　"自从我追随了你,常在你的左右,
　　　我总是对你忠贞不贰,"武士这样说道,
　　　"现在我还愿为你尽忠,至死也不改分毫。

1284　"我要带五百名部下随你一同远行,
　　　我要命令他们一本忠心为你效命。
　　　除了死神,谁也不能够使我们分离。"
　　　听到这话,克琳希德不由对他表示谢意。

1285　这时马匹已被牵来：他们就要启程。
　　　她的各位亲友,一起大放悲声。
　　　高贵的母后乌台和许多美丽的侍女,
　　　为了克琳希德远行,都露出凄凉的情绪。

1286　她带了一百名美丽的侍女离国登程；
　　　她们都打扮一新,非常适合她们的身份。
　　　从她们明亮的眼睛里都流下了眼泪；
　　　后来在艾柴尔国中,她们又得到许多欢慰。

1287　年轻的吉塞尔海和盖尔诺特也已赶到,
　　　他们率领了自己的部下,礼节十分周到：
　　　他们要护送亲爱的姐妹离开国土；
　　　他们带来的卓越的武士共有一千名之数。

1288　敏捷的盖莱和奥特文都一齐赶来；
　　　御膳冢宰鲁摩尔特也没有例外。
　　　他们要在一路之上给妇人们安营过宿；
　　　恭太王却只送到城外,立即策马回府。

1289　在离开莱茵之前,他们已派出急使

赶快先回到匈奴国中去传送消息,
叫他们告诉大王,说路狄格使臣
已经把高贵的王后迎回来和陛下成婚。

第二十一歌

克琳希德前往匈奴国

1290　让使者们趱赶路程,我们现在要叙述,
　　　王后怎样出发登程,离开她的国土,
　　　吉塞尔海和盖尔诺特在何处和她分离:
　　　他们出于忠诚之心,为王后十分尽力。

1291　他们乘马来到多瑙河畔的斐根。
　　　他们于是向王后告别,准备踏上归程,
　　　因为他们要赶回他们的故国莱茵。
　　　这些十分友爱的亲人少不了泣下沾襟。

1292　勇敢的吉塞尔海对他的姐姐说道:
　　　"姐姐,不管什么时候,你需要我效劳,
　　　或是有什么困厄,请你派人通知,
　　　我一定到艾柴尔大王的国中帮助你。"

1293　她所有的亲人们都和她接了别吻。
　　　勃艮第的勇士和路狄格的随从们,
　　　都在那时彼此依依不舍地离分。
　　　许多装饰娇美的侍女都随着王后启程,

1294　为数共有一百零四名；她们的衣裳
　　　全用美丽的彩缎做成；一路之上
　　　还有许多执盾的武士在王后身后相随。
　　　那位卓越的武士伏尔凯也前来告别而归。

1295　她们不久渡过多瑙河，来到了巴伐利亚：
　　　大家都听到消息，说有陌生的客人
　　　乘马急驰而来。在莱茵河和多瑙河
　　　互相汇流之处，如今还有修道院一座，

1296　那儿有一位主教住在帕骚城中。
　　　这一天宫廷和民家，全部走空：
　　　他们都去迎接经过巴伐利亚的宾客，
　　　主教彼尔盖林①就在那儿欢迎克琳希德。

1297　看到她后面跟着这许多美丽的侍女，
　　　城中的武士没有一个感觉到不舒服。
　　　他们对那许多骑士的贵女②贪婪地观望。
　　　这时早有人为贵宾安排下适意的休息地方。

1298　主教和他的甥女并骑进入帕骚。
　　　市民们一听到城主的甥女来到，
　　　听到那位美丽的克琳希德光临，
　　　那些商民们都十分恭敬地向她竭诚欢迎。

1299　主教以为她们将留在他那儿过宿一宵，
　　　可是方伯艾克瓦特说道："这样不好，
　　　我们要赶快进发，前往路狄格国中：

---

① 彼尔盖林本是一位历史上的人物。死于十世纪。
② 贵族之女，多被送到宫中当侍女。

许多武士等待着我们：我们早把消息传送。"

1300　美丽的歌台林德也已经接到消息：
　　　她和她高贵的女儿在忙着准备一切。
　　　路狄格已通知她们，根据他的意思，
　　　要她们率领一大批武士一直去到恩斯

1301　亲自迎接王后，以便使王后的芳心
　　　感到无上欢慰。她们当然遵命而行，
　　　因此在道路上，到处都拥挤得很：
　　　有的骑马，有的徒步，都去迎接他们的客人。

1302　这时，王后已经来到了艾斐尔丁①。
　　　巴伐利亚地方向来有许多强盗横行，
　　　要是他们依照惯例显一显身手；
　　　那么他们将要使这些宾客很不好受。

1303　可是高贵的路狄格却防止了这种抢劫：
　　　他率领的部下，有一千名以上的武士。
　　　而且路狄格的夫人歌台林德也已赶到；
　　　她也带了一大群勇敢的武士，气概雄豪。

1304　她们渡过特隆河，来到恩斯的郊外；
　　　在那儿到处都安设了帐篷和营寨，
　　　供给客人们在那边舒适地过夜。
　　　方伯路狄格又亲自料理她们的饮食事宜。

1305　美丽的歌台林德离开她的篷帐，
　　　前去欢迎克琳希德。一路之上，

---

① 艾斐尔丁，奥地利的小城。

许多骏马的缰辔发出响亮的声音。
她的欢迎礼节很重;使路狄格感到欢欣。

1306 两地①的武士都驱向她们的身旁表示欢迎,
许多勇士都显露出他们的骑术超群。
他们在进行比武;许多少女望着他们。
王后看到武士们的效命,也感到兴奋。

1307 当路狄格的武士们靠近贵宾之时,
按照骑士的习俗,从勇士们的手里
有无数的枪柄的碎片飞出高空之中。
他们的武艺要在妇人们的面前博得称颂。

1308 比武不久宣告终止。许多武士
亲切地互相问好。就在这时,
歌台林德被带领到克琳希德的面前。
惯于侍奉妇人的人们,忙得毫不厌倦。

1309 贝希拉润方伯大人策马会见歌台林德。
她看到夫君安然从莱茵回归本国,
高贵的方伯夫人再也没有什么忧心。
她的离愁,现在已经变作极大的欢欣。

1310 待她表示欢迎礼节之后,他随即命她
和她同来的侍女们都在草地上下马。
许多高贵的武士都急忙赶到她们面前,
他们扶助美貌的妇人,从来也不会生厌。

1311 王后克琳希德一看到方伯夫人站在那里,

---

① 艾斐尔丁和恩斯。

　　　　带领了一大群侍从，立即停住马蹄：
　　　　她把手里拿住的缰绳拉紧不放，
　　　　随又命人扶着她，从马背上跳到地上。

1312　主教率领着他的外甥女克琳希德，
　　　　还有艾克瓦特，一同去会歌台林德。
　　　　站在路上的人们，都闪开让着他们。
　　　　异国的王后于是上前和方伯夫人接吻。

1313　高贵的方伯夫人亲切地对她说道：
　　　　"在我国这里，亲眼见到你的大驾来到，
　　　　亲爱的王后，我真觉得幸福万分：
　　　　我一生之中，从没有过更快乐的时辰。"

1314　克琳希德说道："愿天主保佑，高贵的夫人。
　　　　只要我和波台龙克①的儿子安度一生，
　　　　你看到我，总会使你觉得十分开心。"
　　　　她们二人还没有想到以后所发生的事情。

1315　许多少女们都恭敬地走过来互相招呼；
　　　　武士们都乐意为她们尽一切力量服务。
　　　　她们寒暄以后，就在苜蓿草地上坐下：
　　　　本不相识的人们，都成了朋友，互相谈话。

1316　大家给妇人们斟酒。时间已近中午；
　　　　高贵的从者们都各自回到休息之处：
　　　　她们跳上马背，进入许多帐幕之中。
　　　　这些高贵的宾客所受到的招待难以形容。

---

① 波台龙克，匈奴王的父亲，其真名为蒙都伊克（Munduic）。

1317　她们要在那儿休息一宵,直到天明。
　　　贝希拉润的人们对这些荣誉的贵宾
　　　都竭诚招待,一点没有任何怠慢。
　　　路狄格也亲自照料,不使她们感到匮乏。

1318　各处墙壁上的窗户都已开启;
　　　贝希拉润的城门也广阔地开在那里。
　　　宾客们骑马进城,市民们夹道争看;
　　　高贵的路狄格给她们准备了舒适的房间。

1319　方伯的女儿带领了她的侍女们
　　　前去迎接王后,显得殷勤万分。
　　　她也在那儿见到方伯夫人,她的母亲;
　　　许多的少女们都受到了非常热烈的欢迎。

1320　她们手携着手,一同踏步前行,
　　　走进了一处布置十分雅致的宽阔的客厅,
　　　在它的下面流过多瑙河的碧波。
　　　她们于是坐在室外,把时光轻轻消磨。

1321　我不能在此多讲,她们有许多赏心乐事。
　　　可是她们不能久留,克琳希德的武士
　　　因此都叹息不置;他们觉得烦恼。
　　　哎!多少贝希拉润的武士护送她们就道!

1322　方伯路狄格殷勤地为她们照料一切。
　　　王后克琳希德拿出十二只赤金的镯子
　　　送给歌台林德的女儿,还有华贵的衣服,
　　　这些都是她到艾柴尔那里所带的最好的贵物。

1323　虽然她已失去了尼贝龙根的金银,

可是她手头还保藏着的一些珍品，
还能使一切看到她的人感到满意。
她给城主的家臣们赏赐了贵重的厚礼。

1324　歌台林德夫人对于从莱茵来的嘉宾，
也拿出大大小小的礼物表示孝敬，
在那些异邦人之中，几乎没有一人
不从她手里接受宝石和华美的衣服的馈赠。

1325　食事完毕之后，她们准备继续开路，
那位城主夫人说出许多温存的话语，
对艾柴尔的王后表示忠诚的胸怀。
王后牵着夫人的美丽的爱女，依依抚爱。

1326　少女对王后说道："如果你认为同意，
那么我知道，我的父亲一定非常欢喜，
把我送到匈奴国中，常在你的附近。"
王后克琳希德看到：少女对她多么忠心。

1327　马匹已经备好鞍辔，牵到贝希拉润城外，
方伯路狄格的夫人和他的令嫒，
听到高贵的王后向她们致送珍重的话语。
许多美丽的侍女也很有礼貌地告别而去。

1328　从这一天以后，她们没碰到再见的时辰。
她们在中途，遇到美代利克①的市民们，
捧着许多美丽的金壶，壶中盛满美酒，
他们在那儿欢迎贵宾，全站在路旁恭候。

---

① 多瑙河畔产酒之地，今名美尔克。

1329　美代利克的城主,名叫阿斯托尔特,
　　　他给他们指点路程,怎样前去奥国,
　　　怎样沿多瑙河而下,前往毛太伦城:
　　　高贵的王后在那儿又遇到许多欢迎的人们。

1330　主教和他的外甥女儿殷勤地告辞。
　　　他极力劝告她安度欢乐的日子,
　　　叫她要学从前海尔凯那样地修好名声。
　　　哎!她后来在匈奴国中获得的荣誉多么惊人!

1331　不多时间,宾客们已来到特拉伊森。
　　　路狄格的从者们殷勤地侍候她们,
　　　一直到匈奴人已经骑马过来欢迎:
　　　王后在这时才体会到她受到的极大的尊敬。

1332　匈奴的国王在特拉伊森的附近
　　　有一座富丽的城堡,在国内非常闻名,
　　　叫做特拉伊森毛尔:以前是海尔凯的居地,
　　　她曾在那儿留下很好的德政,真是莫可伦比,

1333　只除了克琳希德;因为她也乐善好施。
　　　她在重忧之后,也想做出一点快乐之事,
　　　让艾柴尔的部下称扬她的德政。
　　　不久,她在勇士之间果然赢得极好的名声。

1334　在世界上无人不知道艾柴尔大王的威风,
　　　不论什么时候,都可以看到在他的宫中
　　　有许多在基督徒和异教徒中难得听到、
　　　非常勇猛的武士,他们都欣然来为他效劳。

1335　在他那儿还有一个难得看到的现象,

239

那儿并存着基督教和异教的信仰。
尽管他们每一个人遵守着自己的习俗,
国王对他们却一样赏赐,使人人心满意足。

第二十二歌

克琳希德和匈奴王成婚

1336　她在特拉伊森毛尔耽搁了四天。
　　　在这段期间,道路上总是飞尘扑面;
　　　到处尘土飞扬,宛如被烟火遮蔽。
　　　艾柴尔大王的家臣经过奥地利来迎接王妃。

1337　在这时,艾柴尔大王已经接到报告,
　　　说克琳希德的人马已经浩浩荡荡地来到,
　　　他那心中的哀愁都已化作烟尘。
　　　因此,他急忙出发,去迎接他的新人。

1338　一路之上,在艾柴尔大王的马前,
　　　驰骋着许多武士,他们说着不同的语言,
　　　有基督徒,有异教徒,真是庞杂的大军。
　　　因为是去迎接王后,每个人都十分高兴。

1339　俄罗斯和希腊的许多武士都跟着前来,
　　　波兰人和瓦拉几亚人奔得十分飞快。
　　　他们堂堂地鞭策着骏马,毫不怠慢。
　　　每一个人都保持着本国民族的风俗习惯。

1340　也有许多的武士是来自基辅的国中,
　　　还有野蛮的别契纳根人。他们拈起雕弓,
　　　向天空中的飞鸟猛力地发出矢箭;
　　　他们使出了全部力量,紧紧地拉开弓弦。

1341　在奥地利多瑙河旁边,有一座城堡,
　　　名叫图尔那。她在那里亲眼看到
　　　她一生中从未见过的许多风俗习惯。
　　　许多人前来欢迎,那些人后来竟为她受难。

1342　在艾柴尔的前头,飞驰着一队武士,
　　　每个人都温文有礼,而且服饰华丽,
　　　他们是二十四位强大的高贵的君侯:
　　　他们是来瞻仰王后,并没有其他的要求。

1343　从瓦拉几亚而来的公爵拉蒙,
　　　他带了七百名武士,赶去和王后相逢。
　　　只见他们奔驰迅急,像飞鸟一般的快。
　　　那边,君王吉贝凯也带了人马浩荡而来。

1344　勇猛的贺伦坡克,带了一千名兵士,
　　　从国王身旁,向王后的马前急驰。
　　　他按照他的民族习惯,发出高大的叫声。
　　　匈奴国的人马全跟在后面万分兴奋地奔腾。

1345　丹麦的勇将哈瓦尔特这时也已来临,
　　　还有那位从无一点虚伪的勇猛的伊林;
　　　另外又有堂堂的武士,图林根的伊伦弗里,
　　　他们前来欢迎克琳希德,都怀着极大的敬意。

1346　他们的队伍,一共有一千二百名兵士。

后面,勇士布鸟代尔,艾柴尔王的弟弟,
他也从匈奴国中带来三千人急驰而来:
他热心地向前奔驰,赶来向王后朝拜。

1347　最后是艾柴尔大王和狄特里希主帅,
带领了全部兵马,威风凛凛地赶来,
许多高贵的骑士都很勇猛而健壮。
王后克琳希德看到,也不由得高兴非常。

1348　高贵的路狄格于是对王后禀话:
"夫人,高贵的国王要来这里迎接大驾。
我告诉你向谁亲吻,你就给他一吻:
注意,你对待艾柴尔的武士,不能一律平等。"

1349　高贵的王后,这时由武士扶下马鞍。
豪富的艾柴尔大王,也不敢怠慢,
他和许多勇敢的武士一同跳下马来:
他向克琳希德走去,心里觉得十分愉快。

1350　根据世间的传闻,这两位强大的国君
一同走到王后之旁,为她撩着衣裙。
当艾柴尔大王上前迎接王后的时光,
她用亲吻殷勤地报答那位高贵的君王。

1351　她撩起头上的饰物;她那光洁的皮肤
辉映着首饰的金光。武士们都绝口称誉,
认为从前的王后海尔凯也并不比她漂亮。
国王的弟弟布鸟代尔,这时正站在她的身旁。

1352　高贵的方伯路狄格劝她向他接吻,
同时还有吉贝凯大王和狄特里希二人:

243

艾柴尔的王后一共吻了十二位武士,
其他许多骑士,她仅仅对他们问安作礼。

1353 当艾柴尔大王站在王后身旁的时光,
那些年轻的武士,还像现在的习惯一样,
都在克琳希德的面前进行马上比武;
基督徒的武士和异教徒都遵循自己的习俗。

1354 狄特里希的武士们多么威风凛凛!
从他们手里,有无数破裂的枪柄,
擦过盾牌,向高高的空中乱飞。
在德意志客人面前,许多盾牌被击得粉碎。

1355 人们只听到枪柄破裂的震耳的声音。
因为全国的武士,还有国王的贵宾,
都一起来到那里,多少高贵的男女!
这时,高贵的国王陪着王后一同离去。

1356 他们在附近看到一座华丽的帐篷。
整个的郊野,到处都是帐幕重重:
这是供给他们在疲劳之后从事休息之处。
武士们趁着这时,带领了许多美丽的少女

1357 去到王后克琳希德的面前,她正在那里
坐在一只富丽的软椅上,这是方伯所设置,
他想得那样精细,使人觉得舒适可爱。
这样也使得艾柴尔大王的心中非常愉快。

1358 他们在谈些什么,这倒也无从查究:
只见他的右手握住她雪白的素手。
他们亲爱地坐着,勇士路狄格,

没有让那位国王秘密地抚爱克琳希德。

1359 马上的比武,到处都已传令叫他们停止。
喧哗的欢呼的叫声,一下也全部平息。
艾柴尔的武士都各自回到自己的篷帐;
到处都给他们预备了息宿之处,舒适非常。

1360 那天晚上,他们都在那儿过了一夜,
一直到第二天早晨,看到红日升起。
于是许多卓越的武士又从新跳上马背。
哎!为了庆贺国王,继续举行了多少欢会!

1361 匈奴国王命令众人不要忘记自己的身份。
他们于是从图尔那乘马前往维也纳城。
许多的妇女们已经盛装艳服在等待;
她们十分恭敬地等候艾柴尔的王后到来。

1362 他们需要的一切,都已完全备置,
而且十分丰盛有余。许多勇敢的武士
都高高兴兴地去赴宴。每个人都感到开心。
于是国王的喜宴就在欢乐的气氛中开始举行。

1363 并非所有的武士,都在城中得到安顿:
凡不是外宾,路狄格请求他们,
都到城外的四郊,安排在乡间休息。
在这时,国王和克琳希德当然是形影不离。

1364 勇士狄特里希以及其他许多武士,
总是在忙碌不停,一点不肯休息,
他们尽量使客人们觉得十分开心;
路狄格和他的亲友们也在那里非常高兴。

1365 在圣灵降临节那天,是举行婚礼的日子,
　　　就在那天,艾柴尔大王在维也纳城里
　　　和克琳希德成婚。在第一位丈夫的国中,
　　　她也没有看到过有这许多的武士为她效忠。

1366 她赠送了许多礼物,和初见的人们结交。
　　　因此,其中有许多人都对宾客们说道:
　　　"我们以为克琳希德的财宝已经所剩无几,
　　　她现在拿出这许多赠礼,真使我们觉得惊奇。"

1367 这次婚宴一共继续了十七天的时光。
　　　在古书上,从没有听到过一位国王
　　　有这样的排场:这真是一桩难逢的喜事。
　　　所有在那儿参加盛宴的宾客都穿着新衣。

1368 在尼德兰故国,她从没有对着这许多武士
　　　南面称尊地坐在那里;而且我也深知,
　　　西格弗里从前虽然拥有极丰富的财宝,
　　　可是比不上艾柴尔有这许多武士为他效劳。

1369 并且,从没有一位君王,在结婚之时,
　　　赠送出这许多华贵的又长又宽的外衣
　　　以及许多精美的衣服给他的嘉宾,
　　　他为了克琳希德,一点也没有吝惜之情。

1370 所有的亲友和宾客,大家都是一样;
　　　不论是什么珍宝,他们都慷慨非常。
　　　只要有人向他们要求,他们都一口应允;
　　　有许多武士,为了布施,把衣服统统献上。

1371 当王后想到从前她在莱茵的时候，
 想到她的丈夫，就不由珠泪长流。
 可是她并不让人知道，却暗暗把泪珠吞下。
 在经历了许多痛苦之后，她现在享尽了荣华。

1372 不论任何人怎样慷慨，若和狄特里希相比，
 总不能同日而语：波台龙克的王子
 赏赐给他的一切财宝，他都完全耗尽。
 还有，路狄格的慷慨大方，也令人非常吃惊。

1373 布鸟代尔，那位匈奴国的武士，
 他也把许多旅行箱的纹银和金子，
 全部拿出来消耗一空：慷慨布赠。
 国王的那些武士们，他们的生活真快乐万分。

1374 国王的乐师，韦尔伯和希威美林，
 在这次喜宴之中，他们得到的赏金
 约有一千马克，或者还不止此数，
 他们全靠美丽的克琳希德加冕而得福。

1375 在第十八天早晨，他们从维也纳离开。
 在比武之时，许多武士们的盾牌
 都被他们手持的枪矛击得粉碎：
 艾柴尔大王就这样快乐地回到匈奴国内。

1376 他们在那座古城海姆堡①里过了一夜。
 谁也不知道他们一共带了多少兵士，
 一共有多少人出国，大家都无从算起。
 哎！多少美貌的妇人在故国等候着他们！

---

① 匈牙利的小城。传说是匈奴王的诞生地。

1377　在富饶的米森堡，他们改由水道启程。
　　　波面上到处看到的都是马匹和武人，
　　　在眼前飘浮着的，就好像是一片陆地。
　　　那些在旅途上感到疲倦的妇人正好借此休息。

1378　许多坚固的船只都紧紧地系在一起，
　　　因此，他们决不怕任何波涛的冲击；
　　　在船上面张好了许多华贵的篷帐，
　　　他们就好像依旧在原野里和陆地上一样。

1379　这个消息，现在也传到艾柴尔堡：
　　　城里的男男女女，大家都眉开眼笑。
　　　从前由海尔凯掌管的艾柴尔的侍臣，
　　　以后在克琳希德身边也生活得快乐万分。

1380　许多高贵的少女都站在那儿等待，
　　　自从海尔凯死后，她们抱着莫大的悲哀。
　　　克琳希德还在那儿见到七位公主；
　　　她们在艾柴尔大王的国中乃是珍贵的明珠。

1381　少女赫尔拉特，还在那儿掌管侍女，
　　　她是海尔凯的外甥女，为人十分贤淑，
　　　她又是狄特里希的未婚妻，出自帝胄名门，
　　　她的父亲是南特文，她后来显贵万分。

1382　她听到有贵宾光临，心里非常高兴；
　　　她也令人预备礼物，赏赐了许多金银。
　　　关于艾柴尔以后的状况，谁能娓娓长谈？
　　　在匈奴国中，再无别的王后能使人这样平安。

1383 国王和他的王后,离开河滨,策马向前,
每一位迎接的侍女,都来和克琳希德相见,
高贵的王后认识了她们,向她们殷勤作礼。
哎!她后来多么荣耀地代替了海尔凯的位置!

1384 她赢得许多人的忠心,大家都为她效命。
美丽的王后拿出了许多的黄金、白银、
衣裳、宝石分赐众人;她从莱茵国中
带到匈奴国来的一切财宝,全都分散一空。

1385 国王的一切亲友和听他指挥的家臣,
后来也全部为她效劳,对她表示忠诚,
从前海尔凯王后,也比不上她的权势,
他们为克琳希德尽力,一直到她去世之时。

1386 那时匈奴的宫廷和国家享尽了荣华,
一年四季,人们都在欢乐中度过生涯,
国王是慈恩浩荡,王后是乐善好施,
因此没有一个不觉得心满意足,欢天喜地。

第二十三歌

克琳希德蓄志报仇

1387　在极大的荣誉之中,这话一点不假,
　　　他们在一起度日,度过了七载年华。
　　　在这期间,王后生下了一位太子:
　　　再没有别的事情使艾柴尔大王更加欢喜。

1388　她一心一意要按基督教徒的习惯
　　　给艾柴尔的太子举行洗礼。
　　　她的愿望终于达成;给他命名:奥特利布。
　　　欢庆的热潮震荡了艾柴尔大王的整个国土。

1389　从前海尔凯王后所具备的种种懿德,
　　　克琳希德总步着她的后尘,据为准则。
　　　那位异国的少女赫尔拉特教给她各种习俗;
　　　她在暗地里还常常想着海尔凯而深自悲苦。

1390　她和本国人或是外国人都能打成一片;
　　　从没有一位王后,能这样受人怀念,
　　　把国家治得井井有条:这话决非虚构。
　　　她在匈奴国中就这样饮誉了十二个年头。

1391　这时,她已看出,没有人和她敌对
　　　（一般武士对于王后常常有抗拒行为）,
　　　她也看到有十二位王侯①每天为她效忠。
　　　可是她也没有一日忘记在故国所受的苦痛。

1392　她还记起从前在尼贝龙根的荣华,
　　　她所有的一切,全被哈根那位冤家,
　　　趁西格弗里死后,劫夺得精光,
　　　她想,几时能和他来算一算这笔旧账。

1393　"要是能把他诱到我国,我就可以报仇。"
　　　她常常梦见和幼弟吉塞尔海手携着手
　　　在一起散步；她总是心魂不定,
　　　梦见和他亲吻；她预料到祸事就要来临。

1394　那时真叫碰上了恶魔,他们劝告这位王后,
　　　客客气气地和国王恭太、她的兄长分手,
　　　劝告她在勃艮第国中跟他和解地亲吻。
　　　如今在她的衣服上,又沾湿了后悔的泪痕。

1395　不论早晨和夜晚,她心中总难以忘记,
　　　人们怎样逼迫着她,违反了她的意志,
　　　使她不得不和一位异教徒的男子成婚：
　　　这种苦痛,全是哈根和国王恭太一手造成。

1396　她没有一天放弃了她的复仇的意图：
　　　"我现在有这样大的权势,还有许多财富,
　　　我可以把极大的痛苦带给我的仇人：
　　　因此我已完全准备好要对付特罗尼的哈根。

---

① 在匈奴宫廷避难的十二位君王。

1397 "我还常常想念我忠实的人儿,感到心伤;
要是我能把那欺负我的仇人诱到身旁,
那么我丈夫的惨死,冤仇就可以相报。
我现在再也不能等待,"她非常痛苦地说道。

1398 国王的一切朝臣和克琳希德的武士,
对王后都衷心爱戴;这也是当然之事。
艾克瓦特是她的司库:因此也是她的心腹。
没有一个人肯违拗克琳希德的意图。

1399 她每天都想道:"我要向国王请求,
他本着慈爱之心,一定会答应他的王后
把她本国的亲友邀请到匈奴国来。"
谁也没有猜到这一番布置却另有恶意存在。

1400 有一夜,王后克琳希德躺在国王身旁,
他也依旧用手臂拥抱住她,像平常一样,
抚爱着高贵的王后;她是他的生命:
这位贤淑的妇人,于是又想起复仇的事情。

1401 她于是对国王说道:"我亲爱的主君,
我有一点事情要求你,请你务必应允,
我要你让我看到,我是否该得这种宠报,
就是你能当面对我的亲人们表示亲切友好。"

1402 高贵的国王回答,他并不存有恶意:
"我要告诉你知道,一切能使武士
增光受益的事情,都使我高兴万分,
因为我从未通过裙带关系获得更好的友人。"

1403 王后于是向国王说道:"你也十分知道,
      我有高贵的亲友:可是我非常烦恼,
      他们竟难得到我国来探望于我:
      人家都当我是六亲无靠,因此我很难过。"

1404 艾柴尔大王说道:"我最亲爱的夫人,
      要是他们不嫌路远,我就派人马上启程
      到莱茵去把你思念的亲友请到我国中来。"
      她听到这话,看出他的心意,感到非常愉快。

1405 她说道:"我的主上,你若对我真诚,
      就请你派遣使者到莱茵彼岸的沃尔姆斯城
      向我的亲人们传达我的思念之情:
      让那些高贵而真诚的武士到我国来作贵宾。"

1406 他说道:"你有这个要求,我一定从命。
      我对于他们的怀念,决不亚于你的热情,
      我也很想和高贵的乌台的儿子们会面:
      我也觉得难过,他们和我们竟这样疏远。"

1407 他又说道:"如果你愿意,我亲爱的王后,
      我就要派遣使者,去邀请你的亲友,
      我要派我的乐师前往勃艮第去送信。"
      国王于是立刻下令,宣召乐师前来宫廷。

1408 两位乐师随即来到,他们进得宫廷,
      叩见了国王和王后。国王于是下令,
      叫他们充任使臣,动身前往勃艮第。
      他又叫人给他们准备华贵的漂亮的新衣。

1409 他们给二十四位武士制好了衣服。

国王又召他们到面前亲自把话吩咐,
叫他们去邀请恭太王和他的朝臣。
王后克琳希德另有话语暗暗地叮嘱他们。

1410 高贵的国王说道:"现在听我下令:
你们要去向我的亲友传达我的盛情,
务请他们赏光,驾临我的国中。
我从没有对别的嘉宾,这样情谊深重。

1411 "要是他们能够接受我这点区区的心意,
那么你们就邀请王后克琳希德的亲戚,
务必在今年夏天到我国来参加宴会,
我若能看到众位姻亲,将给我无上的欢慰。"

1412 堂堂的希威美林,那位乐师说道:
"你叫我们到莱茵去向你的亲友们传告,
我要请问,你预备在何时举行盛宴?"
艾柴尔大王说道:"就在今年夏至日那天。"

1413 韦尔伯说道:"大王的命令我们一定遵从。"
克琳希德于是暗暗地把他们召进后宫,
因为她有另一番话要向他们说明,
许多武士因此后来都遭到了不测的事情。

1414 她对使者们说道:"你们若能了解我的心意,
而且到我的国中,能够按照我的吩咐行事,
将来回来之后,我一定给你们重赏:
我要给你们丰富的财宝和漂亮无比的衣裳。

1415 "你们到了莱茵河畔的沃尔姆斯都城,
看到我的亲友,切不可告诉任何人,

说你们常常看到我在这里悒悒多愁；
你们要向那些勇敢的武士传达我的问候。

1416　"我丈夫的心意，务必请他们接受，
　　　这样就可以使我消除一切的忧愁。
　　　匈奴的人们都当我没有什么至亲。
　　　我要是一位骑士，那我就会常去莱茵。

1417　"你们要向我高贵的兄长盖尔诺特传话，
　　　就说世间没有谁能像我那样关怀着他；
　　　你们要请他把我国中的所有的近亲
　　　全给我一同带来；这样我们就十分荣幸。

1418　"同时再告诉吉塞尔海，叫他记住，
　　　我从没有因为他而尝到任何痛苦，
　　　因此我很想亲眼看到他来到我国之中；
　　　我一生一世，情愿永久地为他尽力效忠。

1419　"再要告诉我的母后，说我是怎样的荣耀；
　　　如果特罗尼的哈根，不肯一同就道，
　　　那么谁能带他们通过各国，指点路途？
　　　他对于前来匈奴的路径，自幼就十分清楚。"

1420　这时，那些使者们还没有弄清，
　　　为什么她不让特罗尼的哈根留在莱茵，
　　　定要邀他前来。他们不久就有灾祸临门：
　　　由于哈根一人，使许多武士走上死亡的路程。

1421　书信和柬帖都已准备好交给了他们；
　　　他们带了充足的金钱，快乐地出发登程。
　　　他们拜别了美丽的王后和艾柴尔大王；
　　　他们的身上穿着十分漂亮的华贵的衣裳。

255

第二十四歌

韦尔伯和希威美林出使莱茵

1422　艾柴尔大王向莱茵派出了他的使臣，
　　　在各国之间，很快地传播着这个新闻：
　　　他派遣迅速的急使去邀请他的姻亲
　　　前来赴宴；许多武士因此遭逢死亡的厄运。

1423　使者们乘马离开了匈奴的国土
　　　向勃艮第出发；他们此行的任务
　　　是去谒见三位高贵的君王和他们的朝臣，
　　　请他们和艾柴尔会晤；因此他们火速万分。

1424　使者们不久就到了贝希拉润，
　　　主人们少不得要优遇地招待他们。
　　　路狄格和歌台林德，还有他们的千金，
　　　都嘱托使者向莱茵的武士们问安带信。

1425　他们又免不了给使者们大加赏赠，
　　　让艾柴尔的朝臣们更愉快地趱赶路程。
　　　路狄格叫他们问候乌台和她的儿子，
　　　说没有谁比得上方伯那样对他们关切。

1426 他们又托使者向布伦希德传达一切好话,
 说他们愿意为她效劳,而且永远忠实于她。
 使者们听罢他们的嘱咐,依旧继续登程;
 高贵的方伯夫人歌台林德祷告天主保佑他们。

1427 当他们还没有走过巴伐利亚国境之前,
 敏捷的韦尔伯去和善良的主教会见。
 他请他给莱茵的亲戚们带去什么音讯,
 这一点我不很清楚;可是他取出耀眼的黄金

1428 送给使者作为纪念,然后才让他们就道。
 主教彼尔盖林说道:"要是我能看到
 我那些外甥前来我处,我真高兴万分:
 可惜我没有这种机会前去莱茵探望他们。"

1429 他们在巴伐利亚走过哪一段路程前往莱茵,
 我也不很明了。不过他们的衣服和黄金
 并没有遭到劫夺;强盗也对艾柴尔惧怕,
 因为这位高贵的大王,他的统治势力很大。

1430 在十二天以内,韦尔伯和希威美林,
 他们就抵达沃尔姆斯城,赶到了莱茵。
 早有人去禀报国王和他的朝臣,
 说有外国的使者来到;恭太王立即启问。

1431 莱茵的君主问道:"谁能给我禀明,
 这些宾客是从什么国家来到我们莱茵?"
 没有一个人知道,直到特罗尼的哈根
 看到了使者,他才上殿去向恭太王奏陈:

1432 "我要向你禀告,我们今天听到了消息;

257

我刚才在这儿看到了艾柴尔的乐师;
是王后克琳希德派他们来到莱茵。
为了他们的君主,我们要对他们表示欢迎。"

1433 使者们迅急地策马来到了宫殿之前:
像这样的衣服华丽的乐师真是少见。
国王的侍从立刻上前去欢迎不遑;
他们给他们准备宿舍,又给他们保管衣裳。

1434 他们的旅行服装非常华贵而且漂亮,
可以使他们很有体面地去朝谒国王;
可是他们再不愿穿着这种衣裳进宫。
他们在问人:"谁需要的,我们准备奉送。"

1435 经他们一问,当然有些需要的人
愿意接受这种服装:他们就当场奉赠。
使者们于是另外穿上更富丽的衣裳,
正合乎国王使者的身份,华贵而且漂亮。

1436 艾柴尔的侍臣得到国王的允许,
走到金殿之中:大家见到他们都很欢愉。
哈根立即从座位上立起,向前迎接,
对他们亲切地寒暄:使者们都对他表示谢意。

1437 为了探听消息,他开始向使者们垂问,
他问艾柴尔的近况如何,又问起他的朝臣。
乐师于是对他回道:"我们的国家空前繁华,
我们的人民也从未有这样快乐:这都是实话。"

1438 他带他们去见国王。金殿上充满了人群:
大家对匈奴的使者都表示热诚的欢迎,

正像在别的国家亲切地迎接使臣那样。
　　　韦尔伯看到有很多武士侍立在恭太的身旁。

1439　高贵的国王开始对他们殷勤地问好：
　　　"艾柴尔的两位乐师，欢迎你们驾到，
　　　也欢迎你们的随从。你们的国君
　　　派你们来到勃艮第，请问有什么事情？"

1440　他们向国王鞠躬作礼。韦尔伯于是开言：
　　　"我们是奉了国王和令妹克琳希德的差遣，
　　　他们叫我们到这里来向陛下问候康宁；
　　　他们派我们来晋谒众位武士，完全出于诚心。"

1441　高贵的国王说道："这消息使我快乐万分。
　　　请问艾柴尔大王，"武士这样发问，
　　　"和舍妹克琳希德在匈奴国中近况可好？"
　　　乐师回答道："陛下这个问题，我很愿奉告。

1442　"世界上任何国王，禀报陛下知悉，
　　　都比不上我们高贵的君主和他的武士
　　　以及他的臣民那样快乐而安康。
　　　我们出国时，他们对此行感到高兴非常。"

1443　"承蒙他派你们前来，真是感激万分，
　　　我要感谢他和舍妹。今天我听到他们
　　　和他们的朝臣都安宁度日，真是高兴；
　　　因为我向你提出这个问题，本来有些担心。"

1444　两位年轻的国王这时也都来临，
　　　他们刚在这个时间听到这桩音讯。
　　　年轻的吉塞尔海，出于爱姐的心意，

看到使者很觉快乐；他于是殷勤地致词：

1445　"我们二人对于你们众位使者非常欢迎：
　　　你们要是能常常乘马来到我们莱茵，
　　　你们就会看到有许多使你们喜爱的友人；
　　　在这里决不会有什么事情引起你们的烦闷。"

1446　"我们非常相信你们的真情，"希威美林说道，
　　　"我们的艾柴尔大王怎样殷切地向你们问好，
　　　还有安享荣华的你们的令姐的那种盛情，
　　　我难以用拙劣的言语向你们来一一表明。

1447　"我们的王后请你们记住你们的友爱和忠诚，
　　　你们对待她一向是全心全意，恳挚万分。
　　　我们此行，头一桩就是来邀请恭太主君，
　　　请你屈驾光临，前往匈奴国中去作贵宾。

1448　"吉塞尔海和盖尔诺特，也一同请去赴宴。
　　　高贵的国王叫我们向各位传言，
　　　如果你们不愿意前去探望你们的姐妹，
　　　那么他要请教，不知道他有什么事情得罪，

1449　"使你们对他和他的国家这样疏远。
　　　纵然你们和王后本来不是什么亲眷，
　　　那么他本人也可以请你们去作一次贵宾：
　　　你们如果能够同意，他一定感到非常高兴。"

1450　恭太王当下说道："我要和各位亲友
　　　商量这桩事情，请你们等到七天之后
　　　再听我的回信，那时可以让你们知悉。
　　　现在暂时请你们先回到宾馆里去好好休息。"

1451 韦尔伯又说道:"在我们各位疲倦的武士
下去休息之前,我们能不能要求一事,
让我们去拜望母后乌台,对她问好?"
高贵的吉塞尔海,于是回答他们说道:

1452 "你们要去见她,没有人可以阻挡,
而且,这也是我母亲的心愿和盼望:
因为,为了我的姐姐,克琳希德夫人,
她将乐于接见你们,而且对你们欢迎万分。"

1453 吉塞尔海于是把他们带到乌台的面前。
她非常愿意和匈奴国的使者会见,
她显示着高雅的态度对他们热烈地欢迎。
使者们也很谦恭有礼地把消息向母后禀明。

1454 希威美林说道:"我的王后派遣我们
传达她的忠诚和孝心,事实如果可能,
让她常常见到母后,那么请你相信,
在这世界上再没有什么使她更高兴的事情。"

1455 母后乌台说道:"这件事情难以实现。
我倒是常常希望和我亲爱的女儿相见,
可是这位高贵的王后遥远地住在异地;
我只有祝福她和艾柴尔永远过着幸福的日子。

1456 "在你们临去以前,务必要给我通知,
告诉我你们的行期;因为我已有多时
没有见到过像你们这样备受欢迎的嘉宾。"
使者们于是答应她,一定遵照母后的命令。

1457　匈奴来的使者都已经回到宾馆去休息。
　　　高贵的国王于是召集他的亲友共同商议。
　　　崇高的恭太向大家一个一个地征询，
　　　问他们意见如何。有许多人都异口同声，

1458　说国王可以到艾柴尔的国中访问一次。
　　　他看到极大多数人的意见都是如此。
　　　只有哈根，对这件事感到很不高兴。
　　　他暗中对国王说道："你简直是要自己的性命。

1459　"你总还没有忘记，我们对她所做的事情：
　　　我们对于克琳希德，要常常怀着戒心。
　　　是我自己亲手把她的丈夫杀死：
　　　我们怎么还敢踏上艾柴尔大王的土地？"

1460　高贵的国王说道："我的妹妹已经放弃怀恨：
　　　她离开这里的时候，曾经和我们亲吻，
　　　她已经宽恕了我们所做的一切事情；
　　　除非对你，哈根阁下，她还怀着一些怨心。"

1461　哈根说道："不管匈奴的使者怎样传言，
　　　你可不要受骗：如果去和克琳希德相见，
　　　你就会丧失了你的荣誉和你的生命：
　　　艾柴尔大王的王后有很深的记仇之心。"

1462　国王盖尔诺特于是针对着这话说道：
　　　"你害怕到匈奴国中去把你的性命送掉，
　　　这也有相当理由；可是如果要我们
　　　也和我们的姐妹避而不见，那真十分愚蠢。"

1463　年轻的吉塞尔海也对这位武士说道：

262

"哈根阁下,你认为你自己有罪难逃,
那么你就留在国内保卫你自身;
只让那些有胆量的人和我们一同启程。"

1464 特罗尼的勇士听到这话觉得非常气愤:
"我不愿意相信有哪一位同去的人,
他比我更有胆量准备前往匈奴的宫廷:
你们既然不肯作罢,我一定要给你们证明。"

1465 那位御膳冢宰鲁摩尔特也开言说道:
"无论本邦人和异国人,还是各投所好,
留在家中宴饮为妙:请你们三思,
我不知道有什么人要逼你们去当人质。

1466 "你们不愿听从哈根,就请接受我的忠告,
我对你们一向是十分关切而且可靠,
我希望你们按照我的心愿,停止远行,
让艾柴尔和克琳希德在那里过他们的光阴。

1467 "世界上有什么地方能比此地更好?
你们还是躲在家中离开你们的仇人为妙。
你们可以用华贵的衣服打扮你们的全身,
喝最好的葡萄酒,还可以爱许多美丽的妇人。

1468 "而且又有美味珍馐;世界上任何君主
也比不上你们的口福。你们的国家物产丰富:
你们还是堂堂地辞谢了艾柴尔的招宴,
留在国内和你们的朋友们一同作乐消遣。

1469 "因此我劝你们中止此行。国家非常富有:
你们在国内,任何危急都不用忧愁,

比在匈奴国中优胜许多:谁知道那边的情况?
留在家中吧,各位君主:我的忠告就是这样。"

1470　盖尔诺特回道:"我们并不这样想,
因为我的妹妹和高贵的艾柴尔大王
这样亲切地邀请我们,我们怎能恳辞?
不愿意和我们同去的人,让他们留在家里。"

1471　哈根于是回道:"尽管你们不乐意,
可是请让我把话讲清,不要对我生气。
我诚心地奉劝你们,如果要求平安,
你们这次前往匈奴,最好要武装齐全。

1472　"如果你们定要去冒险,那么请召集三军,
召集你们所发现的或知道的最好的精兵。
我要从中选拔出一千名强壮的勇士:
那么你们可保安全,免中克琳希德的奸计。"

1473　国王立即说道:"我愿听从你这个建议。"
他于是派遣了使者驰往全国各地。
不久就召齐了各路武士达三千名以上。
他们以为决不会碰到什么祸害和灾殃。

1474　他们向恭太王的都城洋洋得意地奔驰。
自有人给他们预备了良马和新衣,
因为他们就要跟随国王向匈奴启程。
国王很高兴地看到有这许多武士一同远征。

1475　特罗尼的哈根对他的弟弟旦克瓦特下令,
叫他去带领八十名武士前来莱茵。
他们堂堂地到达;许多敏捷的武士

都带了盔甲和戎衣来到了国王恭太那里。

1476　勇敢的伏尔凯也已来到,这位高贵的乐师,
　　　为了参加远征,他带来了三十名武士。
　　　他们全都穿着像国王穿的漂亮的衣服。
　　　伏尔凯叫他们对国王说:他们愿意同往匈奴。

1477　伏尔凯究竟是何人,要向你们告知。
　　　他是一位高贵的殿下;在勃艮第国里,
　　　有许多杰出的武士都对他诚服称臣;
　　　因为他善拉提琴,所以得到乐师之称。

1478　哈根选拔了一千名他所了解的武士;
　　　他们在激烈的战斗中能拿出什么本事,
　　　或者另外有过什么作为,他都很清楚;
　　　就是其他任何人,也都承认他们的英武。

1479　克琳希德的使臣再也不愿居住下去;
　　　他们对于他们的君主怀着极大的畏惧;
　　　他们每天请求让他们离开莱茵。
　　　可是哈根总不答应:因为他非常小心。

1480　他对他的主上说道:"我们要谨慎防备,
　　　一定要等到我们自己能在七天以内,
　　　前往匈奴,那么才能让他们离去;
　　　哪怕他人怀着恶意,我们也可以稍保无虞。

1481　"这样克琳希德王后就来不及布置罗网,
　　　也就无法逞她的阴谋,给我们任何损伤。
　　　如果她早有打算,那也要后悔莫及:
　　　因为此次前往匈奴,我们有许多杰出的勇士。"

1482　他们准备带往艾柴尔国中去的一切用物,
　　　他们的马鞍、盾牌以及穿着的衣服,
　　　都已经为这些勇敢的武士们预备齐全。
　　　艾柴尔的乐师们于是被传召到恭太的面前。

1483　使者们进入宫廷,盖尔诺特向他们致词:
　　　"我们的国王已经决定遵照艾柴尔的旨意。
　　　我们很愿意到贵国去做一次客人,
　　　看看我们的姐妹;这一点请她相信我们。"

1484　恭太王说道:"你们能不能向我们明言,
　　　这次的宴会何时举行,或者在哪一天
　　　我们可以抵达贵国?"希威美林回道:
　　　"就在今年夏至那天,宴会的日子已经定好。"

1485　国王允许他们(这件事向来少有),
　　　如果他们还想去拜谒布伦希德王后,
　　　到王后面前去告诉她国王已经应允。
　　　伏尔凯却加以阻拦:这是出于爱护之心。

1486　"布伦希德王后,她这时心境不好,
　　　你们还是不要前去,"善良的骑士这样说道,
　　　"等到明天,再请你们去和她相见。"
　　　他们很想去拜谒,可是没有会晤的良缘。

1487　高贵的国王对于使者非常厚爱,
　　　为了表示恩谊,他命人用宽大的盾牌
　　　搬来了许多黄金;他本来富裕万分。
　　　他的亲族们也拿出丰富的赏赐送给使臣。

1488 吉塞尔海和盖尔诺特,盖莱和奥特文,
也充分表示出他们是慷慨好施的人:
他们给使者这许多贵重的赠物,
他们竟不敢接受,因为他们怕他们的君主。

1489 使臣韦尔伯于是上前对国王说道:
"国王陛下,这些礼物还是留在贵国为妙。
我们不能把它带走,因为我们的君主
禁止我们收受礼物:我们也没有什么用处。"

1490 可是莱茵的国王却觉得非常生气,
因为他们竟拒绝接受国王的赏赐。
于是他们只好把黄金和衣服收下,
恭敬不如从命地把它带回艾柴尔的国家。

1491 他们还想在归国以前和乌台会晤一次。
年轻的吉塞尔海于是带领这两位乐师
到他母后的面前:她叫他们向王后回禀:
她听到女儿的荣耀,她也为她非常开心。

1492 母后为了克琳希德,她所宠爱的闺女,
也为了艾柴尔大王,于是毫不犹豫,
拿出了腰带和黄金送给匈奴的使臣。
他们却之不恭:因为她是出于一片至诚。

1493 克琳希德的使者于是向妇人和武士们
殷勤地告别;他们愉快地踏上归程,
一直到了斯瓦比亚:盖尔诺特派了勇士
前去护送他们,使他们一路上太平无事。

1494 最后,他们又和护送他们的勇士告别,

267

艾柴尔的声名，使他们没有受到威胁，
没有强人劫去他们的衣裳和鞍马。
他们于是急急忙忙地回到匈奴的国家。

1495 一路上遇到亲友，他们都前去通知，
告诉他们；几天内就有勃艮第的勇士
从莱茵出发，前往匈奴的宫廷。
他们也把这个消息告诉主教彼尔盖林。

1496 他们一路奔驰，不久到了贝希拉润，
他们也没有把这个消息瞒过路狄格大人
以及歌台林德，高贵的方伯的妻子。
他们知道要有贵客来临，都觉得十分欢喜。

1497 乐师们继续踢马赶路，赶得十分匆忙。
他们在格郎城中会见了艾柴尔大王。
他们传达了从莱茵带来的许多问安：
国王听得红光满面，他的心中快乐非凡。

1498 王后克琳希德一听到了这个音讯，
知道她的弟兄们不久就要光临，
她觉得十分欢喜：她拿出丰富的礼品
送给使者作为奖赏；她的作法令人可敬。

1499 她说道："告诉我，韦尔伯和希威美林，
我叫你们去邀请我的亲友来作嘉宾，
其中有哪几位将来我国参加盛宴？
哈根听到这个消息，他发表过什么意见？"

1500 "有一天早晨，他参加了他们的计议；
他一点没有说过什么好听的言词，

听到他们大家约好要前来匈奴:
可恶的哈根竟说他们是来自寻死路。

1501 "你的弟兄们,那三位国王都高高兴兴
准备前来。另外还有些什么人同行,
这一点我也不能肯定地向你回报。
不过勇敢的乐师伏尔凯,他也定要赶到。"

1502 王后说道:"对于他我倒并不觉得关心,
我并不一定要看到他来到我们的宫廷。
我所关心的是哈根,他是善良的武士:
我要是能在此地见到他,才使我觉得欢喜。"

1503 克琳希德于是走到艾柴尔大王的面前。
她用多么婉转的语调向国王开言:
"你听到这个消息觉得怎样,我亲爱的主上!
我企盼了多时,马上就可以实现我的愿望。"

1504 国王于是说道:"你的意志就是我的愉快,
如果我听说我自己的亲友要到我国中来,
我也不像这样,从心底感到高兴。
由于你的亲友的厚爱,使我消除许多忧心。"

1505 国王的官员们到处在指挥命令,
为了迎接即将到来的亲爱的贵宾,
在各个宫殿和客厅里都安排了许多桌椅。
可是国王的欢乐,后来却葬送在他们的手里。

第二十五歌

国王们前往匈奴

1506　他们那儿的忙碌情况，无需多费言词。
　　　从来也未曾有过这样高高兴兴的武士
　　　堂堂凛凛地来到一位君王的国中赴宴；
　　　不论武器和衣裳，他们需要的都已齐全。

1507　那位莱茵的君王，根据人们的传闻，
　　　他召集了一千六十名武士和九千士兵，
　　　替他们全都置备了新衣，出国赴会；
　　　那些留在国内的人，后来都为他们伤心垂泪。

1508　他们把马具都搬运到沃尔姆斯的宫廷。
　　　斯拜尔的一位老主教看到这种情形，
　　　对美丽的乌台说道："我们的亲友就要启程
　　　前往异国参加宴会：但愿天主保佑他们。"

1509　高贵的母后乌台对他的儿子们说道：
　　　"快乐的勇士们，还是留在家中为妙。
　　　我昨天夜里做了一个不祥的噩梦，
　　　梦见我们国中的飞鸟，全部死得空空。"

1510 哈根却反对她说道:"相信做梦的人,
他对于一切事情就失去判断的才能,
他不知道怎样能够保全他的荣誉:
我希望我的主上前去赴宴,一点不用犹豫。

1511 "我们很高兴到艾柴尔的国中旅行。
那儿自有勇敢的武士为国王效命,
我们要在那儿光顾克琳希德的宴会。"
哈根劝大家前往;后来这件事却使他后悔。

1512 要不是盖尔诺特用一种令人难堪的话语
给他嘲讽了一下,他也许会加以劝阻。
他向他提起了克琳希德的丈夫西格弗里;
他说道:"因此这次旅行对于哈根有许多不利。"

1513 特罗尼的哈根说道:"我并没有什么畏惧。
勇士们,既然如此,大家就不用犹豫:
我也愿意随你们到艾柴尔国中去走一回。"
日后,他在匈奴砍掉了无数的军盾和头盔。

1514 船只已经准备齐全,好将他们渡过莱茵:
他们把要携带的衣服都向船上搬运。
他们忙碌不停,一直忙到了黄昏时分;
最后,才高高兴兴地离开家门,出发启程。

1515 在莱茵河彼岸他们布置了息宿的地方,
在青草地上设置了许多营舍和篷帐。
美丽的王后挽留恭太王再过一夜;
她无限缠绵地拥抱着国王的高贵的身体。

1516 第二天清晨,就听到号声和笛声,催促大家登程：他们急忙准备起身。
在温柔乡中的人紧抱着爱人的身体。
由于艾柴尔的王后，使许多人黯然分离。

1517 美丽的乌台的儿子们有一位贤臣，
为人勇敢而正直；趁着大家准备启程，
他暗暗地向国王表露出他的意见。
他说道："你们出去赴宴，使我觉得凄然。"

1518 他名叫鲁摩尔特，是一位杰出的武士。
他说道："你的土地人民将交托谁代理？
谁也不能使你们众位武士打消这次旅行！
克琳希德的来信，我总是觉得她不存好心。"

1519 "我的国家和我的儿子全都交托给你；
国母和王后也请照顾：这就是我的意志。
你如果看到有人伤心，请婉言安慰；
王后克琳希德对我们不会有伤害的行为。"

1520 国王们和勇士们的马匹都已预备齐整：
许多勇士们都在交接着依依的别吻，
他们的心中还怀抱着无限的欢慰。
可是后来许多美貌的妇人都为他们流泪。

1521 当勇猛的武士们骑上马背的时光，
只见许多妇人站在一旁，十分悲伤；
好像她们的芳心告诉她们这是一场永别。
在大难临头的时光，没有人会觉得乐意。

1522 敏捷的勃艮第人开始策马就道。
在整个国中，掀起了极大的喧嚣：

山岳①两边,到处都听到男女的哭声。
可是,尽管民心不宁,他们依旧愉快地登程。

1523　一千名身披锁甲的尼贝龙根勇士②
　　　随他们一同出发:他们的家里
　　　都留着美貌的娇妻,从此再不能相晤。
　　　西格弗里的惨死,使克琳希德非常痛苦。

1524　恭太的臣属们取道东法兰克地区,
　　　一直向莱茵河方面浩浩荡荡驰去。
　　　哈根担任领路,他对路径十分熟悉;
　　　勃艮第的勇士旦克瓦特为他们总管马匹。

1525　他们从东法兰克继续向希旺非德驰驱,
　　　从他们那种堂堂的风姿,人们就都看出:
　　　这些是国王和朝臣,是令人赞美的英雄汉。
　　　在第十二天早晨,国王来到了多瑙河畔。

1526　特罗尼的哈根一马当先地在前奔驰:
　　　尼贝龙根的勇士,全靠他鼓起士气。
　　　这位勇敢的壮士不久就在河岸边下马,
　　　他急忙把他的马匹紧紧地扣在一棵树下。

1527　河水泛滥,到处看不到有渡船的影子:
　　　尼贝龙根的勇士们来到这儿都十分丧气,
　　　他们怎能渡过河去;水势是这样大涨。
　　　许多勇敢的骑士都下马跳到了地上。

---

①　指佛日山脉。
②　在第二部只有此处是指西格弗里部属。其他尼贝龙根勇士概指勃艮第勇士。

1528 "莱茵的国王,此时此地真是大事不妙,"
　　　哈根说着,"眼前的情况你可以自己看到。
　　　河水泛滥上岸,水势是这样猛急!
　　　我恐怕,我们今天要失去许多善良的武士。"

1529 高贵的国王说道:"哈根,怎么怪起我来?
　　　凭着你的品德,别再把我们吓坏。
　　　你要给我们去找,看哪里有一处浅滩,
　　　好让我们把马匹和衣裳安全地送到对岸。"

1530 哈根说道:"我对于生命还没有这样厌弃,
　　　我可不愿意到这一片汪洋的水中去溺死:
　　　首先要让我前去艾柴尔大王的国中,
　　　杀死他的许多武士,才能满足我的心胸。

1531 "请你们留在岸边,众位堂堂的武士们;
　　　我要到河下去找寻一位守渡的人,
　　　让他把我们渡到盖尔弗拉特的境界。"
　　　这位勇敢的武士于是拿起他的坚固的盾牌。

1532 他把盾牌拿在手里,全身披挂起武装;
　　　他又把灿烂耀目的头盔扣在头上。
　　　他在胸甲上佩带着一柄宽大的利剑,
　　　它那锐利的双面刃锋,杀起人来所向无前。

1533 为了找一位船夫,他在那儿到处搜寻。
　　　他猛听到有拍水之声,于是侧耳细听。
　　　原来在一处美丽的泉边有许多白皙的女子:
　　　她们为了贪图凉快,正想浴洗她们的身体。

1534 哈根看到了她们,于是轻轻地移动脚步;

她们一看到这位勇士,大家急忙逃去。
她们躲开了他,觉得欢喜万分。
他拿去她们的衣裳,另外再不骚扰她们。

1535　其中有一位仙女说道,她名叫哈德保:
"哈根,高贵的骑士,我们要告诉你知道,
假使你能把我们的衣服统统交还我们,
我们就说出你们这次旅行有什么结果发生。"

1536　她们像鸟儿一样,在水面上游来游去。
他想到她们的智慧,说起话来很有根据:
因此他更加相信她们所要告诉他的话。
他开始向她们发问,她们都一一回答。

1537　哈德保说道:"你们放心向匈奴登程。
凭着我的忠诚,我可以对你保证:
从没有任何武士能在别的国家里
获得这样高贵的荣誉,这话十分确实。"

1538　哈根听到这话,心里觉得高兴万分:
他于是毫不犹豫,把衣服还给她们。
她们一穿起她们那种奇异的衣裳①,
她们就告诉他这次旅行的真情实况。

1539　另一位名叫西盖林德的仙女说道:
"阿尔德利安的儿子哈根,我要对你警告。
我的婶婶为了取还衣裳,对你说谎,
你要是前去匈奴,那么你就大大地上当。

---

① 天鹅羽衣(Schwannenhemd)。这些仙女是北欧神话中的天鹅仙女,据传说有预卜先知的能力。

1540 "你不如早点回家,时间还不嫌迟,
　　　因为他们这次邀请你们各位武士,
　　　一定会使你们在匈奴的国中送命;
　　　谁要是策马前往,他的死期就已经逼近。"

1541 可是哈根说道:"用不着对我说什么谎言:
　　　我们大家此次一同到匈奴的国中赴宴,
　　　怎么会有人怀恨我们把我们置之死地?"
　　　她们于是把详细的情形完全告诉这位武士。

1542 其中一个又说道:"结果一定如此;
　　　除了国王的神父,没有一位勇士
　　　能够再见到故乡:这是我们所知道的真话,
　　　只有他一人将来能安然回到恭太的国家。"

1543 勇敢的哈根怀着十分愤怒的心情说道:
　　　"我们全体勇士都要在匈奴把性命送掉,
　　　我的主上听到这话,他一定非常忧虑。
　　　最聪明的女子,请指点我怎样渡过河去。"

1544 她说道:"你既然不肯回头,执迷不悟,
　　　那么你去上游,看到对岸有一间小屋:
　　　那里面有一位船夫,此外远近都无人烟。"
　　　他于是自寻去路,再也不愿和她们多言。

1545 又有一位仙女叫住这位不乐意的武士:
　　　"等一等,哈根,你的性子太急;
　　　你怎样渡到对岸,且听我说个明白。
　　　记住这一地区的主官,他名叫艾尔赛。

1546 "勇士盖尔弗拉特就是他的弟弟,

那是一位巴伐利亚的国君;你要通过他那里,
可不是这样简单:你们要自己小心,
同时对于那位守渡人格外要恭恭敬敬。

1547　"他是一位猛烈的汉子,对于这位勇士,
你们要是对他无礼,他会把你们杀死。
他要是肯渡你们,你要给他酬报;
他管理本区,而且和盖尔弗拉特友好。

1548　"要是他不马上出来,你就放大嗓子
说你叫做阿美尔里希;这是一位武士,
他因为躲避仇人,才从本地离开:
守渡人听到这个名字,他就会走了出来。"

1549　骄傲的哈根听到她们的指教和妙计,
对她们表示谢意;此外更不说别的言词。
他于是沿着河岸,一直向上流走去,
果然到了一处地方,看见对岸有一座小屋。

1550　这位勇士隔着河岸在这边高声喊叫:
"船夫,请给我摆渡,"勇士这样说道,
"我拿一副金镯头送给你报答大恩;
告诉你,我有要紧事情,不能在此多等。"

1551　那位富裕的船夫本不用为他人效劳:
他也很难得收受任何人的酬报;
他的手下人也都是一样的骄气凌人。
因此哈根只得在河这边老是站着空等。

1552　他使劲地喊叫,水波上到处响着回声,
他本来是一个身材高大、力大无比的人:

"我是艾尔赛的武士，我就是阿美尔里希，
　　　快来渡我，我因为躲避仇人离开了此地。"

1553　他把他的金镯高高地挂在剑头上，
　　　这镯十分好看，发着灿烂的金光，
　　　让他看到，把他们渡到盖尔弗拉特的地界。
　　　那位骄傲的船夫于是拿起船桨，走了出来。

1554　这一位船夫，他还存有一点利欲之心：
　　　为了贪得厚利，常使人送掉了性命。
　　　他认为哈根的黄金，就可以到手，
　　　不想竟在哈根的剑下，牺牲了他的人头。

1555　船夫拚命地划船，一直划到了对岸。
　　　可是他并没有看到报姓的人站在那边，
　　　他于是勃然大怒：他一看到哈根，
　　　他就怒不可遏地对这位英雄发出恶声：

1556　"你的名字或许也叫做阿美尔里希；
　　　可是我所等待的，并不像你的样子。
　　　他和我乃是同父同母的同胞手足：
　　　如今你诓骗了我，请你还留在这里候渡。"

1557　哈根对他说道："不行！请相信天主，
　　　我是异国的武士，有许多勇士要我保护。
　　　因此，请你发发慈悲，接受我的黄金，
　　　把我们渡过河去；我对你全是一片真心。"

1558　守渡人又说道："这事情绝对不成。
　　　我亲爱的君主，他有很多的仇人；
　　　因此我不能把任何外人渡到他的地区。

你如果爱惜你的生命,还是请你上岸回去。"

1559　"我不,"哈根说道,"我们有要紧的事情,
　　　请你收下我这只金镯作为纪念品,
　　　把我们渡过河去,一千匹马和一千名武士。"
　　　愤怒的守渡人说道:"这是绝对办不到的事。"

1560　他挥起了一只又宽大又结实的船桨,
　　　对准哈根打去(后来使他悔恨非常),
　　　打得他摇摇晃晃,失足跌倒在船中。
　　　特罗尼的哈根从未遇过这样愤怒的艄公。

1561　船夫对这位勇敢的外乡人越加怒不可阻,
　　　他挥起他的船桨,打击着哈根的头颅,
　　　直打得船桨碎成数片;他是一个力大的人;
　　　可是艾尔赛的渡夫不久竟付出巨大的牺牲。

1562　躁急的哈根,再也忍不住怒火中烧,
　　　他立刻伸出手把他的宝剑拔出剑鞘:
　　　他斩下了他的头颅,把它抛入河心。
　　　勃艮第的勇士们,不久都知道了这个音讯。

1563　就在他拔出剑杀死船夫的这个时候,
　　　他的船被急流攫去;这真使他烦忧。
　　　等到他拨正了船头,他已是疲倦非常。
　　　国王恭太的这位朝臣于是奋勇地划起船桨。

1564　他化了很大的力气想要把船驶回,
　　　他手里的坚固的船桨已经破碎。
　　　他想划到岸边,回到勇士们那里;
　　　可是没有别的船桨,他于是用盾牌上的带子,

1565　一根狭窄的带子把破裂的船桨扎紧。
　　　然后逐流而下,直驶向一处森林,
　　　他看到他的君主正在岸边等待;
　　　许多杰出的武士都欢呼地迎上前来。

1566　高贵的骑士们都向他热情地招呼。
　　　他们看到船上满是鲜血,一塌糊涂,
　　　从船夫的伤口里流下的血还冒着热气:
　　　他们于是都走过来向哈根询问底细。

1567　恭太王一看到那些血液还热气腾腾,
　　　在船舱里流动,他急忙询问哈根:
　　　"我问你,哈根,怎么看不见船夫?
　　　我猜想,一定是你把他的生命夺去。"

1568　他不承认地说道:"我在一棵柳树之旁,
　　　看见了这只小船,因此我就顺手牵羊。
　　　今天在这里,我没见到过一个船夫;
　　　我也绝对没有发怒,和哪一位兴兵动武。"

1569　勃艮第的国王盖尔诺特在一旁说道:
　　　"我真要担心,我的亲友们会把性命送掉,
　　　因为我们在这儿的岸边看不到一个船夫:
　　　所以我不禁要忧虑:我们怎能渡过河去。"

1570　哈根高声地叫道:"你们众位武士们,
　　　请把马具拿下来放在地上:我想起本人
　　　从前在莱茵河畔曾经是一个出色的渡夫:
　　　我一定会把你们渡送到盖尔弗拉特的地区。"

1571 为了更快地越过河流，减少时间的浪费，
　　　他们把马赶入河中；马儿倒也善于游水，
　　　没有一匹坐骑被激烈的急流淹死。
　　　只有几匹冲得较远，因为它们十分乏力。

1572 他们把黄金和武器全都往船上搬运，
　　　因为他们这次旅行，再不容许迟疑不定。
　　　哈根领着他们渡河：他把许多武士
　　　渡到了对岸，送到那片陌生的国土里。

1573 他首先渡过了一千名高贵的骑士
　　　和他自己的六十名武士；然后又是一批，
　　　约有九千名兵士，都被他送到对岸。
　　　特罗尼的勇士的手，整个一天没有空闲。

1574 等他把武士们统统渡过了河去，
　　　这位急躁的勇士想起那些粗野的仙女
　　　对他讲起过的那一桩奇异的消息；
　　　国王的宫廷神父几乎因此死在他的手里。

1575 他看见那位神父站在祭品之旁，
　　　正把他的手掌倚托在一件圣物之上，
　　　可是碰到哈根，一切都对他无补；
　　　这位可怜的神父，竟为他受到很大的痛苦。

1576 他猛然使出蛮劲把他抛出了船头。
　　　许多人都叫道："住手，哈根，住手！"
　　　年轻的吉塞尔海开始怒气冲冲；
　　　可是哈根并不放松，依旧给他饱尝苦痛。

1577 勃艮第的国王盖尔诺特于是说道：

"哈根阁下,你干吗要把神父的性命送掉?
要是别人做出这事,管要给他教训。
你这样反对神父,他倒底有什么罪名?"

1578 神父尽力游泳:要是有人肯给与援手,
他就可以爬上船来;可是无人挽救:
因为强力的哈根,正在大发脾气,
把他又揿入河心;大家对他都不满意。

1579 可怜的神父看到没有一个挽救的人,
他于是转向岸边游去;他真是受苦得很。
虽然他不会游泳,可是有天主帮助,
因此他竟能抵达对岸,得到安全的归路。

1580 可怜的神父站了起来,抖抖他的衣服。
哈根这时才相信:那位粗野的仙女
对他说的实话,乃是不可避免的事情。
他想道:"这些勇士都要失去他们的生命。"

1581 当国王的骑士们把他们所有的东西
全从船上运走,一直搬到岸上之时,
哈根把船打得粉碎,让它随波流去:
那些高贵而善良的武士都彼此面面相觑。

1582 旦克瓦特说道:"兄长,你干吗这样?
将来我们从匈奴回莱茵的时光,
我们再来此处,怎样能渡过河去?"
哈根于是告诉他,这件事一定靠不住。

1583 特罗尼的哈根说道:"我是这样的存心,
要是有一位懦夫参加我们这次远行,

他如果在艰难的时光离开我们，
他就要在这片波涛中葬送他可耻的一生。"

1584　他们从勃艮第带了一位武士同来，
他是一位伶俐的武士，名叫伏尔凯。
他想到什么就说什么，言语非常滑稽：
哈根所做的一切，这位乐师都认为满意。

1585　马匹已经等好，行李都已装上马背；
在这次旅行之中，他们还没有一位
尝到了烦恼和痛苦，只除了国王的神父：
他只好一步一步，踏上走回莱茵的归路。

第二十六歌

旦克瓦特手斩盖尔弗拉特

1586 当他们大家全部渡到了对岸的时光，
　　　恭太王问道："谁能给我们指点方向，
　　　让我们经过此国，不致迷失路途？"
　　　勇敢的伏尔凯说道："让我担任这个职务。"

1587 "各位骑士和士兵，"哈根说道，"都请站住：
　　　大家都应该听信朋友，我认为非常必要。
　　　现在我要告诉你们一个沉痛的消息：
　　　我们大家没有一位再能安然回到勃艮第。

1588 "有两位仙女在今天早晨对我说了这个预言，
　　　说我们再不会生还。现在请听我的意见：
　　　大家武装起来，各位勇士，都要当心：
　　　我们有劲敌当前，因此必须备好武器前进。

1589 "我本想拆穿那些聪明的仙女的谎话；
　　　她告诉我，我们各位都回不了家，
　　　只除了宫廷神父，他可以回到莱茵；
　　　因此在今天，我就想法要送掉他的性命。"

1590　这个消息从这一队飞快地传到那一队。
　　　勇敢的武士们,都吓得面如死灰,
　　　他们听到这次旅行将要送掉性命,
　　　因此无不担心:这也是免不了的事情。

1591　他们在梅林根那儿渡过了河流,
　　　艾尔赛的渡夫就在那里失掉他的人头。
　　　哈根于是又说道:"因为我在中途
　　　和他人结下了冤仇,他们一定会来报复。

1592　"我在今天早晨把那位守渡人杀死;
　　　他们一定得到消息。因此请赶快留意,
　　　要是盖尔弗拉特和艾尔赛到这里来
　　　袭击我们的从者,定要让他们惹祸生灾。

1593　"我知道他们很勇敢,一定会来报仇。
　　　因此请你们拉住马匹慢慢地行走,
　　　不要让人家说我们害怕他们而奔逃。"
　　　"我愿遵守你的意见,"年轻的吉塞尔海说道。

1594　"那么谁来带领从者通过此地的国境?"
　　　他们应道:"这事全由乐师伏尔凯带领,
　　　他对于大道和小路全都十分了解。"
　　　没等到大家要求,他已披好武装前来。

1595　这位敏捷的乐师,把头上的战盔扣紧,
　　　他身上穿的铠甲,颜色非常鲜明。
　　　他在枪柄上悬挂着一面红色的旗子。
　　　后来,他和国王们一同陷于凄惨的境地。

1596　盖尔弗拉特这时得到确实的消息,

　　　　知道渡夫被人杀死；艾尔赛，那位勇士
　　　　也听到这个音讯：他们两人非常悲哀。
　　　　他们于是传集武士：武士们都应召前来。

1597　隔了不久时光，现在请听我继续再讲，
　　　　只见一大队勇猛的军士，一路上浩浩荡荡，
　　　　向他们奔驰而来，帮他们报仇雪耻：
　　　　前来援助盖尔弗拉特的共有七百余名勇士。

1598　他们从后方尾随着凶猛的敌人的踪迹，
　　　　他们的君主身先士卒，开始奋勇追击
　　　　勇敢的异国的大敌。他们要进行复仇：
　　　　但是，他们后来却不得不丧失了许多战友。

1599　特罗尼的哈根亲自进行部署——
　　　　谁能像他那样周密地保护下属？
　　　　他让他的弟弟旦克瓦特和他自己的兵士
　　　　担任防御的殿军；他这事做得十分明智。

1600　白天已经过去，天色已经昏暗。
　　　　他非常担心他自己的战友们的安全。
　　　　他们靠盾牌掩护，想驰出巴伐利亚地境：
　　　　不多时间，他们就遇到了前来袭击的敌兵。

1601　在道路的两旁以及他们的后方
　　　　都听到马蹄之声；追兵赶得十分匆忙。
　　　　勇敢的旦克瓦特说道："他们就要赶到：
　　　　大家快把头盔扣紧，我认为这事非常重要。"

1602　他们于是中止前进，这也是出于无奈：
　　　　他们在黑暗之中，看到闪闪发光的盾牌。

守不住沉默的哈根,再也按捺不下:
　　　"路上是何人追来?"盖尔弗拉特只得向他答话。

1603　那位巴伐利亚的方伯这样回答哈根:
　　　"我们找我们的仇敌,正在追赶他们。
　　　我不知道,今天是谁把我的渡夫杀死:
　　　他是一位勇敢的武士;我对他深感痛惜。"

1604　特罗尼的哈根说道:"他是你的渡夫?
　　　他不肯渡我们过河;一切责任都由我负:
　　　是我杀死这位勇士;这也是万不得已:
　　　因为我自己险一些就死在这位武士的手里。

1605　"我拿出了黄金和衣裳给他作为酬赏,
　　　请他把我们渡到,勇士,你的管辖地方。
　　　谁知他竟大动肝火,对准了我
　　　挥起他坚牢的船桨:因此我也怒不可遏。

1606　"我拔出了我的宝剑,抵制他的怒气,
　　　让他负了重伤:那位勇士就这样身死。
　　　现在我愿对你赔罪,但凭你的盼咐。"
　　　于是开始了一场斗争:因为他们非常愤怒。

1607　"我早知道,"盖尔弗拉特说道,"当恭太王
　　　带领着他的随从们通过我们这里的时光,
　　　骄傲的哈根闯下大祸。现在要他抵命:
　　　为了渡夫的惨死,要他自己留作押品。"

1608　盖尔弗拉特和哈根都从盾牌的上方
　　　刺出他们的长枪;他们两人激怒非常。
　　　旦克瓦特和艾尔赛也在马上迎面相逢:

他们证实了他们的英名:进行着惨酷的交锋。

1609　谁能胜过他们,比他们更勇敢地斗争?
　　　盖尔弗拉特猛地一枪,竟刺得哈根
　　　在马背上骑坐不稳,不由得向后颠坠。
　　　马匹的胸带裂断:他尝到了落马的滋味。

1610　在从者们那边,也听到枪柄断裂的声响。
　　　哈根被对方的一枪,刺得落到地上,
　　　立刻间,他又从草地上站起了身。
　　　特罗尼的勇士对盖尔弗拉特愤怒万分。

1611　他们的战马,我不知道有谁去加以照管。
　　　哈根和盖尔弗拉特,他们都离开马鞍,
　　　站在沙地之上:他们互相迎面冲去。
　　　他们的从者们,得到信息,也都前来相助。

1612　哈根向盖尔弗拉特冲上去,十分猛烈,
　　　高贵的方伯挥起他的盾牌对他痛击,
　　　盾牌飞去了好大的一块;只见火花四迸。
　　　恭太的这位朝臣几乎保不住他的性命。

1613　他于是向旦克瓦特发出大声的叫喊:
　　　"快来帮助,我的兄弟!一位猛烈的好汉
　　　已经把我打倒:他要送掉我的生命。"
　　　勇敢的旦克瓦特应道:"我来决定一下命运。"

1614　这位勇士立刻奔了过来挥起锋利的武器
　　　给敌人猛地一砍,一下就把敌人砍死。
　　　艾尔赛很想上前为盖尔弗拉特报仇:
　　　他和他的从者招架不住,只得狼狈逃走。

1615 他的兄弟已被杀死,他自己也负了伤;
　　 他的八十名武士就在那个时光
　　 遭到惨死的下场:这个英雄只好
　　 在恭太王的武士们的面前夺路奔逃。

1616 巴伐利亚的武士们这样仓皇地逃走,
　　 只听得可怕的马蹄声紧跟在他们身后。
　　 特罗尼的勇士们追赶着他们的残敌;
　　 他们也不愿回手,只是一步不停地逃逸。

1617 在追击的途中,勇士旦克瓦特说道:
　　 "我们还是拨转马头,让他们狼狈奔逃,
　　 我们赶路要紧:他们已经浑身沾满血液。
　　 我们要回去赶上战友:这是我的建议。"

1618 他们于是回过马来,到了先前厮杀的地点,
　　 特罗尼的哈根说道:"勇士们,我们检点检点,
　　 由于盖尔弗拉特的愤怒,在这次战斗之中,
　　 我们失去了哪几位,一共有多少人失踪。"

1619 他们失去了四名;损失非常有限:
　　 他们十分合算;因为在另一方面,
　　 巴伐利亚的武士一共牺牲了有百人之数。
　　 特罗尼的勇士们的盾牌都被血染得一塌糊涂。

1620 这时从云端里透露出一点明亮的月光;
　　 哈根又说道:"大家听着,我们在这地方
　　 所遭遇到的一切,不要告诉我的主君:
　　 一直等到明天,免得他们听到感觉担心。"

1621 参加过战斗的勇士们赶上先行的队伍,
 那些从者们因为十分疲乏,都在诉苦:
 "我们还要赶多少路程?"许多武士在发问。
 勇敢的旦克瓦特说道:"这儿无处可以栖身。

1622 "你们大家要继续进发,直到天明。"
 伶俐的伏尔凯,他本担任管理的事情,
 他叫人问马匹总管:"我们今天在何处过夜?
 我们的马匹和我们的君主将在哪里休息?"

1623 勇敢的旦克瓦特说道:"这话我不能讲。
 我们现在不能休息,一直要等到天亮;
 那时可以找个地方,在草地上睡睡。"
 大家听到这个消息,感到多么的伤悲!

1624 他们对那场血战,一点没有敢讲,
 一直等到早晨,那一轮光亮的太阳
 升到了山顶之上,国王忽然看出
 他们已经交战了一次,不由勃然大怒:

1625 "怎么,我的朋友哈根,当你们的戎衣
 全被血液染湿之时,你竟这样蔑视
 我的援助? 肇起事端的究竟是何人?"
 他回道:"是艾尔赛,他在夜间袭击我们。

1626 "为了他的渡夫,他对我们追击。
 因此我的兄弟就把盖尔弗拉特杀死。
 最后艾尔赛只得被逼迫得夺路逃生:
 在战斗中他们死了一百,我们只牺牲四人。"

1627 他们究竟在哪里过夜,我可不大知道。

但是不久这国中的人民就彼此争告,
说高贵的乌台的儿子们前往匈奴宫廷。
他们后来到了帕骚,在那里受到欢迎。

1628 高贵的国王的舅父,主教彼尔盖林,
他听到他的外甥们带了许多武士光临,
走过他的城邑,他觉得无限欢喜:
立刻,他就对他们表示出热烈欢迎之意。

1629 他们在半路之上,就受到亲友们的迎接。
因为在帕骚城中容不下许多人马休息:
他们只得渡过河去,那儿有一片旷野。
从者们于是把篷帐和帷幕都安设起来。

1630 他们要在那里住上一整天的时光,
还要住宿一夜。招待真是周到非常!
然后,他们离开那里,向路狄格国中启程,
路狄格不久就得到这个消息:他真高兴万分。

1631 疲倦的旅人们都得到了充分的休息,
他们一步一步逼近了路狄格的都邑,
在国境边他们看到一位武士在睡觉,
特罗尼的哈根上前去把他的武器拿掉。

1632 艾克瓦特是这位善良的勇士的名字。
因为武士们经过,使他失去了武器,
他的心里只觉得充满了无限悲愁。
他们进入路狄格的国界,好像无人把守。

1633 艾克瓦特说道:"真倒霉,受到这种耻辱,
勃艮第人的通过,使我感到痛苦。

　　　　自从失去西格弗里,快乐都全部消逝:
　　　　唉,路狄格大人,我这件事真对不起你!"

1634　哈根听到高贵的武士在那儿悲愁:
　　　　他把宝剑还他,又给他六只金镯头。
　　　　"勇士,你如果表示友好,请收下来:
　　　　你是一位勇敢的武士,独自在看守边界。"

1635　艾克瓦特说道:"谢谢你的金镯,
　　　　可是你们这次前往匈奴,我总觉得难过。
　　　　你杀害了西格弗里;此地还有人恨你:
　　　　你要好自留心,这是我对你的忠诚的建议。"

1636　哈根回答他说道:"自有天主保佑我们,
　　　　现在这些武士,国王们和他们的家臣,
　　　　没有别的担忧,只求有地方过夜,
　　　　他们只想今夜在此国有什么地方休息。

1637　"经过了长途旅行,马匹都已疲乏难熬,
　　　　食粮已全部吃光,"勇士哈根这样说道,
　　　　"我们没有地方去买:我们需要一位主人,
　　　　他能在今天给我们面包,我们当感激大恩。"

1638　艾克瓦特又说道:"我给你介绍这位主人,
　　　　你们众位武士要是去叩见路狄格大人,
　　　　那么你们在他府上所受到的欢迎,
　　　　在世界上任何地方,你们都感到无处可寻。

1639　"这位主人住在大道之旁,你从未见过
　　　　这样一位好客的城主。他的心地柔和,
　　　　就像明朗的春天里的花草一样,

他要是给武士们效劳,他就觉到快乐非常。"

1640　恭太王于是说道:"你能不能当一次使臣,
　　　问我的朋友路狄格,是否可以招待我们
　　　和我们的臣属住宿一夜,直到天明?
　　　我愿尽我的能力,时时刻刻为他效命。"

1641　艾克瓦特说道:"我愿接受这项使命。"
　　　他于是怀着愉快的心情出发前行,
　　　要把他所听到的一切向路狄格禀报。
　　　像这样可喜的消息,他已有多时没有听到。

1642　大家看到有一位武士急忙赶往贝希拉润,
　　　路狄格认识他;他说道:"克琳希德的家臣,
　　　艾克瓦特勇士正在路上向我们奔驰而来。"
　　　他以为,一定是有敌人给他带来了祸灾。

1643　他于是走到城门前去和使者相见。
　　　使者从腰带上解下宝剑,把它放在一边。
　　　他向勇士问道:"你这样匆匆地奔驰,
　　　到底听到什么消息?我们可曾有什么损失?"

1644　"没有人伤害过我们,"艾克瓦特立即回道,
　　　"我是奉三位国王之命来向你禀报,
　　　就是勃艮第的恭太、盖尔诺特和吉塞尔海;
　　　这些勇士都叫我来传达他们对你的爱戴。

1645　"哈根和伏尔凯,也同样地托我传告,
　　　他们都对大人忠诚;另外我还要禀报,
　　　国王的马匹总管也托我来相商一事:
　　　这些武士们急需得到一个住宿的地方休息。"

1646 路狄格含着满脸的笑容向使者说道：
"这三位高贵的国王,需要我效劳,
这消息真使我爱听,我一定从命。
他们要是到我府邸中来,我真是十分高兴。"

1647 "马匹总管旦克瓦特托我向你通知,
告诉你有多少人要到你这儿过夜：
六十名勇猛的武士,还有骑士一千名
和九千名兵丁。"路狄格听到这话非常开心。

1648 "欢迎这些贵宾,"他向艾克瓦特说道,
"我真高兴有这些高贵的武士们来到,
我还从未有过为武士们这样效劳的荣幸。
不论是我的亲友和臣属,都乘马前去欢迎。"

1649 于是骑士们和兵士们都急忙跨上马背：
他们的主君所吩咐的话语,他们认为很对。
他们于是毫不迟疑,急速为主人效劳。
深居后宫的歌台林德夫人,这时还没有知道。

第二十七歌

他们到达贝希拉润

1650　方伯毫不踌躇,立刻去找他的夫人
　　　和他的爱女。他把这件新闻,
　　　他刚刚所听到的消息向她们报告,
　　　说他们的家里马上就有王后的弟兄们驾到。

1651　"我亲爱的夫人,"路狄格这样说道,
　　　"要是你在宫中看到国王和从者们来到,
　　　你对那位高贵的国王要表示热诚的欢迎;
　　　对于恭太王的朝臣哈根,你也要十分殷勤。

1652　"有一位名叫旦克瓦特的武士和他们同来;
　　　还有一位可敬的武士,他名叫伏尔凯。
　　　你和我的女儿,对他们六人都要亲吻,
　　　你们对待这些勇士要注意礼节,殷勤致问。"

1653　妇人们都立誓遵守,随即准备服装。
　　　她们从箱子里取出许多漂亮的衣裳,
　　　以便穿着起来前去欢迎众位武士。
　　　美丽的妇人们一下子都忙得不肯停止。

1654 她们无须多事打扮,自有天然的丰采:
     她们在头上扣着轻便的黄金的发带
     以及富丽的花环,不让轻风吹乱
     她们美丽的头发;既高雅而又鲜明美观。

1655 关于妇人们的事情,我们暂且搁下,
     再说路狄格的亲友,他们骑着快马,
     急忙忙地驰过原野,一直遇到主君。
     国王们在路狄格的境内受到盛大的欢迎。

1656 方伯一看到他们向他的邸宅走来,
     敏捷的路狄格,他觉得十分愉快:
     "国王们和你们的朝臣,欢迎欢迎。
     看到你们光临敝邑,真使我非常高兴。"

1657 武士们真诚地表示谢意,毫无恨心。
     他也表示出,他们在这儿确是受到欢迎。
     他特别和哈根寒暄,他们本是旧交;
     他也向勃艮第的英雄伏尔凯亲切地问好。

1658 他又迎接旦克瓦特。这位勇士说道:
     "你要是接待我们,那么派谁来照料
     这些从莱茵河畔沃尔姆斯而来的随从?"
     方伯回答他说:"这些事情不要放在心中。

1659 "你们的全部随从以及所有的一切,
     你们带到我国来的衣服、纹银、马匹,
     我都要叫人好好地照管,非常仔细,
     哪怕是半只踢马刺,也不会让你们损失。

1660 "兵士们,去到原野里安设下篷帐;

你们有什么损失,我都负责赔偿;
解开缰绳,让你们的马匹走动走动。"
像这样的主人,他们真是难得相逢。

1661　宾客们都十分喜悦。他们依从主人,
君主们都乘马离开,那一帮兵士们
都在草地上躺下:他们安闲地休息。
在整个的旅行当中,从没有这样舒适。

1662　高贵的方伯夫人急急地来到城门之前,
带着她美丽的女儿。在她的身边,
还看到可爱的妇人和许多美貌的少女:
她们都戴着手镯,穿着漂亮的衣服。

1663　从她们的衣服上远远地闪着光芒,
那是宝石之光;她们的服饰真富丽非常。
这时贵宾们都已来到,一齐跳下马来。
哎！勃艮第的勇士们表露着多么高贵的丰采！

1664　六十名少女和许多其他的妇人,
每一个都中人心意,可爱万分,
她们和许多勇士一同前来迎接贵宾。
高贵的妇人们向宾客们表示热诚的欢迎。

1665　方伯夫人和三位国王一个个接吻;
她的女儿也依次行事。旁边还有哈根;
她的父亲也命她去接吻;她望着他:
她想最好免去此礼,她觉得他有点可怕。

1666　可是碍于父亲的命令,她不得不执行。
她的面色忽红忽白,变化不定。

　　　　她也吻了旦克瓦特，后来又吻了乐师：
　　　　因为他力大而勇敢，他才受到这种宠赐。

1667　然后，年轻的方伯小姐走上前来，
　　　　伸出她的小手挽住勃艮第的幼主吉塞尔海；
　　　　她的母亲也挽着勇士恭太的手臂。
　　　　她们和两位国王一同快乐洋洋地走回。

1668　主人带领着盖尔诺特进入一间大厅。
　　　　骑士们和妇人们都一起在那儿坐定。
　　　　他们又给贵宾们斟上名贵的葡萄酒：
　　　　像这样殷勤的招待，武士们真是难得享受。

1669　许多人都用温柔的眼光凝望
　　　　路狄格的女儿，她真是美丽非常。
　　　　许多善良的骑士都对她暗怀爱心；
　　　　这原是不足为奇：她具有高贵的天性。

1670　他们自顾自地妄想；可是好事难偕。
　　　　许多善良的骑士们在那儿走去走来，
　　　　他们探望着坐在那里的少女和妇人。
　　　　高贵的乐师对于那位主人真是仰慕万分。

1671　按照国中的旧习，男女立刻分散；
　　　　骑士们和妇人们各自走进另一处房间①。
　　　　在广大的客厅里安排了许多筵席，
　　　　异国的宾客们得到了一切应有的供给。

1672　高贵的方伯夫人为了对宾客表示优遇，

---

① 按照日耳曼人的习俗，男女不同席。

特地过来和宾客们同席,却把她的爱女
　　留在侍女们那里,这也是依照习惯。
　　客人们看不到她的女儿,都觉得不安。

1673　他们吃喝了一阵,倒也十分痛快,
　　美丽的妇人们于是又被带到客厅里来。
　　大家少不了要说说笑笑,寻寻开心:
　　勇敢而高贵的伏尔凯,他总是说个不停。

1674　这位乐师的讲话,一点没有遮盖:
　　"高贵的方伯大人,你真得到天主的厚爱,
　　天主给你的恩惠真多:他赐给你一位夫人,
　　一位这样美丽的夫人,让你快乐地度过一生。"

1675　乐师又继续说道:"我如果是一位国君,
　　加冕统治万民,我一定娶你的美貌的千金
　　做我的王后:她真符合我的标准。
　　她的外貌是这样可爱,而且高贵万分。"

1676　方伯回答他说道:"这话可没有根据,
　　一位国王怎么会看得上我的闺女?
　　我和我的内人,在这儿都是寄居之身,
　　没有什么可以馈赠:虽然貌美,也徒然得很。"

1677　高贵的武士盖尔诺特却对他回言:
　　"我要是挑选一位妻子,能够合我心愿,
　　那么这样的妻子一定使我感到满意。"
　　这时哈根也上前插嘴,他很郑重地提议:

1678　"我们的主上吉塞尔海已到了娶妻的时辰:
　　这位高贵的方伯小姐乃是出身名门,

要是她到勃艮第加冕做我们的王后,
我和他的臣属,都愿意为她尽忠侍候。"

1679 方伯和方伯夫人听到这番言词,
感到正中下怀;他们心里都很欢喜。
于是武士们都一致同意,要吉塞尔海
娶这位小姐为妻,这并没有什么不光彩。

1680 一件事情既已决定,谁能加以拦阻?
他们于是请这位小姐随他们同往匈奴。
他们于是宣誓把这位小姐配给他成亲,
他也亲口答应要和这位可爱的姑娘缔结良姻。

1681 他们约定把城堡和土地分给这位小姐。
高贵的国王和盖尔诺特都举手起誓,
他们保证事情就这样进行,不会打消。
方伯对他们说道:"因为我本人没有城堡,

1682 "所以我只好准备随时为你们尽忠效命。
我要给我的女儿拿出白银和黄金,
拿出一百匹马所能载运的金银作为嫁礼,
使你们众位武士,不会感到有失面子。"

1683 于是这两位新人,按照他们的旧例,
被大家围在中央。许多年轻的武士
都怀着快乐的心情站在他们的对面;
方伯的心里想着,这事正符合年轻人的心愿。

1684 大家向这位可爱的小姐提出了问题,
问她爱不爱这位武士,她觉得难以启齿;
可是她对于这位堂堂的勇士十分有心。

像许多别的少女一样,她有一点难以为情。

1685 她的父亲路狄格叫她说一声愿意,
愿意嫁他为妻:那位年轻的勇士
多么迅急地伸出他雪白的手来
拥抱住她的身体!他们的订婚日①飞快逝去!

1686 方伯说道:"高贵的富裕的国君,
等将来你赴宴归来,回到你的莱茵,
那时我再让我的小女随你一起返里,
这样最为适宜。"于是大家都表示同意。

1687 喧哗震耳的欢乐之声最后都已告终。
那些年轻的少女们都各自回到房中,
客人们也要去睡眠休息,等到天明。
酒食又已经为他们备好:主人十分殷勤。

1688 他们吃过早餐,就要出发启程
前往匈奴的宫廷,"我要劝阻你们,"
高贵的方伯说道:"你们最好再住几天,
像这样可爱的贵宾我已有很久没有看见。"

1689 旦克瓦特回道:"这样恐怕不行:
这许多的武士,都要靠你供应,
你哪里有这许多食物、面包和美酒?"
主人听到这话,他说道:"这可不用担忧。

1690 "我亲爱的君主们,不要拒绝我的微忠。
对于你们以及和你们一同来的随从,

---

① 订婚日,吉塞尔海和方伯小姐仅举行订婚礼,并未结婚。

我可以供应你们十四天的食粮。
　　　因为我不用拿什么去上缴给艾柴尔大王。"

1691　无论他们怎样恳辞,也不得不留停,
　　　直住到第四天早晨。主人的盛情
　　　更是难得,他取出了衣裳和良马,
　　　送给他的嘉宾,他的名声传遍了天下。

1692　他们再也不能耽搁,必须出发启程。
　　　路狄格对于他的一切,都慷慨万分,
　　　毫无吝啬之情:只要宾客们中意的东西,
　　　他从没有拒绝,他乐意送给高贵的武士。

1693　那些高贵的从者们都来到城门之前,
　　　牵来备好鞍辔的马匹;在他们前面,
　　　看到许多异国的武士,手里拿着军盾。
　　　他们就要上马,向艾柴尔的国家出发启程。

1694　在高贵的宾客们没有离开大厅之时,
　　　主人拿出了许多礼物送给各位武士。
　　　他可以慷慨地度过他光荣的一生。
　　　他把他的爱女配给了吉塞尔海做夫人。

1695　他送给盖尔诺特一把名贵的宝剑,
　　　这位武士后来曾经挥起它去作战。
　　　方伯夫人对于这种赠礼毫无吝情;
　　　可是路狄格后来竟为此剑丧失了生命。

1696　高贵的恭太王,虽然难得受人恩赐,
　　　路狄格也拿出一套甲胄作为赠礼,
　　　他穿在身上,真显得荣誉非凡。

　　　　　国王于是向他鞠躬欠身,感谢了一番。

1697　歌台林德也要哈根收受她的赠礼,
　　　使她无愧于心,因为国王都没有推辞,
　　　所以他此次前去匈奴,也少不了
　　　要接受她的礼物,可是高贵的哈根说道:

1698　"我所见到的东西,"武士这样启口,
　　　"什么都不想要从你们这儿带走,
　　　只除了挂在那边墙壁上的一只军盾:
　　　我此次前往匈奴,愿意把它携带在身。"

1699　方伯夫人一听到哈根说的这番言语,
　　　唤起了她的伤心,她不由泪下如雨。
　　　她十分悲痛地想起了儿子奴东①的死亡,
　　　是威铁希杀害了他:这是她最大的悲伤。

1700　她对勇士说道:"我愿把这只盾牌奉赠。
　　　天主垂怜,怎能让从前使用这只盾牌的人
　　　依旧活在人间!他在战斗中送掉性命。
　　　我常常要为他痛哭:女人总免不了要伤心。"

1701　温和的方伯夫人立即站了起来,
　　　她伸出雪白的素手取下那只盾牌,
　　　把它拿去交给哈根:他急忙接在手里。
　　　这个礼物乃是出于尊敬之心送给这位武士。

1702　盾牌的表面用一块轻软的丝绒包裹。
　　　像这样好的盾牌在化日之下从未见过。

---

① 据传说:奴东是路狄格的儿子,在拉温那之战中,被威铁希所杀。

在它的上面镶满了许多珍贵的宝石,
谁要想买它,恐怕有一千马克的价值。

1703　高贵的哈根命人把盾牌替他搬开。
这时他的兄弟旦克瓦特也进入宫廷里来。
路狄格的女儿送给他华丽的衣裳,
他后来带到匈奴去穿着,感到快乐非常。

1704　他们大家一共收受了多少赠礼!
要不是因为珍重主人的厚意,
那么没有一个会把这些礼物收下。
他们后来竟和他敌对,甚至杀害了他。

1705　敏捷的武士伏尔凯拿着他的提琴,
走到歌台林德的面前恭敬地大献殷勤。
他奏了一只悦耳的曲子,还为她唱歌:
因为他要离开贝希拉润,所以来告别分手。

1706　方伯夫人叫人进去拿出来一只匣子。
现在我要告诉你们她所赠送的厚礼:
她从匣子里取出十二只金镯,交给他:
"伏尔凯,你要把这点礼物带往匈奴的国家,

1707　"并且在那边宫廷里戴上,以表示我的厚意,
将来你们从匈奴回来,我要听他们告知,
你在宫廷的宴会上怎样满足我的心愿。"
她所吩咐的一切,他后来都一一遵命而行。

1708　主人对宾客们说道:"我要护送你们,
使你们太太平平,趱赶你们的路程,
不会在半路上受到袭击的恐慌。"

他们于是立即把行李装到驮马的背上。

1709　主人已准备妥当,带了五百名部下,
又预备了衣服和马匹,离开他的故家,
送他们前去赴宴,他感到快乐万分:
可是后来没有一位武士安然回到贝希拉润。

1710　主人用亲密的接吻和他的家人别离;
吉塞尔海出于爱心,也吻别他的未婚妻。
他们二人①各自拥抱着美丽的夫人;
不久,许多年轻的少女都哀哀地哭别他们。

1711　到处的窗户,都看到豁然大开,
因为方伯带领了部下就要启程出外。
她们的心中好像已预感到一种忧愁。
许多妇人和许多华丽的少女珠泪暗流。

1712　许多人都对他们的亲友表露出惜别之苦,
他们后来再没有在贝希拉润会晤。
可是他们依旧高高兴兴地沿着河滨,
直下多瑙河谷,向着匈奴的地方策马前行。

1713　温文的方伯,高贵的路狄格大人
对勃艮第人说道:"我们向匈奴启程,
务须先去传达音讯,再也不能延迟。
艾柴尔大王还从没有听过这种可喜的消息。"

1714　许多迅急的使者立即通过奥地利奔驰:
各处的人们都听到了这样的消息,

---

① 他们二人,指路狄格和吉塞尔海。

305

　　　　他们知道莱茵河畔沃尔姆斯的勇士就要来临。
　　　　国王的从者们，没有一个不觉得高高兴兴。

1715　使者们带着这样的消息继续赶路，
　　　　报道尼贝龙根的勇士就要来到匈奴。
　　　　王后克琳希德站在她的窗户之旁，
　　　　盼望着她的亲族，像朋友盼望朋友一样。

1716　她看到许多勇士从她的故国驰驱而来；
　　　　国王也听到这个消息，他感到非常愉快：
　　　　"克琳希德，我的夫人，你要前去欢迎：
　　　　你亲爱的弟兄们的大驾已经堂堂地光临。"

1717　克琳希德说道："我也觉得非常欢快，
　　　　我的亲族们带来了许多新的盾牌，
　　　　还有雪亮的锁甲：谁愿意接受我的黄金，
　　　　不忘我的痛苦，我对他就永远感激不尽。"

第二十八歌

克琳希德迎接哈根

1718　当勃艮第的武士们来到匈奴之时，
　　　伯尔尼①的老英雄希尔德布郎②听到消息，
　　　就对他的君主禀告。狄特里希非常愁闷；
　　　他命令老英雄去迎接那些勇敢的骑士们。

1719　勇猛的伏尔夫哈特命人牵来马匹：
　　　于是许多武士都跟着狄特里希出去迎接，
　　　他们为了欢迎贵宾，直驰到郊野地方。
　　　他们在那儿安设下许多极其华丽的营帐。

1720　特罗尼的哈根远远地看见他们来到，
　　　他于是恭恭敬敬地对他的主上说道：
　　　"各位勇士们，现在请大家站起身来，
　　　他们来欢迎我们，我们要上前以礼相待。

1721　"那里来了一群武士，我和他们认识，

---

① 伯尔尼为意大利的城市维罗纳的德国古称。
② 希尔德布郎是狄特里希的军师。狄特里希逃避他的叔父的迫害，寄身匈奴，希尔德布郎也跟他在一起。这两人在德国英雄传说中都有重要地位。

　　　　　他们是阿美龙根①的勇猛的武士。
　　　　　伯尔尼的英雄率领着他们，勇武万分：
　　　　　他们来殷勤效命，我们决不能轻视他们。"

1722　狄特里希以及从者，还有许多骑士，
　　　　　都从马背上跳下，这也是应尽之礼。
　　　　　他们向宾客们所在的地方移步前进，
　　　　　对那些勃艮第的勇士们致以热烈的欢迎。

1723　高贵的狄特里希看见他们向他走来，
　　　　　他的心里感到一半忧愁，一半愉快。
　　　　　他知道一切虚实，对他们此行很是担心：
　　　　　他以为路狄格也知道内幕而且已对他们说明。

1724　"欢迎你们众位君主，恭太和吉塞尔海，
　　　　　盖尔诺特和哈根，还有高贵的伏尔凯
　　　　　以及敏捷的旦克瓦特：你们是否知道？
　　　　　克琳希德还为尼贝龙根的勇士痛哭哀号。"

1725　哈根对他回道："她也许还要哭个多时，
　　　　　她的丈夫在好多年以前被人杀死。
　　　　　她现在对于匈奴国王也许渐渐生爱：
　　　　　西格弗里早已被埋葬多时，再也不会回来。"

1726　"让我们不要再谈论西格弗里的死亡；
　　　　　克琳希德存在一天，总可能飞来祸殃。"
　　　　　伯尔尼的英雄狄特里希对他们提醒：
　　　　　"尼贝龙根的主人，请你们要分外留心。"

---

① 指狄特里希。他是哥特王阿美拉的后裔。

1727　高贵的国王说道:"我为什么要留心?
　　　是艾柴尔派使者前来,总该别无隐情,
　　　是他邀请我们到他的国中来做客人。
　　　我的妹妹克琳希德也带来许多的慰问。"

1728　"请听我的意见,"哈根又向国王提议,
　　　"你们且让狄特里希大王和他的武士
　　　把这个消息一五一十地说个详尽,
　　　从他们的话中,我们可以看出王后的居心。"

1729　于是国王恭太、盖尔诺特和狄特里希大王,
　　　他们这三位国王围聚在一起互相商量:
　　　"伯尔尼的英雄,高贵的骑士,请你说明,
　　　据你所知,克琳希德王后现在是什么情形?"

1730　伯尔尼的君主说道:"我也不用多谈,
　　　我在每天早晨总听到她长吁短叹,
　　　艾柴尔的王后克琳希德依旧无限悲伤,
　　　她每天对着天主哀哭西格弗里勇士的死亡。"

1731　"他所告诉我们的事情,"那位勇敢的乐师
　　　伏尔凯这样说道:"我们毫无办法改移。
　　　让我们骑马到宫廷里去看一个究竟,
　　　看看匈奴的那些勇士现在到底是什么情形。"

1732　勇敢的勃艮第人骑马前往宫廷:
　　　他们按照他们本国的礼仪堂堂地前进。
　　　在匈奴方面,正有许多勇猛的武士
　　　要瞻仰特罗尼的哈根,看他倒底是什么样子。

1733　因为在匈奴人中,大家都久已知道,

　　　　是他把尼德兰的西格弗里杀掉，
　　　　是他杀死最勇猛的武士、克琳希德的夫主：
　　　　因此在宫廷里大家都打听哈根，问个不住。

1734　这位英雄身材高大，这些都是实话，
　　　　他的肩膀和胸膛都很宽阔，他的头发
　　　　已经一半斑白；他的两条腿很长，
　　　　他的面貌令人可怖，他的步伐十分轩昂。

1735　他们给勃艮第的勇士们预备了宿舍；
　　　　恭太的骑士们被安顿着和兵士们分开。
　　　　这是王后的指示，她对恭太怀着敌意；
　　　　以后，那些兵士们都在宿舍里被人杀死。

1736　哈根的兄弟旦克瓦特担任马匹总管的职务。
　　　　国王吩咐他对他的从者们悉心照顾，
　　　　给他们充分的酒食，让他们高兴。
　　　　这位勇敢的武士很忠诚地执行了命令。

1737　美丽的克琳希德带着她的侍女们，
　　　　怀着虚伪的情意迎接尼贝龙根的客人。
　　　　她吻着吉塞尔海，然后挽着他的手同行。
　　　　特罗尼的哈根看着，他把头盔更扣一扣紧。

1738　"对于这样的欢迎，"哈根对大家说道，
　　　　"我们聪明的武士应该要想一想周到。
　　　　国王和从臣在欢迎时受到两样的对待；
　　　　我们这次前来赴宴，不会有好结果出来。"

1739　她说道："谁愿意看见你们的让他来欢迎，
　　　　我对待你们没有什么朋友的感情。

你们从莱茵河畔的沃尔姆斯带来什么重礼,
能够使我高兴,值得我热诚地迎接?"

1740　哈根回答她说道:"这是一种什么道理,
为什么要这些武士们给你带来重礼?
我要是想到这点,倒也满不在乎,
我一定把送给你的礼物亲自带到匈奴。"

1741　"我现在倒要你们回答我这一个问题:
那些尼贝龙根的宝物,被你们怎样处理?
那是我的所有,你们大家总该明白;
你们应该把那些宝物给我带到匈奴国来。"

1742　"克琳希德夫人,自从我把尼贝龙根之宝
抛去以后,已经有好多年不曾见到。
是我的君主们叫我把它沉入莱茵河中;
直到世界的末日,它也不会有什么变动。"

1743　王后继续说道:"我早已预先料到,
我的旧产,我曾经珍藏过的那些国宝,
你们一点也没有给我带到这里;
为了它和它的主君,我度过许多愁闷的日子。"

1744　哈根回答她说道:"我什么也没有给你带来!
我带得很充分的东西只有我的盾牌
和我的锁甲;我腰间佩带的宝剑
以及这雪亮的头盔:宝物却没有带来半点。"

1745　王后于是对所有的武士传下了命令:
"任何人都不能把武器带进这间大厅:
众位武士,请把武器交给我代为保存。"

"我保证,"哈根回道,"这件事情绝对不成。

1746 "仁慈的王后,我不敢希望这种荣誉,
让你把我的盾牌和我的其他武具
拿到库房里去保管;你是这里的王后。
我父亲教我要自己保管武器,不能离手。"

1747 克琳希德说道:"这真令我很不愉快,
我的兄长和哈根为什么不肯把他们的盾牌
交出来让我保管?一定有人警告过他们:
我要是知道是谁走漏风声,定要送他的残生。"

1748 狄特里希立即怒气冲冲地对她回道:
"是我向高贵的国王们和哈根提出警告,
是我向勃艮第的勇士们吐露一切真相:
随你怎么办,你这妖妇,也不能把我怎样。"

1749 高贵的王后听到这话,不由满面羞红,
她向来非常畏惧狄特里希的英勇。
她于是从那里走开,没有发出回言,
她只是对她的仇人,迅急地扫了一眼。

1750 那两位勇士于是互相握手,洋洋得意,
一个是哈根,另一个是狄特里希。
这位豪爽的武士堂堂地对哈根说道:
"你们这一次来到匈奴,我觉得真正糟糕,"

1751 "因为王后刚才竟说出了这种言辞。"
特罗尼的哈根说道:"一切自有妙计。"
这两位英勇的武士在这儿互相谈论,
艾柴尔大王看见了他们,立刻开始询问:

1752 "我很想知道知道,"大王这样探听消息:
"狄特里希大王在那儿热诚欢迎的那位勇士,
他到底是何人;他的态度儒雅大方;
他的父亲是谁;这位勇士定是一位良将。"

1753 克琳希德的一位侍臣向国王这样答言:
"他出生在特罗尼,他的父亲叫阿尔德利安;
他是一个凶暴的人,别看他那样温柔的模样,
我还要让你亲眼看到,证明我不是对你扯谎。"

1754 "我怎能看得出,他是那样的凶暴?"
他对于王后的各种诡计还完全不知道,
他不知道克琳希德已经布置了罗网,
不让一个亲友,从匈奴逃回到他的家乡。

1755 "哈根我却认识,他做过我的臣下:
他从前在我这里受过夸奖和荣华。
我封他做骑士,又曾赐过他黄金;
我那忠诚的王后海尔凯对他也很关心。

1756 "我还清楚地知道,哈根的一段历史。
我从前带来两位高贵的童子作为人质,
就是他和西班牙的瓦尔太①,现在都成了大人,
哈根是我送回;瓦尔太和希尔德恭一同逃遁。"

1757 他于是回忆着从前的时代和过去的事件。
他又在这里看到特罗尼的朋友站在他面前,
他在年轻的时光曾经对他尽过忠诚;
可是在他的老年,他却杀死了他的许多族人。

---

① 此处引用阿揆泰尼亚(高卢地名)的瓦尔太的传说。

第二十九歌

哈根和伏尔凯坐在克琳希德的大厅之前

1758 狄特里希大王和特罗尼的哈根,
　　　这两位高傲的武士,现在各自离分。
　　　恭太的朝臣回过头来扫了一眼,
　　　他立刻找到了他所要搜寻的同伴。

1759 他看到那位多才多艺的乐师伏尔凯
　　　站在吉塞尔海身旁:他于是唤他过来,
　　　因为他知道他的性情也是十分躁急:
　　　无论如何,他总是一位勇敢而善良的武士。

1760 那些君主们依旧站在宫廷的庭院里。
　　　只有他们两人,单独地和他们分离,
　　　越过庭院,远远地走到一处大厅之前;
　　　这两位杰出的武士一点没有畏惧之念。

1761 他们坐在大厅前面的一张凳上,
　　　那儿正面对着王后克琳希德的住房。
　　　他们身上穿的衣裳,灿烂万分;
　　　谁要是看到他们,一定要想打听他们是何人。

1762 许多匈奴的武士都对他们侧目张望,

这两位高傲的勇士就好像野兽一样。
　　　艾柴尔的王后从窗户里看到他们：
　　　美丽的克琳希德心里觉得十分愁闷。

1763　她想起她的痛苦，不由得泪珠盈盈。
　　　艾柴尔的家臣们都有点暗暗吃惊：
　　　她为了什么事情显得这样愁闷？
　　　她说道："众位勇敢的武士，这都是为了哈根。"

1764　他们对王后说道："这是怎么一回事情？
　　　刚才我们还看到王后是那样开心。
　　　不管他怎样勇猛，要是他大胆冒犯，
　　　请命令我们替你报仇，管叫他不得生还。"

1765　"谁要是为我报仇，我对他感激不尽：
　　　不管他要求什么，我总让他称心。
　　　我向你们跪下，"国王的妻子这样说道：
　　　"为我向哈根报仇：让他在此地把性命送掉。"

1766　那些勇敢的武士聚集了六十人之数：
　　　要到大厅之前为克琳希德进行报复，
　　　他们要结果那位勇士哈根的性命，
　　　还有那位乐师；他们大家都一意一心。

1767　王后看到他们的人数是这样的微少，
　　　她不由怒冲冲地对那些武士们说道：
　　　"我看你们还不如放弃了这场冒险：
　　　你们人数这样少，怎么能和哈根决战。

1768　"特罗尼的哈根十分勇敢，膂力过人，
　　　坐在他旁边的那位，还要胜他几分，

他是乐师伏尔凯:为人十分奸刁:
你们这点区区之数,伤不了他们的毫毛。"

1769　他们听到这话,又去召集武士,
　　　共有四百人之数。他们一心一意
　　　要为高贵的王后除掉她的仇人。
　　　不久,重大的灾祸就一步一步地逼近哈根。

1770　她看到这些从臣们都已经武装齐全,
　　　王后于是对敏捷的武士们说出她的意见:
　　　"请再等待一下:暂时把杀气忍住。
　　　我要戴起冠冕先下去和我的仇人会晤。

1771　"先听我用什么言语去责备特罗尼的哈根,
　　　看我有什么手腕对付恭太的这位朝臣。
　　　他一定拒不认罪,我知道他的性格;
　　　那么以后他有什么事情,我也概不负责。"

1772　那位勇敢的乐师,勃艮第的伏尔凯,
　　　看到高贵的王后,从台阶上下来,
　　　走出她的住屋。他一看到势头不妙,
　　　这位勇敢的伏尔凯就对他的战友说道:

1773　"我的朋友哈根,请你抬头观瞧,
　　　那位不怀好意邀请我们的王后快要来到。
　　　我从没有见过一位王后带着这许多武士,
　　　一个个全执剑在手,好像在迎接什么大敌。

1774　"你知道,哈根老友,他们对你怀恨?
　　　因此我奉劝于你,你要处处留神,
　　　当心你的生命和荣誉;这事非常要紧:

据我观看,他们一个个都流露出愤怒之情。

1775　"其中有许多胸膛宽阔而强力的武士:
　　　谁要保卫自己的生命,应该及时留意。
　　　我看见他们把坚甲穿在丝衣的里面。
　　　这是什么用心,我没有听到过传言。"

1776　勇敢的哈根不由怒气填膺地开言:
　　　"他们一个个手中拿着雪亮的宝剑,
　　　我知道,他们这种情形都是对付我一人;
　　　可是我还要安然回到勃艮第,决不惧怕他们。

1777　"我的朋友伏尔凯,如果克琳希德的武士
　　　和我动起手来,你愿不愿助我一臂之力?
　　　如果你不嫌弃于我,请你对我明告。
　　　我愿意永远忠诚于你,永远为你尽力效劳。"

1778　伏尔凯说道:"当然,我要帮助你,
　　　我要是看到艾柴尔大王带领了全部兵士
　　　向我们逼来,只要我一息尚存,
　　　我决不离开你一步,决不因恐惧而和你离分。"

1779　"高贵的伏尔凯,愿天主给你保佑!
　　　只要你和我一同战斗,我还有什么要求?
　　　你愿意给我帮助,我听到你亲口应允,
　　　这些武士们要和我们较量,可要十分小心。"

1780　"让我们站起身来,"乐师对哈根说道,
　　　"迎接这位王后,她现在就要驾到。
　　　我们对这位高贵的王后要表示恭敬!
　　　这样对我们自己,也可获得尊贵的美名。"

1781 哈根说道:"如果看得起我,不要这样,
他们那些武士,可能会那样想,
认为我惧怕他们,想要抽身跑开:
我以为我们要坐在这里,不要站起身来。

1782 "我们这样坐着不动,对我们比较适宜。
对我抱着仇恨的人,我怎能对她表示敬意?
不,只要我活着一天,我决不这样:
克琳希德怀恨于我,难道我要把她放在心上?"

1783 傲慢的哈根取出一柄雪亮的宝剑
放在他的膝上,在剑柄上边
有一块比青草还绿的碧玉,光亮无比。
克琳希德认识,这原是西格弗里的武器。

1784 她看到这柄宝剑,不由一阵悲从中来。
剑柄是用黄金制成,剑鞘绣着红色丝带。
她想起了伤心的事情,于是开始哭泣。
我相信,哈根此举,是存心引起她的悲切。

1785 勇敢的伏尔凯拿着一根又粗又长、
十分坚固的琴弓放在他的凳上,
它的样子像宝剑,既宽大而又锋利。
这两位高傲的武士就这样笃定地坐在那里。

1786 这两位勇敢的武士露出矜高的模样,
他们决不畏惧任何人而从他们的凳上
站起身来。这时,高贵的国王夫人
走到他们的面前对他们不客气地责问。

1787　她说道,"你知道,你对我做过什么事情,
　　　现在,哈根殿下,我问你是何人邀请,
　　　你竟敢大着胆子来到我们的国里?
　　　你要是脑筋清楚,你就不会这样冒险行事。"

1788　哈根回道:"我没有接受任何人的邀请,
　　　有人邀请三位勇士,也就是我的国君,
　　　到本邦来赴宴:我是他们的臣下;
　　　任何行旅,我总跟随他们,决不留在故家。"

1789　她说道:"我再要问你,你为了何事,
　　　要干出那些行为,惹我对你抱着敌意?
　　　你杀死了西格弗里,我亲爱的丈夫,
　　　我就是哭到身死,也消除不了我的苦楚。"

1790　"干吗又要说起?"他说道,"你已说了多次:
　　　我就是哈根,是我杀死了西格弗里,
　　　那位敏捷的武士:他付出多大的代价,
　　　为了克琳希德对布伦希德进行了一番辱骂!

1791　"高贵的王后,这些事情我并不否认,
　　　一切的谋害行为,都是我的责任。
　　　不论男女,谁有种,就来向我报复,
　　　我不撒谎,我已经给你尝到很多的痛苦。"

1792　她说道:"武士们,听着,我所有的痛苦,
　　　他已承认是他的罪过:他以后发生什么事故,
　　　我可不愿加以过问,艾柴尔的众位勇士。"
　　　那些傲慢的武士们睁大着眼睛互相注视。

1793　要是发生战斗,人们就会看得清楚,

319

这两位战友一定会赢得胜利的荣誉：
这是在过去常常让人证实的事情。
那些勇士们本想冒险，却也吓得毫无动静。

1794　一位武士说道："你们为什么对我注视？
我先前应允的事情，现在只得停止。
我不愿贪得别人的礼物把性命送掉。
艾柴尔大王的妻子要让我们前赴阴曹。"

1795　另一位武士又说道："我也是这样想，
哪怕别人给我黄金的高塔，金碧辉煌，
我也不愿和这位乐师较量一下本领，
我一瞧见他，我就畏惧他那双灵活的眼睛。

1796　"至于这位哈根，在他年轻时我就认识：
因此我非常清楚这位武士的一切底细。
我曾看到他参加过二十二次战斗；
他造成许多妇人在她们的闺阁中哀愁。

1797　"他和西班牙的武士跋涉了许多路途，
他们在这里为了艾柴尔大王的荣誉，
立下许多战功。这是常常见到的事情：
因此没有一个不承认哈根这位勇士的威名。

1798　"那时，这位勇士，他的年龄尚轻，
当时是一位少年，如今他已白发星星。
几经阅历风尘，他已成为可怖的武士，
而且还有夺来的巴尔蒙名剑在他的手里。"

1799　他们因此决定，谁也不想引起战斗。
王后的心中，真有说不出的哀愁。

武士们各自走散：他们害怕两位勇士，
　　恐怕死在勇士的手里，这是无可如何之事。

1800　只要朋友能和朋友忠诚地团结在一起，
　　就会使别人怯懦地收拾起他的诡计！
　　一个人如果能运用头脑，三思而行，
　　有许多人就会因这种聪明而免除一些不幸。

1801　勇敢的伏尔凯于是说道："我们已经看见，
　　在这儿有我们的敌人，这消息确非谎言，
　　现在让我们前往宫中，去见我们的君主：
　　使他们没有一个敢去和我们的国王动武。"

1802　"好，我愿跟随你，"哈根这样回言。
　　于是这两位武士走到了庭院那边，
　　那些华丽的武士们还站在那儿久等。
　　勇敢的伏尔凯于是放大了嗓音招呼他们。

1803　他对他的君主们说道："你们站在这里
　　被人们挤来挤去，还要等候几时？
　　应该进殿去见国王，问问他的情形。"
　　于是那些勇敢的武士们一对一对地前行。

1804　伯尔尼的狄特里希伸出手来
　　挽住勃艮第的高贵的国王恭太；
　　伊伦弗里和武士盖尔诺特携手同行；
　　吉塞尔海也挽住他的丈人一同前往宫廷。

1805　每一个人都成双作对地向宫殿走来，
　　伏尔凯和哈根，他们从没有分开，
　　一直到他们的末日，才各自进行死斗。

后来,他们使许多高贵的妇人流泪哀愁。

1806　国王的高贵的从者,一千名勇敢的武士,
　　　都跟随在国王的身后,一同走入宫殿里。
　　　另外还有六十名勇士和他们同行;
　　　这是勇敢的哈根从他国内抽调来的精兵。

1807　两位杰出的武士,哈瓦尔特和伊林,
　　　他们手携着手随着国王前往宫廷;
　　　旦克瓦特和伏尔夫哈特,那位高贵的武士,
　　　他们在众位武士之前,更显得彬彬有礼。

1808　当莱茵的国王走进了宫殿之时,
　　　高贵的艾柴尔大王,他更不迟疑;
　　　他看到恭太进殿,立即站起身来,
　　　国王和国王的寒暄,从没见过这样欢快。

1809　"恭太陛下,盖尔诺特陛下,欢迎你们,
　　　还有令弟吉塞尔海,我曾派遣使臣
　　　到莱茵河畔的沃尔姆斯向你们问安致敬,
　　　你们的一切武士,我都在这里表示欢迎。

1810　"还有你们两位武士,我也欢迎万分,
　　　勇敢的伏尔凯以及猛士哈根,
　　　我和我的王后都欢迎你们驾临:
　　　她曾派遣了许多使者,命他们前往莱茵。"

1811　特罗尼的哈根说道:"我们都知道清楚。
　　　即使我不是跟随我的国王前来匈奴,
　　　我也会到贵国来恭敬地向大王问候。"
　　　高贵的国王于是跟亲爱的宾客们握手,

1812 把他们带领到他自己坐的座位那里，
　　 给这些贵宾们拿出高大的黄金的杯子，
　　 斟敬蜜酒、桑酒、葡萄酒，招待十分殷勤，
　　 对这些异国的武士，表示万分热诚的欢迎。

1813 艾柴尔大王说道："我得向你们承认，
　　 众位武士，我能在此地看到你们，
　　 我觉得这真是最令人高兴的事情；
　　 对于克琳希德，也可以解除她的忧心。

1814 "我常常觉得奇怪，不知有何冒犯，
　　 因为我常有许多高贵的宾客驾临此间，
　　 而你们却不肯屈尊到敝国来走访；
　　 现在我在此地看到你们，真是快乐非常。"

1815 那位愉快的武士，路狄格回言说道：
　　 "你可能看到他们很觉高兴：他们都是英豪，
　　 王后的弟兄们，他们很懂得忠诚义气。
　　 他们到此地来，还带了许多华丽的武士。"

1816 高贵的武士们抵达艾柴尔大王的宫廷，
　　 正在夏至的前夕。国王对待这些贵宾，
　　 那样热诚欢迎，还从来没有见过；
　　 他随即喜气洋洋地招待客人们前去就座。

1817 从没有一位主人对待客人这样殷勤。
　　 宾客们的一饮一食，都很充分称心。
　　 凡是他们所想望的，无不得到供给。
　　 大家早已听到过武士们的惊人的事业。

第 三 十 歌

哈根和伏尔凯站岗守望

1818 白昼已经过去,黑夜渐渐降临。
旅途疲倦的武士们都在那儿担心,
不知道什么时候才能躺上床去休憩。
哈根提出询问:他们于是才获得消息。

1819 恭太王对主人说道:"愿天主保你平安;
我们要去睡眠,请允许我们离开此间。
如果有所吩咐,我们明早再来叩谒。"
主人于是快乐洋洋地让宾客们下去休息。

1820 这时有许多外人从四面拥挤地来到。
勇敢的伏尔凯对匈奴人说道:
"你们干什么拥到我们这些勇士的跟前?
你们要是不让开,你们就要受祸不浅。

1821 "我要拿这只沉重的提琴把你们打坏,
让你们的朋友看到,不由哭出声来。
赶快给我们让路,我看这样比较妥当:
我们大家虽然都是武士,性情却并不一样。"

1822 当乐师这样怒气冲冲地说话的时光,

勇敢的哈根回过头来四处张望。
他说道："勇敢的乐师说话是一片好心。
克琳希德的武士们，你们还是赶快回营。

1823　"你们所想干的事情，不会如愿而行：
你们要有什么举动，请在明早光临，
今天先让我们疲倦的武士安睡一夜。
我相信，他们从没有像现在这样需要休息。"

1824　客人们于是被领到一间宽大的客厅里，
那些武士们都一齐被带到那里过夜，
那儿预备了又长又宽的富丽的卧床。
可是克琳希德却想给他们带来极大的灾殃。

1825　床上的褥单全是阿拉斯①的透明的纺织品，
用阿拉伯丝料做的盖被多得计数不清，
它是那样的精致，上面用金色的丝绦
绣成美丽的花边，看上去显得金光照耀。

1826　许多盖被都是用白鼬皮或是黑貂做成，
他们就盖着这些锦被休养他们的精神，
他们在那儿睡了一夜，一直睡到天明。
国王和臣下们从没有这样愉快地一同就寝。

1827　"这一夜真要倒霉！"年轻的吉塞尔海说道，
"和我们一同前来的朋友们也真要糟糕。
不管我的姐姐对我们表示怎样好意，
为了她的怨恨，我怕大家要在这里送死。"

---

①　阿拉斯，法国北部的城名。中世纪时以其毛织品著名。

1828 "你不要这样担忧,"勇士哈根说道:
"我今天要亲自站岗,当一名步哨,
我要忠心地保护你们,直到明天。
因此请不用担心。将来就可以各顾安全。"

1829 大家于是对他欠身表示感谢之意。
他们都上床就寝。隔不了多时,
这些勇敢的武士们都安然进入梦乡。
勇敢的哈根于是开始整顿好他的武装。

1830 勇士伏尔凯,那位乐师对他说道:
"哈根,如果你不嫌弃,我也参加放哨,
我要和你一同站岗,一直站到明天。"
哈根对他感谢了一番,同时亲切地回言:

1831 "愿天主多多保佑你,亲爱的伏尔凯!
我在任何困难的时候,除了阁下以外,
我再也不希望别人来解除我的愁闷。
只要我的生命存在一天,我总要报答大恩。"

1832 这两位武士于是披起雪亮的甲胄;
他们又取出他们的盾牌,紧握在手。
他们走出了那座客厅,站在门外,
保卫众位宾客;这完全出于忠诚的胸怀。

1833 敏捷的伏尔凯把他那只珍贵的军盾,
从手里放下,把它靠在客厅的墙根。
于是又转身回来,取出他的提琴,
为他的友人们效劳;这正适合他的本性。

1834 他在客厅的门口,坐在石阶之上。

像这样勇敢的乐师,实在很不寻常。
他拉起提琴,奏出美妙的调音,
堂堂的羁旅的勇士们都对伏尔凯感谢不尽。

1835 他那提琴的声音,震撼着整个客厅,
他的膂力和技艺,都已经达到绝境。
他奏出的琴音越来越美妙而婉转动人:
使许多烦闷的武士都进入梦乡,安然睡稳。

1836 伏尔凯看到各位武士都已睡实,
这位武士又拿起他的盾牌,紧握在手里,
于是走出客厅,站在大门之外,
守卫他的战友,防止克琳希德的武士袭来。

1837 到了午夜的时辰,或许还没到这个时光,
勇敢的伏尔凯看到一顶头盔闪闪发亮,
在遥远的黑暗中出现:克琳希德的武士,
他们对这些宾客存了伤害之心,想来袭击。

1838 乐师立即说道:"我的朋友哈根,请看,
我们现在应该共同来对付这场祸患。
我看到客厅之前,来了武装的人:
根据我的观察,他们恐怕要来袭击我们。"

1839 "别响,"哈根说道,"让他们再走过来,
不等他们见到我们,包管他们的头盔
在我们二人的手里,被宝剑砍成碎片;
让他们狼狈不堪,回到克琳希德的面前。"

1840 有一位匈奴的兵士,他立即看到,
门外有人守卫,他随即敏捷地说道:

"我们所设想的事情,不能遂我们的心愿:
　　　我看见乐师正在放哨,站在客厅之前。

1841　"他的头上戴着一顶头盔,闪闪发亮,
　　　又刚硬、又纯粹、而且完整坚强。
　　　他那套锁甲就好像一团熊熊的火焰。
　　　他的旁边站着哈根:客人们已经戒备森严。"

1842　他们于是又退了回去。伏尔凯亲眼看到,
　　　他随即怒气冲冲地对他的战友说道:
　　　"现在让我离开客厅,赶到武士们那里:
　　　我要向克琳希德的兵士们探问一下消息。"

1843　哈根回道:"看在我的分上,不要如此,
　　　你要是离开客厅,那些敏捷的武士
　　　就要挥起刀剑,使你陷入这种绝境:
　　　我不得不来救你,而全部亲族也要送命。

1844　"因为那时我们两人都要去参加战斗,
　　　在极短的时间以内,他们就会两个、四个
　　　闯入客厅之中,给这些睡熟的武士们
　　　带来了这样的不幸,使我们要后悔一生。"

1845　伏尔凯又说道:"那么就这样也成,
　　　让他们知道,我们已经看到了他们:
　　　使克琳希德的兵士们无法抵赖
　　　他们对宾客们所进行的不忠义的谋害。"

1846　乐师于是对着那些匈奴人大声喊话:
　　　"敏捷的武士们,你们为什么全身披挂?
　　　克琳希德的兵士们,假如要出去杀人,

那么请命我和我的战友们来帮助你们。"

1847　没有人给他回答;他真是怒气难消:
　　　"呸,胆小的家伙,"善良的武士这样叫道,
　　　"你们是想趁我们睡着,偷偷地来暗杀我们?
　　　在善良的武士身上,这种阴谋休想得逞。"

1848　这个消息立刻传到了王后的耳中,
　　　她知道此计未成:她觉得多么悲痛!
　　　她于是另求别策,因为她怒火难平。
　　　许多勇敢而善良的武士不久就因此丧命。

第 三 十 一 歌

君主们前赴教堂

1849　"我觉得锁甲凉意袭人,"伏尔凯说道,
　　　"根据我的推测,黑夜马上就要全消。
　　　我从空气里感到,不多时就会天明。"
　　　他于是把许多正在熟睡的武士们唤醒。

1850　明亮的晨曦照耀着客厅里的众位客人。
　　　哈根于是对全部的武士们提出询问,
　　　问他们要不要去望弥撒,前往教堂。
　　　按着基督教的习俗,教堂的钟声已响。

1851　唱经之声纷杂不一:这并没有什么希奇,
　　　因为基督教徒和异教徒本来不相一致。
　　　恭太的武士们都想要前赴教堂:
　　　因此一个个都立即起身,离开了卧床。

1852　武士们全都穿起非常华贵的服装,
　　　从没见过勇士们带着这样好的衣裳
　　　到一位国王的国中。哈根颇为烦恼:
　　　他说道:"你们在此地,还是穿别的衣服为妙。

1853 "现在你们大家都已经听到这个消息；
　　　因此不要拿着蔷薇,而要拿着武器,
　　　不要戴镶满宝石的帽子,而要戴上头盔,
　　　因为克琳希德的恶意,我们已经全能体会。

1854 "我们今天非大战不可,你们都得明白。
　　　因此不要穿着丝衫,而要穿起锁子铠,
　　　不要穿富丽的外套,而要带着军盾：
　　　如果有人冒犯你们,你们就可以抵御一阵。

1855 "我亲爱的主上、朋友和众位武士们,
　　　你们进入教堂,一定要十分真诚,
　　　向全能的天主哀诉你们的忧愁和不幸；
　　　因为毫无疑问,死亡已经向我们大家逼近。

1856 "你们也不要忘记,已经发生过的事情,
　　　你们站在天主的面前,都要十分虔敬。
　　　高贵的武士们,我要警告你们大家：
　　　如果天主背弃你们,以后就不要再望弥撒。"

1857 国王们和他们的武士于是都前赴教堂,
　　　勇敢的哈根,站在教堂的庭院中央,
　　　命令他们停住,免得大家各自西东。
　　　他说道："我们不知道匈奴人还有什么举动。

1858 "我的朋友们,请把你们的盾牌放在脚边,
　　　要是有人来侵犯你们,你们就上前
　　　报以致命的打击：这是哈根的建议。
　　　如果这样,你们就不愧为受人称赞的武士。"

1859 伏尔凯和哈根,他们两人厮守在一起,

站在广阔的教堂前面,他们的心意,
是要造成这种情形,让艾柴尔的夫人
不得不推开他们:他们的情绪十分气愤。

1860　匈奴的君主和美丽的王后已经来到;
克琳希德的身上穿着华贵的衣袍,
她的身后,跟随着许多敏捷的武士。
在这一队人群过处,只见尘土高高地扬起。

1861　高贵的国王看到勃艮第的国君
和他们的武士全部武装,非常吃惊:
"我看见我的朋友们,为什么戴上头盔?
要是有什么人伤害他们,那真令我伤悲。

1862　"我要向他们赔罪,使他们觉得称心。
谁要是骚扰他们,引起他们心绪不宁,
我要让他们知道,我确是为他们难过:
我一定答应他们一切,不管他们要求什么。"

1863　哈根对他回道:"我们并无烦恼可言。
这是我们君主的习惯,不论什么会宴,
在整整的三天之中,都要全部武装。
我们如果遇到不测之事,一定会禀告大王。"

1864　哈根的言语,克琳希德全都听在耳里。
她望着这位武士,眼睛里流露着多少敌意!
可是她不愿拆穿哈根所说的那番谎言,
她在勃艮第住了很久,一切风俗都很了然。

1865　尽管王后对他怀有多么强烈的恨心,
如果有人把正确的消息向国王禀明,

他一定会大力阻止,不使惨剧发生;
可是他们大家心情倨傲,全都默不作声。

1866 这时克琳希德带了许多人向教堂走来;
可是这两位武士,他们却不让开,
连半步都不移动:匈奴人十分愤怒。
他们不得不挤去这两位高傲的武士开路。

1867 艾柴尔的侍从们也觉得很不好受:
要不是碍着在国王之前,不好动手,
他们早就要惹起那两位武士的气愤。
这时大家拥做一堆,幸好没有别事发生。

1868 弥撒告终之后,大家都离开教堂,
许多匈奴的武士们都跨到马背之上;
克琳希德的身旁跟随了许多美丽的侍女。
王后的侍从武士,一共有七千名之数。

1869 克琳希德带着她的侍女们坐在窗旁,
傍着高贵的艾柴尔大王;国王欣然遥望。
他们要看那些杰出的武士骑马竞技:
哎！在宫院里他们看到多少异国的勇士!

1870 马匹总管也牵了许多马匹来到那里。
这位勇敢的旦克瓦特毫不迟疑,
率领了勃艮第的国王的从臣到场。
备好雕鞍的骏马早为尼贝龙根勇士准备妥当。

1871 当国王们和他们的武士上马之时,
勇敢的伏尔凯于是向他们提议,
要他们按照故国的习俗举行比武。

于是那些勇士们都高高兴兴地策马驰驱。

1872　这位勇士的提议,无一人不表示欢迎;
　　　比武和武器的声音,两者都继续不停。
　　　许许多多人都拥到那片宽大的武场;
　　　艾柴尔和克琳希德也亲自在那儿观望。

1873　狄特里希的武士们,共有七百名,
　　　他们赶来要和宾客们一决输赢。
　　　他们很想和勃艮第人进行比枪;
　　　要是他们的君主同意,他们真愿意大战一场。

1874　哎,多么强健的武士们在那儿奔驰!
　　　可是勇士狄特里希一接到这个消息,
　　　他立即禁止他们和勃艮第人比赛;
　　　他怕他的部下失利:这也是出于无奈。

1875　当狄特里希的部下们离开武场之时,
　　　贝希拉润的路狄格的武士们也赶到那里,
　　　五百名执盾的勇士驰到大厅之前。
　　　方伯也大伤脑筋,他想这场比赛最好避免。

1876　他于是分开人群,挤到他们那里,
　　　他告诉他的部下,要他们自己注意,
　　　恭太的武士们是多么愤愤不平:
　　　要是他们放弃比枪,这才能使他安心。

1877　当这些高傲的武士们也避开之时,
　　　根据传闻,又来了许多图林根的武士,
　　　还有从丹麦来的一千名勇敢的兵丁。
　　　在冲击之中,只见许多枪柄的碎片四处飞迸。

1878 伊伦弗里和哈瓦尔特也赶来参加比赛；
　　 莱茵的武士们露着傲慢的态度等待。
　　 他们和图林根的武士们进行比枪：
　　 许多美丽的盾牌都被刺得百孔千疮。

1879 布鸟代尔也带领三千部下前来比武。
　　 艾柴尔和克琳希德看得清清楚楚，
　　 看他们双方怎样在这儿各显高低。
　　 王后欣然观看，她对勃艮第人抱着敌意。

1880 希鲁坦和吉贝凯也来参加比赛枪术，
　　 还有贺伦坡克和拉蒙，都按着匈奴的习俗。
　　 他们和勃艮第的勇士们奋勇对抗：
　　 枪柄高高地飞出了国王的大厅的宫墙。

1881 不管他们怎样驰骋，不过是空喊一阵，
　　 恭太的武士们，猛刺盾牌的铿锵之声
　　 传遍了宫廷御苑，到处传出回响。
　　 他的家臣们荣誉万分，博得众人的赞赏。

1882 他们的比武是这样的激烈而伟大，
　　 只见那些英雄们跨下所骑的骏马，
　　 珠汗淋漓，使鞍被都完全湿透。
　　 他们露着高傲的丰姿和匈奴人试行决斗。

1883 高贵的乐师，勇敢的伏尔凯说道：
　　 "我看他们不敢和我们较量，他们胆子太小。
　　 我常常听说，他们对我们有仇：
　　 像今天这样的机会，对他们是再好没有。"

1884 "把我们的马匹,"高贵的国王说道,
　　　"仍旧牵到马房里去;一等黄昏来到,
　　　如果时间允许,我们再进行比枪。
　　　也许王后会给勃艮第的勇士们大加赞赏。"

1885 这时有一位武士堂堂地驰入场中,
　　　所有的匈奴人都没有他这种仪容。
　　　也许他有一位爱人凭窗眺望。
　　　他的衣服十分华美,好像一位骑士新郎。

1886 伏尔凯又说道:"怎能不去和他较量?
　　　那位妇人们的情郎必须给他一枪。
　　　任何人都不要阻止:我要结果了他;
　　　尽管触怒艾柴尔的王后,又有什么惧怕?"

1887 "不要如此,"国王说道,"看着我的情分:
　　　如果我们先动手,众人定要责怪我们;
　　　让匈奴人先去开始,这样比较妥当。"
　　　这时艾柴尔大王还坐在窗畔,靠着王后身旁。

1888 "我要扩大这场比赛,"哈根说道,
　　　"让这些妇人们和武士们统统看到
　　　我们的骑术多么高明:这也是妙计;
　　　勃艮第的勇士还没有获得什么赞誉之词。"

1889 敏捷的伏尔凯于是又去投入比武。
　　　他给许多妇人造成了莫大的痛苦。
　　　他一枪刺穿了那位华丽的匈奴人的身体:
　　　只见许多少女和许多妇人都一同流泪哭泣。

1890 哈根立即带了他的部下赶了上去,

他领了六十名武士一同跃马驰驱,
奔到了乐师演出这场惨剧的地点。
艾柴尔和克琳希德,看得十分了然。

1891　这时勃艮第的国王们并不袖手旁观,
他们不让乐师陷入敌阵,孤立无援。
一千名勇士策马向前,逞出绝技。
他们随心所欲,傲慢地在那儿四处奔驰。

1892　当那位华丽的匈奴人被刺死的时光,
只听得他的国人,都在痛哭哀伤。
武士们都问道:"这是谁干的事?"
"就是拉提琴的伏尔凯,那个勇敢的乐师。"

1893　看到这位方伯被杀死,匈奴方面的友人
都号召大家立刻取出他们的宝剑和军盾;
他们立下决心,要杀死乐师伏尔凯。
主人看到,立刻从窗畔急忙忙地赶了下来。

1894　在匈奴人中,到处掀起了一片喧哗。
国王们带着武士们都来到殿前下马。
恭太的武士们把他们的马匹遣开。
艾柴尔大王走过来把这件争端加以排解。

1895　他看到一位匈奴亲戚站在他的身边,
他立刻从他的手里夺过来他的宝剑
把众人赶退:他觉得十分愤怒。
"干吗在这些武士的面前使我丧失荣誉!

1896　"你们要是在我的面前杀死这位乐师,"
艾柴尔大王说道,"这是不可饶恕之事。

他刺死匈奴人时,我亲眼看得分明,
是他的马儿摔倒,并不是出于他的本心。

1897 "你们要和贵宾们和好,把纷争平息。"
他于是亲自担任护卫。客人们的马匹
都被牵回马厩。因为他们有许多侍从,
十分勤勤恳恳地侍候他们,为他们尽忠。

1898 主人带着他的宾客们回到大厅里,
使他们在那里平息一下他们的怒气。
筵席已安排妥当,水盆也已齐备。
莱茵的勇士们有强大的劲敌在他们的周围。

1899 经过了相当时间,君主们才能就座,
因为克琳希德夫人,她心中十分难过。
她说道:"伯尔尼的君主,今天我要恳求
你的意见和帮助,这桩事真正令人悲愁。"

1900 可是高贵的武士希尔德布郎说道:
"去杀尼贝龙根勇士,不管你赏多少财宝,
我也不愿去参加。这事要令人悔恨。
这些敏捷的高贵的骑士,无法征服他们。"

1901 狄特里希大王也毕恭毕敬地说道:
"高贵的王后,这个主意请你打消,
你的亲族对我并没有什么冤仇,
我没有理由和这些勇敢的武士们争斗。

1902 "你要叫我们送掉你那些亲族的性命,
高贵的夫人,你的名誉也不好听。
他们是承蒙你的恩宠,到此远游:

狄特里希的手不能为西格弗里进行复仇。"

1903 她看到伯尔尼的君主不肯听她的指使,
她立刻向王弟布鸟代尔婉言商议,
她把奴东旧有的大片领地应允给他;
后来他被旦克瓦特杀死,诺言变成了空话。

1904 她说道:"王弟布鸟代尔,请你支持。
因为我的仇人,就在这间屋里,
是他杀死西格弗里,杀死我的夫君:
谁能帮助我复仇,我永远对他感激不尽。"

1905 布鸟代尔回道:"王后,你要知道,
我的兄长艾柴尔大王对他们非常友好,
因此我不能这样仇视你的亲族:
我要是干犯了他们,国王一定不肯饶恕。"

1906 "不要这样,布鸟代尔,我一向待你很好:
我要拿许多黄金白银,送给你作为酬报,
我还要把奴东的美貌的孀妻许配与你:
你就可以永远抚爱那位美人的可爱的身体。

1907 "那些国土和城堡,一切都送给你,
你要是获得了从前奴东所有的那片领地,
那么,高贵的骑士,你可以和她安度一生。
我对你许下的诺言,我可以发出誓言保证。"

1908 布鸟代尔听到王后允许他这么多的酬报,
他又喜爱那位妇人,贪图她的容貌,
因此他不惜一战,要赢得心爱的佳人。
这位武士,就因为这点贪欲,以致丧生。

339

1909 他对王后说道:"请你依旧回到大厅之中。
      趁大家没有觉察,我就要掀起一阵骚动。
      哈根对你的旧债,要他自己来抵偿:
      我要把恭太王的这位家臣亲缚到你的身旁。"

1910 "勇士们,"布鸟代尔说道,"披挂起武装,
      我们就要前去,冲进敌人住宿的地方。
      艾柴尔大王的王后不允许我们迟延:
      我们各位武士,要为她冒一次生命的危险。"

1911 王后知道布鸟代尔已经听从她的旨意,
      准备前去战斗,她于是带了许多武士
      跟着艾柴尔大王一同前去桌旁就座。
      她为了对付这些客人,布置了恶意的阴谋。

1912 因为没有别的方法点起战斗的火线,
      克琳希德的心中,深埋着旧仇宿怨,
      她于是把艾柴尔的太子带到筵前:
      为了复仇,一位妇人怎会变得这样阴险?

1913 艾柴尔大王的四名侍臣立刻走到那里,
      把奥特利布,国王的年幼的太子,
      带到筵席之前,那儿也有哈根在座。
      由于他刻骨的仇恨,使幼子竟罹杀身之祸。

1914 高贵的国王看见他的儿子来到,
      他于是和善地对他夫人的兄弟们说道:
      "请看,朋友们,这是我和你们的姐妹
      所生的独子,他将来要报答你们的恩惠。

1915 "他要是像他的祖先,将成为坚强的男子,
既富裕,又高贵,而且勇猛无比。
假如我活着,我要给他十二国的疆土:
这个年轻的奥特利布将来也会为你们服务。

1916 "因此,我的朋友们,我要恳请,
你们此番回去,重新回到莱茵,
请你们也把你们的外甥带了回去;
希望你们多多推恩,对这个孩子常加照顾。

1917 "好好地养育他,直到他长大成人:
要是在你们本国,有敌人侵犯你们,
他一定帮助你们复仇,只要他有此体力。"
这句话,王后克琳希德也听得十分清晰。

1918 "要是他长大成人,"哈根一旁说道,
"所有这些武士们都要信任他为他效劳。
可是这位年幼的君主没有长命之相:
我将来不会到奥特利布的宫廷里来拜望。"

1919 国王向哈根瞟了一眼;他的话使他伤心。
这位高贵的国王,他虽然没有话回应,
可是他的内心忧郁,他的情绪低沉。
因为哈根的生性,并不是爱开玩笑的人。

1920 哈根所谈的关于这位幼子的一番言语,
国王和他的武士们听了都感到很不舒服。
他们不得不忍住,因此大家十分难过。
可是他们还不知道这位武士后来所逞的阴谋。

第三十二歌

布鸟代尔被旦克瓦特所杀

1921　布鸟代尔的武士们全都武装整齐,
　　　一千名身披锁甲的勇士冲进宿舍里,
　　　旦克瓦特和那些兵士们正在用膳。
　　　在勇士们中间立刻燃烧起仇恨的火焰。

1922　勇士布鸟代尔走到膳桌的旁边,
　　　马匹总管旦克瓦特温和地对他寒暄:
　　　"我的君主布鸟代尔,欢迎你来到这里:
　　　我觉得十分惊奇,不知道此来有何要事?"

1923　"你不用多和我啰嗦,"布鸟代尔说道,
　　　"我此番前来,说明你的死期已到,
　　　因为你的哥哥哈根杀害了西格弗里。
　　　现在要由你来抵命,还有你国的其他武士。"

1924　旦克瓦特说道:"布鸟代尔主上,这可不对,
　　　这样做,要使我们对这次旅行感到后悔。
　　　当西格弗里丧命之时,我还年幼:
　　　我不知道,艾柴尔的王后对我有什么冤仇。"

1925 "关于这件事情,我不和你多说什么;
　　 这是你的亲族,恭太和哈根的罪过。
　　 可怜的人们,起来自卫,你们活不了多久,
　　 你们要拿你们的生命抵偿给克琳希德王后。"

1926 "你可是真要这样?"旦克瓦特说道,
　　 "那我悔不该求你:这话倒是不说为妙!"
　　 这位敏捷的武士立即跳出桌边,
　　 他拔出了一柄又厉害又长的锋利的宝剑。

1927 他对布鸟代尔迅速地猛力一砍,
　　 他那戴着战盔的人头立刻滚到他的脚边,
　　 "这是你的新婚礼物,"敏捷的武士说道,
　　 "让你拿去送给奴东的寡妇,和她恩爱相好。

1928 "明天她也许会许配给另一位勇士:
　　 谁要想获得聘礼,就让他瞧你的样子。"
　　 一位可靠的匈奴人已向他送过音讯,
　　 告诉他王后怎样定计要断送他们的性命。

1929 布鸟代尔的武士们看到君主被人杀死,
　　 他们对这些宾客,再也忍不住怒气。
　　 他们挥舞起宝剑,一个个怒气冲冲,
　　 直奔那些侍从:这事后来使许多人悔恨无穷。

1930 旦克瓦特向所有的侍从们高声叫喊:
　　 "高贵的侍从,你们看,我们真要完蛋。
　　 可怜的人们,大势所趋,各自保卫自己,
　　 让你们在抵抗中牺牲,不致获得一点羞耻。"

1931 没有武器的人们,他们都拿起凳子,

343

　　　　把许多长长的板凳从地上举起。
　　　　勃艮第的兵士们,再也忍耐不住:
　　　　他们挥起沉重的椅子打伤了许多头颅。

1932　这些可怜的侍从多么愤怒地进行抗战!
　　　　他们把许多武装的兵士赶到屋子外边:
　　　　约有五百名以上的军兵在室内战死。
　　　　勃艮第的侍从们浑身都沾满鲜红的血迹。

1933　艾柴尔大王的勇士们,没有经过多时,
　　　　就得到这个消息:他们抑制不住怒气,
　　　　因为听到布鸟代尔和他的勇士惨遭牺牲,
　　　　而且是哈根的弟弟和他的兵士们一手造成。

1934　在国王还没有知道以前,匈奴的军兵
　　　　已经愤怒地武装起来,聚集了二千余名。
　　　　他们奔到客兵们那里,这也是无法变更,
　　　　他们没有让那些从者有一人能够逃生。

1935　这一批不义的军兵拥到了宿舍之前。
　　　　那些异国的兵士们也颇能防卫应战。
　　　　可是勇猛也是徒然。他们不得不遭牺牲。
　　　　在不久以后,还有更可怕的惨剧继续发生。

1936　现在请再听我叙述那惊人的奇事:
　　　　九千名兵士们全都当场战死,
　　　　还有旦克瓦特的十二名骑士也化作亡魂。
　　　　只有旦克瓦特站在仇敌中间,孤单一人。

1937　喧哗之声已经停止,厮杀之声也已消逝。
　　　　勇士旦克瓦特回过头来四处张视;

他说道:"可怜,我看到朋友们都已殉难!
现在只有我一人站在仇敌中间,真是遗憾。"

1938 四面八方依旧有宝剑砍到他的身上:
许多勇士的妻子后来因此增加悲伤。
他拉下了皮带,高高地举起盾牌:
他又用勇士们的鲜血染红了许多胸铠。

1939 "这场战斗好苦!"阿尔德利安的儿子说道,
"让开,匈奴的武士,让我到风前去走一遭,
我这个疲倦的战士要出去凉快凉快。"
他于是杀开一条道路,高兴地走到门外。

1940 当这位疲倦的武士冲到屋外的时光,
多少利剑又重新在他的头盔上挥动作响!
没有见识过他惊人的绝技的匈奴兵士,
都冲过来要和这位勃艮第的英雄较量高低。

1941 "恳求天主,"旦克瓦特说道,"赐我使者一人,
让他把这个消息前去告诉我的兄长哈根,
让他知道我被这些武士们逼得好苦。
他会救我离开这里,或者在我身旁死去。"

1942 匈奴的勇士们说道:"这使者就是你自己,
我们将把你的尸首送到你的兄长那里。
那时恭太的家臣才知道什么叫做悲哀。
因为你给艾柴尔大王造成重大的损害。"

1943 他说道,"少说废话,给我让开一条道路,
否则我又要杀得你们一片血肉模糊。
我要亲自把这个消息带到宫廷,

向我的君主们禀报我在这里所处的苦境。"

1944 他给艾柴尔的勇士们看到他的厉害,
他们一个个都不敢挥剑簇拥上来:
他们于是向他掷过来许多长枪,
由于重力过大,他的盾牌被打落到地上。

1945 他们以为他没有盾牌,再也无法抵抗;
哎,他又砍坏了多少头盔,造成重伤!
许多勇敢的武士不得不在他的面前跌倒,
勇猛的旦克瓦特因此获得了极大的荣耀。

1946 他的敌手们从左右两旁向他扑了过来。
有许多武士,他们作战的动作太快。
像森林里的一匹野猪,在猎犬面前直冲,
他从敌人中间冲了出去:他几曾有这样勇猛?

1947 在他冲开的道路上又看到一片血迹淋漓。
什么地方看到有像他这样的一位武士
单独和许多敌人战斗,表现得这样英勇?
大家看到这位哈根的弟弟堂堂地走入殿中。

1948 摆饭的和斟酒的侍役都听到刀剑的声音,
他们把送到宫廷里去的许多食品
以及壶中的美酒泼落了不知多少。
他这时看见在殿阶前还有许多敌人拥到。

1949 "怎么啦,众位师傅?"疲倦的武士说道,
"你们对宾客们要侍应得十分周到,
给君主们要送上最珍贵的食品,
现在让我把这个消息去向我的主上面禀。"

1950 谁要是大胆奋勇,在殿阶前冲到他的身旁,
　　 他就挥起沉重的剑,把他们一个个砍伤,
　　 因此别的武士都恐怖地夺路逃逸。
　　 他凭着他的膂力完成了许多惊人的奇迹。

第三十三歌

勃艮第武士大战匈奴人

1951　勇敢的旦克瓦特踏进了门内，
　　　他命令艾柴尔的武士立刻后退，
　　　他的衣服上到处流着鲜红的血液；
　　　他拿着一柄锋利的雪亮的宝剑在他的手里。

1952　旦克瓦特向一位武士高声地叫喊：
　　　"哈根大哥，你在这儿休息了太长的时间。
　　　我要向你和天主控诉我们的不幸：
　　　骑士们和兵士们都已经在宿舍里归阴。"

1953　那一位武士应声叫道："是谁干的事情？"
　　　"这是勇士布鸟代尔和他手下的兵丁。
　　　不过我也要告诉你，他已受到果报：
　　　我已经用我的这双手把他的头颅砍掉。"

1954　"这果报过于微小，"勇猛的哈根说道，
　　　"因为这位武士，将来他被人们提到，
　　　不过是说他死在一位勇士的手中；
　　　因此美貌的妇人们也就感到较少的悲恸。

1955 "告诉我,亲爱的兄弟,你怎么满身通红?
我相信,你受了重伤,一定十分疼痛。
要是这个伤害你的人还活在这里,
除非魔鬼帮助他,我一定不让他好死。"

1956 "你瞧我没有受伤:我的衣服只是被浸湿。
这都是从别的武士们的伤口里流出的血液,
因为我在今天,手刃了许多兵丁:
我可以对你发誓,这个数字我真无法数清。"

1957 他说道:"旦克瓦特兄弟,好好把守门口,
不要让匈奴的武士,有一人能够逃走。
我们受到这种不幸,我要和他们讲理:
我们的从者平白无辜地死在他们的手里。"

1958 "我如果要当一名侍从,"这位勇士说道,
"我确实可以为这些高贵的君王尽力效劳。
我一定把守住殿阶,保持我的荣名。"
克琳希德的武士们这时真是陷于窘境。

1959 哈根又说道:"现在我可觉得希奇,
匈奴人在这儿互相耳语,不知有何商议。
他们一定在打他的主意,因为他守门守得很紧,
他又给我们勃艮第人送来宫廷的音讯。"

1960 "我早就听说克琳希德常常提起,
她对于她的痛苦,从来没有忘记。
现在我们要谢谢艾柴尔的美意,扰他一杯:
匈奴王的年轻的太子,我们先拿他来开胃。"

1961 勇敢的哈根立即对奥特利布挥起一剑,

349

鲜红的血液从剑口上流到他的手边，
幼主的头颅落到了王后的膝上。
在武士们之间，立刻凶猛地厮杀了一场。

1962　那位抚育太子的少傅也当场遭到不幸，
他双手一挥，早已结果了他的性命，
他的头颅落到了筵席的旁边；
他枉自辛勤教育，所得的酬报真是可怜。

1963　他看到艾柴尔的席前有一位乐师，
哈根立刻怒冲冲地扑到他那里。
他把他拉提琴的右手一剑砍下：
"让你带着这个消息，前往我们的国家。"

1964　乐师韦尔伯叫道："你砍了我的右手，
特罗尼的哈根，我和你有什么冤仇？
我出使到你们的国家，完全是一片好心：
现在我失去了我的右手，叫我怎样拉琴？"

1965　他以后是否再拉琴，哈根却毫不介意。
他在大厅里杀死了艾柴尔的许多武士，
他勇猛地打垮了他们那种凶暴的气焰：
他在大厅里所杀死的武士，何止百千。

1966　他的战友伏尔凯也从座位上跳起，
他挥着他的琴弓，令人魂魄飞离。
这位恭太的乐师武艺可真高强。
哎，多少勇敢的匈奴人在他手下遭殃！

1967　三位高贵的国王也离开了筵席之旁：
他们想加以调停，以免造成更大的死伤。

可是他们的努力,却毫无效果,
因为伏尔凯和哈根,他们的怒气难以阻遏。

1968　莱茵的国王看到他无法平息斗争:
国王自己也参加上前,诛戮凶恶的敌人,
他砍穿了雪亮的锁甲,造成许多重伤。
这位英雄用鲜明的事实显示出他英勇无双。

1969　勇猛的盖尔诺特也上前参加混战,
他挥舞着路狄格赠他的锋利的宝剑,
把匈奴的武士们杀死了不知多少:
他使艾柴尔的许多兵士一齐同赴阴曹。

1970　乌台的最年幼的儿子也毫不迟疑,
他对着匈奴人挥起他的武器,
艾柴尔的武士们的头盔被他砍得洞穿;
勇敢的吉塞尔海,他的奇迹真令人赞叹。

1971　国王们和他们的武士,不管怎样英勇,
可是却还及不上伏尔凯那样勇猛,
他在敌人中间冲杀,真是一位杰出的武士:
他斩伤了许多匈奴人,使他们倒卧在血泊里。

1972　艾柴尔的兵士们也都奋勇防御。
他们看到那些客人,在那儿奔来奔去,
挥着雪亮的宝剑,在金殿上乱砍。
到处都听到悲叫的声音,真是惨绝人寰。

1973　在外面的武士想冲进大厅内加以援救:
可是怎样努力,也冲不进那里的门口;
大厅里面的武士也很想冲到外边:

可是旦克瓦特守住殿阶,上下都不能如愿。

1974　就这样在大厅门外拥挤着一大阵的人群,
　　　只听得宝剑砍着头盔,发出震耳的声音。
　　　勇敢的旦克瓦特在那儿拚命苦战:
　　　他的兄长十分担忧,不得不为他增援。

1975　哈根于是向伏尔凯高声地叫喊:
　　　"我的战友,你可瞧见在匈奴人的中间,
　　　我的兄弟被围在那里受他们的打击?
　　　朋友,上前援救,不要让我们失去这位勇士。"

1976　乐师回答他说道:"我马上就去。"
　　　他于是在大厅之中,杀开了一条出路:
　　　他挥着手里的宝剑,发出铿锵之声。
　　　许多莱茵的武士,都对他感谢万分。

1977　勇敢的伏尔凯向旦克瓦特叫喊:
　　　"你今天已经受到一场极大的患难。
　　　你的兄长命令我前来帮助你作战;
　　　你要是坚守住外边,那么我就留在里面。"

1978　勇猛的旦克瓦特于是走出了门外。
　　　他坚守着殿阶,不让任何人上来。
　　　只听得战士们手中的宝剑铿锵作声;
　　　这时,勃艮第的伏尔凯也在里面打击敌人。

1979　勇敢的乐师在人群中高声地叫道:
　　　"朋友哈根,你瞧,大厅已经紧紧守牢。
　　　艾柴尔大王的出口已经密密地封上,
　　　两位勇士的手就好像下了一千根门闩一样。"

1980 特罗尼的哈根看到门口已紧紧地守好，
这位勇猛的武士于是把盾牌向背后一抛：
他开始为许多死去的战友进行复仇。
无数勇敢的骑士都在他的愤怒之下授首。

1981 伯尔尼的君主看到了这种惊人的武艺，
看到许多头盔都断送在哈根的手里，
这位阿美龙根的君主跳到一只凳上。
他说道："哈根今天在这里斟出最苦的酒浆。"

1982 主人十分担忧。他的妻子也非常烦恼：
多少亲爱的友人在他们面前被人杀掉！
在大群强敌之中，他自己也难以保全。
他担心地坐在那里：身为君王，也是徒然。

1983 高贵的克琳希德转身请求狄特里希：
"凭着阿美龙根君主的一切美德，我请你
把我救了出去，高贵的英雄：
因为哈根碰到了我，我一定死在他的手中。"

1984 "我怎么能够救你，"狄特里希说道，
"高贵的王后，我担心我自己也难保。
恭太的武士们，他们在大发雷霆，
在这个时期，我不能保护任何人的生命。"

1985 "不要如此，狄特里希殿下，高贵的武士：
今天请你对我们显示出你崇高的志气，
救我离开这里，否则我就要丧命。
请把我和国王救出这心惊胆怕的绝境。"

1986　"让我来尝试一下,看看是否能救你们;
　　　像这些勇猛的武士,他们那种气愤,
　　　说实话,我已经许久时间没有目睹:
　　　我看到许多头盔被他们砍得血迹模糊。"

1987　这位杰出的骑士于是使劲地喊叫,
　　　他的声音就好像是一只水牛角的吹号,
　　　他的叫声震撼着整个广大的宫城。
　　　狄特里希的力量,真是十分强大惊人。

1988　在激烈的酣斗之中,他喊叫的声音
　　　传到恭太王的耳中,国王于是侧耳倾听。
　　　"我的耳中听到狄特里希的喊叫:
　　　一定有我们的勇士把他的部下杀掉。

1989　"我看到他站在桌子上不住地挥手。
　　　各位勇士,勃艮第的亲族和朋友,
　　　暂时停止战斗,听一听,瞧一瞧,
　　　有没有狄特里希的兵丁被我们的武士杀掉。"

1990　经过恭太王这样的命令和要求,
　　　他们都放下宝剑,停止激烈的苦斗。
　　　国王显出了他的威权,大家都接受命令。
　　　他于是问伯尔尼的君主有什么紧急的事情。

1991　他问道:"高贵的狄特里希,我的武士们
　　　在这里可曾有冒犯之处?我愿向你保证,
　　　我已准备一切来赔偿你的损失。
　　　如果有人冒渎了你,我真觉得万分的歉意。"

1992　高贵的狄特里希说道:"我们没有受害。

不过希望多多保护,让我走出厅外,
让我和我的部下离开这场残酷的战争。
我一定永远图报,决不忘记武士的大恩。"

1993 "为什么要这样哀求?"伏尔夫哈特说道,
"那位乐师并没有把门口守得这样坚牢,
我们要是尽力去冲开,谁也拦阻不下。"
"少开口,"狄特里希说道,"你简直在说瞎话。"

1994 恭太王于是说道:"这事可以听凭你们:
请带领他们出去,不管你有多少人,
只除了我的仇敌:他们可不能离开。
因为这些匈奴人使我们受到很大的灾害。"

1995 伯尔尼的君主听到这话,他于是一只手
拥住高贵的王后,她真是极度担忧,
另一只手又带着艾柴尔大王走出大厅。
还有六百名武士也跟在狄特里希后面同行。

1996 高贵的路狄格方伯也开始说道:
"要是有另外的人,他们愿意和你们修好,
你们可以放他们出去,即请通知:
这样,在忠诚的朋友之间,可以不伤和气。"

1997 吉塞尔海立刻对他的丈人说道:
"我们和你们之间,愿意保持友好;
你和你的部下,对我们一向忠实,
你可以不用担心,带你的武士离开此地。"

1998 当路狄格方伯退出艾柴尔的大厅之时,
有五百多名的武士跟着他一起。

355

这完全是出于勃艮第勇士的一片真心,
可是,恭太王后来却因此遭到许多不幸。

1999 有一位匈奴武士看到艾柴尔大王
跟狄特里希同行,他也想乘机逃亡,
那位乐师却走过去砍了他一剑,
他的头颅立即落地,落到艾柴尔的脚边。

2000 匈奴的君主这时已逃出大厅之外,
他回转身来,望一望那位伏尔凯:
"请这些客人真是倒霉:这场灾祸多么怕人,
我的全部武士,都在他们的手下丧生!

2001 "这场宴会真正遭殃!"高贵的国王十分悲哀,
"其中有一位武士,他名叫伏尔凯,
简直像野猪一样,他是一位乐师;
我离开了这个魔鬼,这真是我的运气。

2002 "他的声音十分刺耳,他的琴弓血染通红;
他的曲调使我的许多武士一旦送终。
我不知道,这位乐师和我们有什么怨恨,
我一生之中,从没见过这样讨厌的客人。"

2003 可以放行的人们都已经离开大厅:
从里面又传出了一片恐怖的喧哗的声音。
客人们残酷地复仇,发泄他们的怨怼。
勇敢的伏尔凯,哎,他砍破了多少头盔!

2004 高贵的国王恭太向喧哗的地方倾听:
"哈根,你可听到那边伏尔凯的声音?
他对想逃走的匈奴人挥起他的大弓①,

---

① 指宝剑。

他的弓弦一拉，就看到鲜红的血喷涌。"

2005 "我真是十分后悔，"哈根回答他道，
"我竟离开了他，各自分道扬镳。
我是他的战友，他是我的同志，
将来回国之后，我们还是忠实地守在一起。

2006 "请看，高贵的国王，他对你真是忠心：
他的功劳，值得你赏他白银和黄金！
他的大弓砍破了坚强的钢盔；
钢盔上的雪亮的装饰品都被砍得落花流水。

2007 "勇士伏尔凯在今天所立下的战功，
我从没见过一位乐师能超过他的英勇。
他在头盔和盾牌上奏出铿锵的曲子：
他应该骑着骏马，应该穿着华贵的戎衣。"

2008 在大厅里的匈奴武士，尽管人数众多，
可是他们都全部牺牲，一个也没有逃过。
喧哗的声音静止，再无人进行苦战。
勇敢的武士们到这时才收起了他们的宝剑。

第三十四歌

他们把死尸掷出厅外

2009　君主们都坐下来休息,因为他们十分疲倦。
　　　伏尔凯和哈根,走到了大厅外面,
　　　他们的身体倚着盾牌,非常倨傲自大:
　　　这两位杰出的武士于是进行诙谐的谈话。

2010　勃艮第的勇士吉塞尔海在那儿提议:
　　　"亲爱的朋友们,你们还不能休息:
　　　你们首先要把这大厅里的尸首扔掉。
　　　我们还要受到反攻,我可以坦白相告。

2011　"这些遗尸不能在这里再留在我们的脚边;
　　　在匈奴人能够在战斗中征服我们以前,
　　　我们还要斩伤许多武士,这才使我称心。
　　　这样,"吉塞尔海说道,"才使我觉得高兴。"

2012　哈根回道:"我有这位主上真是万幸!
　　　我们今天所躬逢的这位年轻的国君,
　　　他提出这个建议,真是十分合适:
　　　你们众位勃艮第人应该为此感到欢喜。"

2013　他们都听从他的吩咐把七千名尸骸
　　　搬到了门边,然后掷出大厅之外。
　　　无数尸体落到大厅前的殿阶之旁:
　　　匈奴人看在眼中,都放声痛哭,十分悲伤。

2014　其中有许多人,并没有受到重伤,
　　　只要好生将养,就可以恢复健康;
　　　可是这样从高处落下,怎免一死。
　　　他们的战友为此伤心,这也是自然之理。

2015　勇猛的武士,乐师伏尔凯说道:
　　　"我曾听得人言,现在已亲眼看到:
　　　匈奴人十分怯弱,他们哭起来像女子。
　　　其实他们应该来看顾这些受了重伤的武士。"

2016　有一位方伯听到这话,认为他很诚恳:
　　　在血泊之中,正躺着他的一位亲人;
　　　他想上前抱起他,把他带到安全之地;
　　　勇敢的乐师给他一枪,立刻把他刺死。

2017　别人看到这种光景,都从那里逃走。
　　　他们大家都对那位乐师咒骂不休。
　　　一位匈奴人向他掷来一枪,不中堕地,
　　　他于是把那根又坚硬又锋利的枪从地上拾起。

2018　他把它使劲掷去,飞过众人的头顶,
　　　直掷到庭院的远方。武士们十分吃惊,
　　　他们都从大厅那里远远地后退。
　　　伏尔凯的猛力,使大家都感到可畏。

2019　艾柴尔和许多武士都站在大厅之前。

伏尔凯和哈根,他们神气活现,
对匈奴的国王随心所欲地讽刺不休。
这两位勇敢的武士后来因此有大祸临头。

2020　"一位国王,"哈根说道,"应该身先兵士,
带头战斗,这才是士卒的运气,
像我们的主上,他们个个争先:
砍穿了许多头盔,鲜血染满了他们的宝剑。"

2021　艾柴尔十分勇敢,他拿起了军盾。
克琳希德说道:"你要好好留神,
把黄金放在盾牌上去犒赏武士;
哈根要是走近了你,你会死在他的手里。"

2022　大王是这样勇敢,他不愿停止向前,
像这样英武的国王,如今已不可多见。
大家只得拖住盾牌的带子,把他拉回。
凶狠的哈根更用讽刺的话语将他诋毁。

2023　哈根立即说道:"艾柴尔和西格弗里,
你们联在一起,过去有什么亲戚关系,
克琳希德和他相爱,是在和你认识以前,
胆小的艾柴尔大王,你为什么和我结怨?"

2024　这些说话,高贵的王后听得分明。
克琳希德的心中,觉得怒气难平,
因为他当着艾柴尔的武士之前羞辱于她。
她于是重新布置阴谋,使那些客人早回老家。

2025　她说道:"谁能给我把特罗尼的哈根杀死,
并且把他的首级带到我面前作为赠礼,

我要用艾柴尔的盾牌装满黄金相送；
我还要拿许多城堡和土地酬谢他的大功。"

2026　乐师说道："我不懂，他们为什么迟疑，
听到人家出这许多黄金作为赠礼，
这些武士依旧畏缩不前，真是少见得很。
艾柴尔大王以后对他们再也不会加以信任。

2027　"我看见许多怯懦的家伙站在那边，
他们拿国王的俸禄，一点不知羞惭，
在紧急的时机，他们将主上背弃，
依旧神色自若，这些人真难免厚颜之讥。"

第 三 十 五 歌

伊 林 被 杀

2028　丹麦的勇士,伊林方伯于是大声叫道:
　　　"我一向做事,对于荣誉看得非常重要;
　　　就是在战斗之中,我也是尽力而为。
　　　给我把武器拿来,我要和哈根较量一回。"

2029　"我劝你省事为妙,"哈根在那旁说道,
　　　"否则艾柴尔的兵士,又要更加哀号:
　　　哪怕你们两个三个跳上这座大厅,
　　　我也要把你们扔下去,让你们早点归阴。"

2030　"我决不就此罢休,"伊林又在说道:
　　　"像这样冒险的事情,我不是干头一遭。
　　　我一定要挥起宝剑,单独来和你逞雄,
　　　你在那儿空口吹牛,有什么重大的作用。"

2031　伊林于是按照骑士的习俗披挂整齐,
　　　还有图林根的勇士,那位伊伦弗里
　　　以及勇猛的哈瓦尔特,并有兵士一千,
　　　只要伊林上去战斗,他们就要给他后援。

2032　乐师看到了一大群强大的军兵，
　　　都武装完备地跟随伊林向他们走近。
　　　他们的头上都戴着雪亮的头盔。
　　　勇敢的伏尔凯，他的愤怒猛增百倍。

2033　"朋友哈根，你可瞧见伊林从那儿走来？
　　　他不是说好要单独和你决个胜败？
　　　武士难道可以说谎？我真要责备他一阵。
　　　跟他同来的武装好的勇士，至少有一千余人。"

2034　"不要责备我说谎，"哈瓦尔特的武士说道，
　　　"我答应你们的说话，我决不会赖掉。
　　　我决不因为胆小而背弃我的诺言：
　　　不管哈根怎样厉害，我要单独和他一战。"

2035　伊林于是对着他的朋友和兵士下跪，
　　　他请求他们让他单独去大战一回。
　　　可是他们都不愿意：因为他们很了解：
　　　勃艮第的高傲的哈根：他的本领实在厉害。

2036　可是他久久地苦求，一定要他们应允。
　　　他的武士们看到了他已下定决心，
　　　知道他顾全名誉，只好听他自由。
　　　于是在这两位武士之间，展开了一场恶斗。

2037　丹麦的伊林把他的枪高高地举起；
　　　这位高贵的武士又用盾牌掩护他的身体；
　　　他于是奔向大厅之前和哈根进行战斗。
　　　这两位武士，在那儿掀起了一阵可怕的喧声。

2038　他们两人使劲地举起手里的长枪，

越过坚固的盾牌，刺在对方的甲胄之上，
枪柄的碎片向高高的空中四处飞散。
这两位愤怒的武士于是又拿出他们的宝剑。

2039　勇猛的哈根，他的膂力真是惊人；
可是伊林也向他猛砍，宫城都传出回声。
击剑的声音轰动了大厅和塔楼。
两位武士各不相让，可是都不能得心应手。

2040　伊林看到和哈根相战，不能取得胜利：
他于是另转目标，直扑那位乐师。
他以为，凭他猛烈的一砍可以奏胜；
可是那位伶俐的武士却也有防御的法门。

2041　乐师给他回击，他那盾牌上的钮环，
在伏尔凯的手下，都被砍得四处飞散。
他放下了他；他是一位奸刁的人：
伊林于是又去和勃艮第国王恭太大战一阵。

2042　恭太冲向伊林，伊林又冲向恭太，
他们两人在那里厮杀得十分厉害，
可是谁也不流血，谁也伤不了对方。
因为他们身上穿着的甲胄非常坚强。

2043　他又放下恭太，直向盖尔诺特猛砍，
砍得他的甲胄发出火花，四处飞散。
勃艮第的勇士盖尔诺特猛力回击，
直打得勇敢的伊林，几乎因此性命完毕。

2044　他于是逃过君王；他真是十分敏捷。
他迅疾地杀死了勃艮第的四名勇士，

那是从莱茵河畔沃尔姆斯来的高贵的从臣。
吉塞尔海看到这种情形，忍不住满腔气愤。

2045　"我发誓，伊林阁下，"吉塞尔海说道，
"你现在当着我们把这几位勇士杀掉，
我一定要向你报复。"他于是猛扑向他，
给这位丹麦的勇士一砍，砍得他立即倒下。

2046　他被吉塞尔海砍倒，卧在血泊之中，
大家都以为，这位勇敢的英雄
再也不能拿起宝剑，向他回手抵抗。
可是伊林虽然倒下，他却并没有受伤。

2047　由于头盔的震动和宝剑的响声，
他立即觉得眼前一阵眩昏，
这位勇敢的武士不知道自己是否活命。
勇猛的吉塞尔海，他的膂力实在令人吃惊。

2048　当他头脑里的一阵轰鸣过去之后，
他所遭遇到的这次打击真够他消受，
这时他才想道："我还活着，没有受伤：
高贵的吉塞尔海的厉害我今天才亲自体尝！"

2049　他听到他的两旁，都站着他的敌人；
要是他们知道他的情况，他就难以脱身。
他也听到吉塞尔海就在他的旁边；
他在盘算怎样带着性命逃出敌人的面前。

2050　他多么狂怒地一下从血泊中跳起！
这位武士真要感谢他手脚的敏捷。
他溜开那座大厅，奔过哈根的身边，

　　　　　他用他力大无比的手,给他猛烈地砍了一剑。

2051　哈根想道:"你今天再也休想活命。
　　　　除非魔鬼前来保护,管叫你一命归阴。"
　　　　可是伊林已经打穿哈根的头盔;
　　　　他用的是瓦斯凯①宝剑:这柄剑非常名贵。

2052　愤怒的哈根觉察到自己已经受伤,
　　　　他于是挥动宝剑,使出全部力量。
　　　　哈瓦尔特的武士不得不急忙逃开:
　　　　哈根跟着他后面追去,一直追下殿阶。

2053　勇敢的伊林举起盾牌,掩住他的头上,
　　　　要是这座殿阶,有三座殿阶那样长,
　　　　哈根就不会受到报复,挨了他这一下;
　　　　哎,在他的头盔上飞出多少红色的火花!

2054　可是伊林却平安地回到他的战友那里。
　　　　这时克琳希德听到了这个消息,
　　　　知道他在战斗中给哈根吃了大亏;
　　　　因此王后对他表示十二万分的感谢。

2055　"愿天主保佑你,伊林,崇高的武士,
　　　　你真给我无限的安慰,使我称心满意;
　　　　我看见鲜红的血沾满哈根的战铠!"
　　　　克琳希德高兴地亲自从他手里接过了盾牌。

2056　哈根开始说道:"且慢对他表示谢意,

---

① 瓦斯凯(Waske):剑名。因瓦斯根(佛日)森林(Wasgenwald)而得名。此剑由该山林中的铁矿铸成。

他所干的事儿，并没有什么了不起；
他如果再来一下，才算他是勇敢的英雄。
他给我受的这点伤势，对你们不起作用。

2057　"你看到我的甲胄上沾染鲜红的血液，
这只能刺激我，使我多杀死许多武士。
我现在对于他和许多武士才感到怒愤：
勇士伊林，他不过给了我一点微小的伤痕。"

2058　丹麦的勇士伊林迎着风站在那里；
敞开他的铠甲，解下头盔上的带子。
大家都夸赞他的勇猛，战术高明：
这位方伯听在耳里，觉得十分开心。

2059　伊林又说道："武士们，给我去把
新的甲胄取来，我要再小试一下，
看我能不能把那位傲慢的武士打败。"
他的盾牌已被砍碎，于是换了更好的一块。

2060　这位勇士重新换了一身更坚强的武装。
他怒冲冲地拿起一根坚固的长枪：
他想第三次去和哈根斗个输赢。
他要是不起这个主意，也许能保持荣名。

2061　勇士哈根再也等不及伊林走来，
他已经拿着枪和剑走下殿阶，
向他迎面赶去；他显得十分愤怒。
勇士伊林，对他的猛力，这一下可招架不住。

2062　他们迎着盾牌猛砍，火花飞迸不止，
熊熊地像火舌一样。哈瓦尔特的武士，

367

在哈根的剑下,受到危险的重伤,
砍破了头盔和盾牌:他不能再恢复健康。

2063　勇士伊林一觉察到自己受了重伤,
他于是抽回盾牌,靠近他的头上。
他知道所受的伤势十分剧烈;
国王恭太的武士不久又给他致命的一击。

2064　哈根看到有一根长枪在他的脚边,
于是拾起来向伊林掷去,不斜不偏,
只见那根枪柄正好插在他的头上。
傲慢的哈根就此让他获得这个悲惨的下场。

2065　伊林不得不逃到他那些丹麦的战友身边。
在那些武士们给他解开头盔以前,
他们先从他头上拔出长枪,他的死期已至。
他的战友们为他痛哭:这也是自然之理。

2066　王后克琳希德也走到他的身旁:
她为了勇猛的伊林含泪悲伤。
她为他的重伤痛哭,她真是十分气恼。
这位勇于战斗的武士于是当着亲友们说道:

2067　"高贵的王后,请你不要为我哀痛。
哭泣又有何用?我受的伤非常沉重,
如今我的生命,眼看就要不保。
死亡使我不能再为你和艾柴尔大王效劳。"

2068　他又转身对图林根人和丹麦人说道:
"王后拿出雪亮的黄金作为酬报,
你们还是不要贪图各种厚礼:

你们和哈根战斗,就等于前去送死。"

2069 他的脸色变得苍白,勇敢的伊林
已经现出了死相;大家都觉得伤心。
这位哈瓦尔特的勇士就此一命呜呼:
那些丹麦人于是又忍不住再去兴兵动武。

2070 伊伦弗里和哈瓦尔特带了勇士一千名
奔到大厅之前:剧烈的喧嚣的声音,
到处都可以听到,轰轰烈烈,兴奋非常。
哎!他们向勃艮第人掷出多少锐利的长枪!

2071 勇士伊伦弗里奔到乐师的身旁,
他因此在他手下受到很大的损伤。
高贵的乐师给这位方伯猛烈一砍,
砍破他坚固的头盔:他真正令人胆寒。

2072 伊伦弗里也对勇敢的乐师全不让步,
他把那位武士的锁甲刺破了一处,
熊熊的火花使他的铠甲变了颜色。
可是这位方伯依旧死在乐师的手里。

2073 哈根和哈瓦尔特两人遇在一起。
谁要是亲眼目睹,他一定觉得惊奇。
他们砍得十分猛烈,宝剑都落到地上:
哈瓦尔特就在勃艮第勇士的面前阵亡。

2074 图林根人和丹麦人看到主帅毕命,
他们于是更加愤怒地冲向大厅,
他们拚死拚命要冲进殿门以内。
因此当场就被砍破了多少盾牌和头盔。

2075 "让开，"伏尔凯说道，"让他们冲进大厅：
他们想象的事情，不会使他们称心。
他们大家马上就要在里面全部送死。
他们要拚掉性命，来接受王后所赏的重礼。"

2076 当那些傲慢的勇士进入大厅之时，
只见无数的人头，被砍得纷纷落地，
他们受到迅速的猛击，都因此丧生。
盖尔诺特十分勇猛，吉塞尔海也不肯让人。

2077 冲进大厅的勇士，有一千零四名：
只听得雪亮的宝剑，发出铿锵的声音。
他们都在里面被那些客人杀死：
勃艮第的武士真令人说起来感到惊奇。

2078 喧嚣停止之后，接着是一片沉静，
被杀死的武士们的血液，到处流动不停，
在裂隙和石沟里都看到血泡迸涌：
这是莱茵的武士们奋勇立下的战功。

2079 勃艮第的勇士们于是重新坐下休息：
他们放下了手中拿着的盾牌和武器。
勇敢的乐师，他依旧站在大厅之前，
他在等待，看有没有人再冲过来讨战。

2080 国王沉重地悲叹，王后也十分伤痛；
少女们和妇人们都感到愁恨重重。
我敢说，死神已经和他们结下不解之冤：
因此还有许多武士要丧命在远客的面前。

第三十六歌

王后令人焚毁大厅

2081　勇士哈根说道:"你们现在可以解下头盔,
　　　我和我的战友将给你们担任守卫。
　　　艾柴尔的武士,要是再敢前来攻击,
　　　我一定尽可能赶快给我的主上通报消息。"

2082　许多勇敢的武士都脱下头盔,放在一旁,
　　　他们坐在横在那里的许多尸体之上,
　　　那些尸体都是被他们亲手杀死的敌兵。
　　　匈奴人窥看着这些高贵的武士,怒火难平。

2083　夜色还未降临之前,高贵的国王
　　　和王后克琳希德调遣更多的兵将,
　　　依旧想再战一场;在他们的面前,
　　　聚集了两万名勇士,于是又开始一次大战。

2084　宾客们又面临着一场残酷的战斗。
　　　哈根的弟弟,旦克瓦特,这位勇猛的人,
　　　他离开君王,奔到门外的敌兵身旁。
　　　他们以为他不会活命;可是他却安然无恙。

2085　激烈的大战继续不停,直到黑夜。
　　　这些宾客,真当得起是令人赞美的勇士,
　　　他们在长夏季节里抵御了整整一天。
　　　哎!多少勇敢的武士被杀死在他们的面前!

2086　这场大屠杀发生的那天正是夏至:
　　　克琳希德王后对她最亲近的亲戚
　　　和许多别的武士报复了她的深仇,
　　　艾柴尔大王从此再没有获得快乐的时候。

2087　白天已经消逝;他们觉得十分烦恼。
　　　他们想,还不如早一点死去倒好,
　　　像这样长久地受着痛苦,真是难堪。
　　　傲慢的武士于是想和匈奴人进行和谈。

2088　他们请求匈奴人把国王带到大厅之前。
　　　血迹斑斑的勇士们,污染得模糊一片,
　　　他们和三位高贵的君王一同走出大厅。
　　　他们不知道向何人细诉那种难耐的苦情。

2089　艾柴尔和克琳希德两人走近大厅;
　　　这儿是他们的土地,又增加了许多援兵。
　　　他对宾客说道:"请问,你们有什么要求?
　　　你们想和我们谈和?这事情碍难接受。

2090　"你们给我造成了这样重大的损失。
　　　只要我活着一天,对你们总是不利:
　　　你们杀死了我的儿子以及许多士兵,
　　　现在要来向我求和,这断断不能从命。"

2091　恭太回答他说道:"我们有不得已的苦衷。

我所有的全部从者,都在宿舍之中
被你的部下杀死:这是什么原因?
我诚心前来访问,我认为你是待我真心。"

2092　勃艮第的勇士,年轻的吉塞尔海说道:
"艾柴尔的武士们,你们并没有把性命送掉,
你们为什么怪我?我有什么对你们不起?
我到你国来进行访问,完全是一片好意。"

2093　他们说道:"你们的好意使我们的都城
和全国笼罩着一片悲愁;真正多谢你们,
谁希望你们从莱茵河畔的沃尔姆斯前来这里!
国中许多孤儿都出于你和你的弟兄们的恩赐。"

2094　勇士恭太于是怒不可遏地说道:
"你们要是肯和我们这些异国人和好,
免去刀兵,这对于双方都有利益;
我们也就不追究艾柴尔大王所干的一切。"

2095　匈奴的主上对客人说道:"我们的忧痛,
彼此大不相同:在这次战斗之中,
我受到了很多耻辱,我的损失很大,
因此不能让你们有一个保全性命,安然还家。"

2096　勇猛的盖尔诺特于是对国王说道:
"我要请大王稍推恩爱,不要执拗:
请你们远离大厅,让我们走近你们。
我们很清楚地知道,不久就要在这里丧生。

2097　"我们有什么大祸,但愿早点来临:
你们还可以补充许多的生力军,

和我们疲倦的武士作战,很容易获胜:
在这种可怕的困苦中,我们还待到什么时辰?"

2098 艾柴尔大王的武士们几乎就要答应,
让勃艮第的武士们走出大厅。
克琳希德听到这个消息,怒不可耐。
她不允许和那些异国的人们进行和解。

2099 "高贵的武士们,这样做,绝对不行,
我真心劝告你们,你们决不能答应,
让那些杀人不眨眼的武士走到大厅之外;
否则你们各位战友都要遭到性命的危害。

2100 "哪怕除了乌台的儿子们,其余都命丧黄泉,
只要我高贵的弟兄们走到风前
凉凉他的铠甲,你们大家就都要不保:
像他们这样勇猛的武士,在世间无处寻找。"

2101 年轻的吉塞尔海说道:"我美貌的姐姐,
你邀请我渡过莱茵,来到匈奴这里,
我怎么会相信让我尝到这样大的厄运:
我有什么罪孽,要在匈奴人的手里送命?

2102 "我对你一向忠诚,从没有对不起你:
我这次来到匈奴宫廷,我亲爱的姐姐,
我认为你过去待我很好,我存着这种思想。
现在请你大发慈悲,别的再没有什么希望。"

2103 "我不对你慈悲,从没有人慈悲待我:
特罗尼的哈根,给我造成重大的灾祸,
到这儿来又杀死了我亲生的太子:

你们和他同来的人们，都要拿性命相抵。

2104　"你们要是肯把哈根留在这里为质，
　　　那么我就放你们回家，决无二意。
　　　因为你们是我的弟兄，乃是一母所生：
　　　这样我就劝告这里的武士们停止战争。"

2105　盖尔诺特说道："这事情万万不成，
　　　哪怕我们有一千人，也愿全部牺牲，
　　　死在你们的勇士手里，决不留下一位
　　　在这里为人质：我们永远不干这种行为。"

2106　吉塞尔海说道："我们反正总是一死，
　　　因此我们应该壮烈地守卫，互不相离。
　　　只要有人和我们作战，我们总不离开：
　　　我一向忠心待人，从没有把朋友出卖。"

2107　勇敢的旦克瓦特说道（他已忍不住声）：
　　　"我的哥哥哈根在这儿并非孤单单地一人。
　　　拒绝和我们谈和的人，将来痛苦更大。
　　　你们不久就会知道，我预先说出这话。"

2108　王后于是说道："各位勇猛的武士们，
　　　大家向殿阶那儿冲去，为我们报仇雪恨。
　　　我会永远感激你们，这也是理所当然：
　　　那个傲慢的哈根，我要对他洗清宿怨。

2109　"不要让那些武士们有一人逃出大厅：
　　　我要在四处放火，把房子烧个干净。
　　　这样才能一雪心头之恨，稍获安慰。"
　　　艾柴尔大王的勇士们，立刻都着手准备。

2110 他们用剑和枪把站在外面的武士们
　　　都赶进大厅里面；又掀起一片喧嚣之声。
　　　可是君主们和他们的武士都不愿分离；
　　　他们互相厮守在一起，并没有背信弃义。

2111 艾柴尔的王后令人放火焚烧大厅。
　　　武士们被火烧的痛苦，真是一言难尽。
　　　火焰趁着风势，烧得十分旺盛。
　　　武士们受到这样的大祸，可谓前无古人。

2112 许多人都在里面喊叫："这真是好苦！
　　　我们情愿在战斗之中倒下来死去！
　　　但求天主怜悯；我们大家都已活不成！
　　　王后对我们报复她的仇恨，真是狠毒万分！"

2113 其中有一人说道："在烈火和烟雾之中，
　　　叫我们在这儿死去，真是极大的苦痛！
　　　被火烧得滚烫，我觉得干渴难堪，
　　　我恐怕，我的生命就要在这场灾难中完蛋！"

2114 特罗尼的哈根说道："各位高贵的武士，
　　　你们觉得干渴难堪，可以喝点血液。
　　　在这种热火之中，它比葡萄酒还好；
　　　你们也许在这里再找不到更好的饮料。"

2115 于是有一位武士，走到一具尸体之旁；
　　　他解下头盔，跪下来对着创伤。
　　　他开始喝着流出来的新鲜的血液。
　　　他虽然从没有喝过，可是却觉得味美如饴。

2116　"愿天主保佑你,哈根,"疲倦的武士说道,
　　　"我喝到这样好的饮料,全靠你的指教。
　　　从没有人给我斟过比这更好的酒浆。
　　　只要我活着一天,我总对你感谢非常。"

2117　别人听到他这样极口夸赞不绝,
　　　于是又有许多的武士都相继上前饮血。
　　　勇敢的武士们因此陡添了无穷力量:
　　　许多美丽的妇人都得为她们的爱人悲伤。

2118　大厅上的火片①常常落在他们的身上;
　　　他们都用盾牌把它挑拨在一旁。
　　　浓烟和热气使他们觉得十分忧心。
　　　勇士们从没有遇到过比这更愁闷的事情。

2119　特罗尼的哈根说道:"紧靠在墙壁之旁!
　　　不要让火片落到你们的头盔之上,
　　　把火片深深地踏到血液里面。
　　　王后邀请我们参加的真是一场倒霉的酒宴。"

2120　黑夜最后就在这样的愁闷之中消逝。
　　　在大厅之前依旧站着勇敢的乐师
　　　和他的战友哈根,他们倚着盾牌,
　　　小心防卫,恐怕艾柴尔的武士再来陷害。

2121　乐师于是说道:"让我们走进大厅里去:
　　　匈奴人一定以为他们给我们的痛苦
　　　已经使我们大家都在火窟中葬身;

---

① 天花板被烧后落下来的火片。这座大厅是一座坚固的建筑物,墙壁是用石头砌成,只有屋顶是用木料,因此放火后也只烧着屋顶。

让他们有些人看到我们还有力量斗争。"

2122　勃艮第的年轻的吉塞尔海说道：
"我觉得吹来一阵凉风，白昼就要来到。
愿天主保佑我们还能过更快乐的光阴！
我的姐姐请我们赴宴，竟没有存着好心。"

2123　另一个又说道："我看到天色已亮。
我们众位勇士，既没有更好的希望，
那么还是准备迎战，我觉得非常要紧，
我们要光荣地死在这里，反正逃不了性命。"

2124　匈奴王的心中，满以为这些客人
经不起种种痛苦，都已在火窟中丧生：
可是还有六百名武士留在大厅里面，
一位国王拥有这样好的勇士，真是少见。

2125　守望着客人的匈奴兵士看得清楚，
那些君主和勇士们虽然受尽痛苦，
可是还有许多的宾客活在人间。
只见他们在大厅里走来走去，十分安全。

2126　有人去告诉克琳希德说有多人依旧活命。
王后说道："这真是不可能的事情，
在这种大火之中居然还有人生存？
我坚决相信，他们大家已全部丧生。"

2127　君主们和武士们依旧存着幸免之心，
只要有人愿意对他们开恩留情。
可是在匈奴国中这种希望实在太少：
因此他们只得高高兴兴地以死相报。

2128　在第二天清晨,匈奴人又以剧烈的猛攻
　　　来向他们致敬;武士们真是水尽山穷。
　　　许多尖锐的长枪投掷到他们的身上;
　　　可是这些勇士们在里面却有充分防御的力量。

2129　艾柴尔的兵士们无不奋勇前进,
　　　他们想要获得王后克琳希德的黄金,
　　　因此国王有所命令,都很欣然依从:
　　　由于这样,许多武士后来都把性命断送。

2130　那些酬赏和赠礼说起来真令人吃惊:
　　　她命人用盾牌搬出许多耀眼的黄金;
　　　谁想要收受的,她都慷慨奉赠。
　　　从没有谁化费了这许多财宝对付敌人。

2131　一大群的武士都武装整齐地拥到门前。
　　　勇敢的乐师说道:"我们依旧守在这边。
　　　我从没有这样欢喜地看着这许多武士,
　　　他们收下了国王的黄金,要把我们置之死地。"

2132　他的许多战友说道:"走近一点参加战争!
　　　我们反正要死,还不如早点成仁。
　　　所有在这里的人,都注定了要死亡。"
　　　于是在他们的盾牌上插起了许多敌人的投枪。

2133　此外我还说些什么?一千二百名勇士
　　　在那儿冲来冲去,战斗得十分猛烈。
　　　客人们拿他们的敌人来消除心中的怒气。
　　　没有和解的希望,只见从沉重的伤口里

2134　流出许多鲜血:受伤的武士不计其数。
　　　每一个人都为他自己的战友痛哭。
　　　艾柴尔的勇士们都为了高贵的国王牺牲;
　　　他们的亲友都为他们的殉难慨叹万分。

第 三 十 七 歌

路 狄 格 被 杀

2135　异国的武士们在那天早晨立了许多战功。
　　　歌台林德的夫君走到了宫院之中
　　　看见双方所受的损失都非常厉害:
　　　因此忠实的路狄格不由沉痛地掉下泪来。

2136　这位勇士说道:"我活在世上真是苦事,
　　　这一种极大的不幸,没有人能够防止。
　　　我很想劝他们言和,可是国王不肯,
　　　因为他这儿发生的不幸,越来越觉得怕人。"

2137　善良的路狄格派人去见狄特里希大王,
　　　问他是否能使高贵的国王改变主张。
　　　伯尔尼的君主给他回道:"谁能加以阻拦?
　　　艾柴尔大王再也不想进行什么和谈。"

2138　有一位匈奴人看到路狄格站在那里,
　　　眼里含着泪珠,他已看到不止一次。
　　　他于是对王后说道:"你瞧他站在那厢,
　　　你和艾柴尔大王曾把他提拔到众人之上,

2139　"我们的土地和人民都归顺着他。
　　　许多城堡也都交给路狄格的管下,
　　　国王给他的赏赐,不为不多。
　　　可是他在这次战斗之中,却一次也没有战过。

2140　"我认为他对于我们的事情十分冷淡,
　　　因为他已心满意足,保有丰富的财产。
　　　人都夸他勇敢,这真是谁人不知;
　　　可是他在这个危急之时却没有什么显示。"

2141　这位忠诚的武士听到这番讽刺,
　　　他望着那位匈奴人,心里十分生气。
　　　他想道:"我要报答你,你说我是懦夫;
　　　你在这样的大庭广众之中破坏我的名誉。"

2142　他愤怒地摩拳擦掌;奔到他的身旁,
　　　他对那位匈奴武士,使出充沛的力量
　　　给他一阵猛击,把他打死在脚下;
　　　艾柴尔大王的烦闷,又重新大大地增加。

2143　"去你的,浑蛋的东西;"路狄格说道:
　　　"我的心中正不知有多少痛苦和烦恼。
　　　你干吗责怪我,没有在这里斗争?
　　　我对那些客人们也觉得十分痛恨,

2144　"要不是我把那些恭太的勇士领到这里,
　　　我早就尽我的力量,对他们不起。
　　　他们来到我国,是由我作的引路人;
　　　因此我不好举起这不祥的手和他们战争。"

2145　高贵的国王艾柴尔于是对方伯质问:

"高贵的路狄格,你怎样帮助了我们?
我们这里死去的武士已经很多,
我们不愿再增加死亡,你打死他真正欠妥。"

2146 高贵的骑士回道:"他使我愤怒不堪,
他在嘲骂我的名誉和我的财产,
这些都是大王亲手赏赐我的厚礼,
因此我要把这个爱撒谎的家伙置之死地。"

2147 王后走了过来,她也已亲眼看到
这位勇士触动了火气,把那位匈奴人杀掉。
她大大地哀叹一番,她的眼眶全湿。
她对路狄格说道:"我们有什么对不起你,

2148 "你要对我和国王,使我们的痛苦增加?
高贵的路狄格,你常常对我们说大话,
你要为我们牺牲你的荣誉和生命,
我也听到许多武士都夸赞你的勇敢的英名。

2149 "高贵的武士,我现在要提起从前
你劝我嫁给艾柴尔大王时所发的誓言,
你说你愿为我效忠,直至我们老死。
现在我这可怜的妇人正在紧急存亡之时。"

2150 "王后,我发的誓言,我并不否认,
为了你,我可以把我的名誉和生命牺牲;
但是我没有发誓把我的灵魂出卖。
那些高贵的君主们是我去把他们请来。"

2151 她说道:"路狄格,不要忘记你的誓言,
你说永远忠心于我,不论谁将我触犯,

你总要为我报仇,解除我的苦痛。"
方伯回答她说道:"我本来准备为你效忠。"

2152　高贵的艾柴尔大王也求他支援。
　　　国王和王后,一起跪在方伯的面前。
　　　这位善良的方伯,只见他非常烦恼;
　　　这位忠诚的武士,他十分痛苦地说道:

2153　"可怜我这不幸的人,我竟过着这种日子!
　　　我所有的一切名誉,现在都得抛弃,
　　　还有天主命令我的诚心正德也要牺牲;
　　　天主啊,可怜我,还是让死亡结束我的一生!

2154　"不管我放弃了这一桩,去干另一桩,
　　　我所干的事情,总是罪恶,有昧天良。
　　　无论哪一种行动,都要见怪于世人。
　　　赐我生命的天主,请你指教我一个法门!"

2155　由于国王和王后紧紧地苦逼着他,
　　　因此有许多武士,不得不在他的手下
　　　丧失了他们的生命,甚至这位勇士本人。
　　　现在请继续听我叙述他是多么的愁闷。

2156　他清楚地知道,这样只会获得损害和忧愁。
　　　他本来想对艾柴尔大王和他的王后
　　　拒绝这件事情:因为他很担心发闷,
　　　哪怕他杀死他们的一个,也要被世人憎恨。

2157　这位勇敢的武士于是对国王说道:
　　　"艾柴尔大王,你给我的土地和城堡,
　　　请你依旧收回;一点不要保留:

我愿走出你的国境,困苦地出外飘流。"

2158　艾柴尔大王说道:"那么谁来给我帮助?
　　　我要把一切都交给你,我的人民和国土,
　　　让你,路狄格勇士,向我的敌人报仇雪恨:
　　　你也可以做一位大王,和艾柴尔地位平等。"

2159　路狄格又说道:"我怎能给他们伤害?
　　　我曾把他们邀请到我的国家中来,
　　　我也曾殷勤地招待他们的饮食,
　　　并且送过厚礼;现在我怎能将他们杀死?

2160　"国人们也许都要说我是一个懦夫。
　　　可是我从没有拒绝为他们服务。
　　　我要是和他们争战,这就是我的不是。
　　　我现在真正后悔,和他们结成亲戚关系。

2161　"我把我的女儿许配给吉塞尔海勇士;
　　　论到他的品德、财产、名誉、义气,
　　　我在这世间再也找不到这个良缘。
　　　像这样富有美德的年轻的国王真是少见。"

2162　克琳希德又说道:"高贵的路狄格勇士,
　　　我和国王的苦痛,真是无可比拟,
　　　你要可怜我们;想想我们的苦境,
　　　世界上哪里有一位主人遇到这种倒霉的贵宾。"

2163　方伯于是对高贵的王后说道:
　　　"今天,路狄格就要拿生命补报,
　　　报答你和国王一向待我的厚恩:
　　　再也没有什么踌躇,我只得前去牺牲。

2164 "我知道,就在今天,我的城堡和土地,
就会离开我的手里,交回你们管理。
因此请对我的妻子和女儿多多推恩,
并且请照顾贝希拉润的一切无主的人。"

2165 国王于是说道:"路狄格,愿天主保佑你;"
他和王后二人,开始转悲为喜;
"所有你的族人,我们一定优待;
我相信我的幸运,你将要得胜回来。"

2166 他以他的生命和灵魂向他们打赌。
国王艾柴尔的王后开始痛哭。
他说道:"我所许诺的誓言,一定遵守。
可怜我的亲戚!我真不愿和他们战斗。"

2167 他于是悲戚戚地告别了国王。
他的武士们都聚集在他的身旁:
他说道:"你们武装起来,我的勇士们:
我现在要和勇敢的勃艮第人进行战争。"

2168 那些武士们立刻叫人去把武装取来,
叫他们去搬取头盔和盾牌,
从者们不敢怠慢,急忙搬出武器。
傲慢的异国武士立刻听到这不幸的消息。

2169 路狄格和五百名勇士都已武装齐全;
另外还有十二位武士前来支援。
他们想要在战斗之中获得荣名;
他们不知道,他们的死期已经逼近。

2170　那位方伯已经扣好头盔准备出战；
　　　路狄格的勇士们也都拿起锋利的宝剑，
　　　在他们手里还拿着雪亮的盾牌。
　　　乐师看到这种情形，只觉得万分悲哀。

2171　年轻的吉塞尔海看到他的岳父
　　　戴着头盔走来。他怎知道其中内幕，
　　　他还以为他此来完全是一番善意。
　　　因此这位年轻的国王心里兀自感到欢喜。

2172　吉塞尔海说道："我们在这次旅行中途
　　　得到这样的亲戚，真是十分幸福。
　　　由于我妻子的关系，我们将受益匪浅：
　　　我真感到欣慰，我曾订立下这段姻缘。"

2173　乐师对他说道："你干吗还感到欣慰？
　　　你瞧这许多武士，他们都戴着头盔，
　　　手执宝剑，这种样子难道是来和谈？
　　　他恐怕是为了城堡和土地要来大战一番。"

2174　乐师还没有把这句话说得完全，
　　　高贵的方伯已经来到大厅之前。
　　　他把坚固的盾牌放在他的脚旁：
　　　他不得不拒绝用好话和他的亲戚商量。

2175　高贵的路狄格向大厅里面发出叫声：
　　　"勇敢的尼贝龙根武士，起来保卫你们。
　　　我本应帮助你们，可惜只能和你们对敌；
　　　我们从前是朋友：现在却要取消我们的友谊。"

2176　困苦的武士们听到这话大为惊奇：

他们先前所抱的一点欣慰完全消失,
他们所敬爱的人竟来和他们动武。
从敌人那边,他们已经经历了许多艰苦。

2177 勇士恭太说道:"这是不可能的事!
你怎么会把我们之间的友谊抛弃,
你这样就辜负了我们对你的信任:
我相信你,你绝对不会做出这样的事情。"

2178 勇敢的武士说道:"这件事已无法变更,
我已经立过誓言,要和你们战争。
勇敢的武士们,你们爱命,快起来自卫,
艾柴尔的王后不允许我对这事有什么违背。"

2179 高贵的国王说道:"你回绝已经太迟。
你从前对待我们的一番厚爱和忠义,
你若能支持到底,一点没有变更,
天主一定会报答你,高贵的路狄格大人。

2180 "当你一片好心把我们领到艾柴尔国中之时,
我和我的武士,都受到过你的厚礼,
你要是放我们一条生路,我们决不遗忘
你送的那些礼物,路狄格,请仔细想一想。"

2181 勇士路狄格说道:"我高兴送给你们,
我愿意拿许多礼物随我的心意奉赠,
我这样馈赠你们,十分情愿,
只是不要惹起高贵的王后对我埋怨!"

2182 盖尔诺特又说道:"别那样说,高贵的路狄格,
世界上从没有一位主人对待宾客

像你对待我们那样殷勤而客气。
只要我们能活着,我们一定要报答你。"

2183　"高贵的盖尔诺特:"路狄格说道,"但愿如此,
你们能够回到莱茵,我能从容赴义;
我就能挽回名誉,因为我不得不进行战争!
从没见过有这种亲戚对待武士们这样负恩。"

2184　盖尔诺特又说道:"路狄格大人,愿天主
报答你的厚礼。你死去真使我痛苦,
你这样义气的人竟免不了一死。
善良的武士,你送给我的宝剑还在我手里。

2185　"在这危急之时,它还没有对我背弃;
在它的锋刃之下,倒下过许多骑士。
它真是坚强、纯洁、灿烂、晶莹:
从没有一位武士,赠送过这样的礼品。

2186　"你要是不放弃成见,依旧和我们战斗,
你如果伤害了站在我身旁的任何战友,
我就要拿你的宝剑让你在我手下牺牲:
路狄格,那我真要可惜你和你美丽的夫人。"

2187　"盖尔诺特陛下,但愿天主让我如此,
你可以在这里按着你的意志行事,
让你的战友们都免去死亡之苦:
我要把我的女儿和妻子拜托给你照顾。"

2188　勃艮第的美丽的乌台的儿子上前答话:
"路狄格大人,这是怎的? 我们大家
同来的人都是你的朋友;你真做得糟糕:

你让你美丽的女儿守寡,未免时间太早。

2189　"你和你的武士,如果要和我战争,
　　　这未免太过不义,使人难以承认,
　　　因为我相信你,超过任何其他的勇士,
　　　我曾经拣中你的女儿,配给我做我的妻子。"

2190　路狄格说道:"你的誓言请不要遗忘,
　　　如果天主遣你离开此地,高贵的国王,
　　　你不要拿我那亲爱的女儿抵报:
　　　凭着国王的美德,请你对她保持友好。"

2191　年轻的吉塞尔海说道:"这当然不成问题;
　　　不过,留在这座大厅里的全部武士,
　　　如果死在你的手下,那就不能怪我负心,
　　　我也就顾不得对你以及你女儿的交情。"

2192　勇敢的武士说道:"但愿天主垂怜。"
　　　他于是举起了盾牌,准备向前
　　　在克琳希德的大厅里和客人交战一番。
　　　这时哈根从殿阶上走下来大声地叫喊:

2193　"高贵的路狄格,请你再等待一下,"
　　　哈根这样说道:"我们还要谈几句话,
　　　我和我的主人,我们实在感到痛苦。
　　　我们在异国死掉,对于艾柴尔有什么好处?"

2194　哈根又说道:"我真觉得十分悲哀,
　　　我想起歌台林德夫人送给我的盾牌,
　　　已经被匈奴的武士砍得七零八碎;
　　　当初我把它带到匈奴来时,是多么欣慰。

2195　"但愿天主施恩,垂怜我的苦况,
　　　高贵的路狄格,我心里多么想望,
　　　但愿我能获得像你手里所拿着的盾牌;
　　　那么在战斗之中,我也不再需要锁子铠。"

2196　"我要是能不畏惧克琳希德把它送给你,
　　　那我真情愿把这只盾牌作为赠礼。
　　　可是,拿去吧,哈根,让你带着使用:
　　　哎!但愿你能把它带回勃艮第的国中!"

2197　当他把这只盾牌自愿送给哈根的时候,
　　　只见许多人的眼中都有血红的热泪直流。
　　　这是最后的礼物:从这时起始,
　　　贝希拉润的路狄格再也没有礼物送给武士。

2198　不管哈根多么急躁,不管他多么刚强,
　　　他看到这位武士在他临死的时光
　　　送给他的这份礼物,也不由十分同情。
　　　许多高贵的骑士开始和他一同伤心。

2199　"高贵的路狄格,愿天主报答你,
　　　你把名贵的礼物,送给异国的武士,
　　　在世间永远找不到像你这样的人。
　　　愿天主保佑,使你的美德永远长存。"

2200　"这种消息真使我难过,"哈根又说道,
　　　"我们已经受到了许多沉重的烦恼;
　　　我们要和朋友战斗,但愿天主怜悯!"
　　　方伯于是又说道:"这话也使我无限伤心。"

2201 "高贵的路狄格,我非常感谢你的礼物;
不管这些高贵的武士对你是什么态度,
我的手决不在战斗之中碰你一下,
哪怕勃艮第的勇士们全都被你屠杀。"

2202 善良的路狄格向他欠身表示谢意。
大家都流下泪来:因为这种痛心之事
再也无法改变,这真是一场悲剧。
一切优美的懿德都随着路狄格之死而同去。

2203 乐师伏尔凯,也站在殿阶上说道:
"由于我的朋友哈根,和你保持友好,
我也向他看齐,决不和你动手。
我们来到这里的时候,你待我们十分恩厚。

2204 "请你做我的使者,高贵的方伯大人:
瞧这红色的手镯,乃是歌台林德夫人所赠,
她吩咐我在宴会时要把它戴在臂上:
我已遵命行事,请你做我的证人,看看清爽。"

2205 路狄格说道:"但愿天主保护,
让方伯夫人还会送你更多的礼物。
我如果能够生还,我很愿向我的夫人
传告这个消息:这件事一点没有疑问。"

2206 路狄格说罢此话,随即拿起盾牌,
开始鼓足他的勇气,一点没有等待,
完全像一位武士一样冲向那些客人。
这位方伯使出全身力量大杀了一阵。

2207 伏尔凯和哈根,他们退过一边,

这两位高贵的武士，因为有誓言在先。
　　　可是在门旁还有许多勇猛的武士，
　　　路狄格不得不怀着戒心，谨慎从事。

2208　盖尔诺特和恭太怀着无限的杀气
　　　让他进入大厅；他们真不愧为武士。
　　　吉塞尔海退让一旁：他感到非常愁闷；
　　　他还想保全性命，因此不和路狄格战斗。

2209　路狄格的部下都向敌人们扑去。
　　　只见他们跟在君主后面，十分勇武。
　　　他们手里拿着的宝剑，非常锋快：
　　　因此砍破了许多头盔和无数坚固的盾牌。

2210　疲倦的敌兵们，也依旧勇猛非常，
　　　他们把贝希拉润的武士们深深地刺伤，
　　　刺穿了坚固的锁甲，使他们鲜血飞涌。
　　　他们在这次大战之中，立下了辉煌的战功。

2211　全部兵士们这时都已拥进大厅里来。
　　　伏尔凯和哈根，他们也迫不及待；
　　　除了一位勇士之外，对任何人都不留情。
　　　在他们的砍杀之下，许多头盔血迹淋淋。

2212　宝剑的砍击之声真令人十分可怖，
　　　盾牌上的扣环都被砍得向四面飞去；
　　　粒粒的宝石淅沥地坠入血液之中。
　　　从来没有见过有一次战斗像这样勇猛。

2213　贝希拉润的君主向左右打开血路，
　　　好像一位拚命的勇士，对战斗十分惯熟。

393

那一天,路狄格显露了他的武力,
他真是一位武士,十分勇猛而无懈可击。

2214 恭太和盖尔诺特两位武士也站在那里:
他们在这场战斗之中杀死了许多武士。
吉塞尔海和旦克瓦特也不饶人,
他们把许多人都带上了末日的路程。

2215 路狄格也充分显露了坚强的气力:
十分勇敢而凶狠,哎,他杀死了多少武士!
有一位勃艮第人看到这种情形,愤怒不堪。
这位高贵的路狄格的死期因此近在眼前。

2216 勇敢的盖尔诺特对他发出叫声,
他对方伯说道:"高贵的路狄格大人,
我手下的武士,你一个也不放他生路。
这真使我难过;如今我再也忍不住。

2217 "你送给我的礼物将对你造成不幸,
因为你夺去了许多武士的性命。
高贵的勇敢的武士,请来和我一战:
我一定尽我的能力,用你的武器和你周旋。"

2218 高贵的方伯还没有冲到他的身边,
许多雪亮的铠甲已经被鲜血污染。
争取荣名的武士彼此猛扑不止:
每个人都避免受到重伤,小心保卫自己。

2219 可是他们的宝剑很锐利,难以抵当。
勇敢的路狄格砍中了盖尔诺特国王,
砍穿了坚硬的头盔,血流如注;

　　　　这位勇敢而强壮的勇士也立刻回手报复。

2220　他把手中拿着的路狄格的礼物挥起，
　　　他虽然身受重伤，依旧给他一击，
　　　砍断了他的盔带，刺穿了他的盾牌，
　　　因此善良的路狄格竟遭惨死之灾。

2221　这样贵重的礼物从未得过这样恶报。
　　　盖尔诺特和路狄格，两人都把性命送掉，
　　　两人都在对方的手下，同样牺牲。
　　　哈根看到这种损失，不由得愤慨万分。

2222　特罗尼的英雄说道："我们的情况很不利。
　　　失去这两位武士，真是重大的损失，
　　　他们的国家和人民，都忍受不了。
　　　现在路狄格的武士们要给我们赔偿还报。"

2223　"看到死在这里的兄长，我真悲哀！
　　　任何时间都有不幸的消息接踵传来！
　　　看到我的岳父路狄格，我也心伤：
　　　这种损失和悲痛，两方面都感到无可补偿。"

2224　当年轻的吉塞尔海看到他兄长战死的时光，
　　　仍旧留在大厅里的兵士都纷纷遭殃。
　　　死神贪婪地搜索着要随他同去的人：
　　　贝希拉润的武士，没有一个能够逃生。

2225　恭太、吉塞尔海以及特罗尼的哈根，
　　　旦克瓦特、伏尔凯、这些高贵的武士们，
　　　他们亲自赶到二位勇士殉难的地方。
　　　这些杰出的英雄，多么痛苦地含泪悲伤！

2226 年轻的吉塞尔海说道:"死神的劫掠真凶,
　　　现在请大家不要痛哭,让我们出去吹风,
　　　使我们这些疲倦的勇士的锁甲得到清凉:
　　　天主已经不愿使我们再活上许多时光。"

2227 许多武士,有的坐着,有的靠在那里。
　　　他们又在休息。路狄格的兵士
　　　已经全部牺牲;喧嚣之声又归沉静。
　　　这种沉寂继续了好久,艾柴尔感到焦心。

2228 王后说道:"这个结果真是凄惨万分!
　　　他们说话的时间太长;我们的敌人
　　　在大厅里竟没有死在路狄格的手里:
　　　他还想把那些武士们再送回勃艮第。

2229 "艾柴尔大王,我们那样待他又有何用?
　　　我们对他件件依从,他却对我们不忠:
　　　他应该替我们报仇,却去跟他们和好。"
　　　凛凛的武士伏尔凯于是回答王后说道:

2230 "高贵的王后,可惜他并不是这样。
　　　如果我可以责备一位贵妇人的虚诳,
　　　那么我要说,路狄格受了你的诽谤:
　　　你说他和他的武士们跟我们和好,真是冤枉。

2231 "他非常自愿要完成他的君主的命令,
　　　因此他和他的部下在这儿送掉性命。
　　　克琳希德王后,请看看还有什么可供驱使的人:
　　　路狄格直到他的末日,都对你们保持忠诚。

2232 　"你要是不信我的话,请你亲自察看。"
　　　他们把路狄格的尸体搬到国王面前,
　　　这件事立刻使他们十分伤心。
　　　艾柴尔的勇士们从没见到这种惨痛的事情。

2233 　他们看到死去的方伯被搬到自己面前,
　　　所有的男男女女是怎样的凄然,
　　　他们开始显示出怎样深沉的哀恸,
　　　没有一位作家能够给你们叙述和形容。

2234 　艾柴尔大王的哀恸尤加强烈而深沉,
　　　这位高位的国王发出悲凉的叹声,
　　　就像是狮子的吼声,王后也痛苦莫名。
　　　她为了善良的路狄格的死亡哭得十分伤心。

第 三 十 八 歌

狄特里希的武士们全部被杀

2235 到处都听到一片激烈的哀哭之声，
　　　伤心的痛哭撼动了塔楼和宫城。
　　　狄特里希的武士，一位伯尔尼人听到：
　　　他立刻匆匆奔来，把这不幸的消息禀报。

2236 他对大王说道："狄特里希殿下，请听我言，
　　　我在一生之中，从没有一次听见
　　　这种凄惨的哭声，像现在听到的这样。
　　　我猜想，国王本人或许也受到了祸殃。

2237 "否则那些人们为什么这样愁闷？
　　　国王或是克琳希德，一定总有一人，
　　　在那些愤怒的勇敢的客人手里丧命。
　　　那许多杰出的勇士，他们哭得过于伤心。"

2238 伯尔尼的君主说道："我忠诚的武士，
　　　不要过分性急：不管这儿发生何事，
　　　那些异国的宾客实有不得已的苦衷：
　　　我和他们有和约在先，现在且自按兵不动。"

2239 勇敢的伏尔夫哈特说道："我要前往大厅，

　　　　　打听一下消息,看看发生了什么事情,
　　　　　如果我探听到那儿的真情实况,
　　　　　那么我再回来向你禀报,我亲爱的大王。"

2240　高贵的狄特里希说道:"人家在发火之时,
　　　　　你要是不看风色,提出粗鲁的问题,
　　　　　容易使那些武士们心里觉得烦恼:
　　　　　因此,伏尔夫哈特,我看还是不问为妙。"

2241　他于是命令海尔弗利希急速出去打听,
　　　　　看看是否能在艾柴尔的从者那里听到音讯,
　　　　　或者到客人那里,问问有什么事故。
　　　　　因为从没有见过有人像这样的悲苦。

2242　使者前去问道:"请问出了何事?"
　　　　　有人回答他说:"在我们匈奴国里,
　　　　　从前所有的欢喜现在都要消失:
　　　　　因为路狄格被杀死在勃艮第人的手里。

2243　"和他同去的武士,没有一个逃生。"
　　　　　海尔弗利希听到这话,非常愁闷。
　　　　　他从来没有禀报过这种讨厌的消息:
　　　　　他回到狄特里希那里,止不住悲叹哭泣。

2244　"你给我们带来什么消息?"狄特里希问道:
　　　　　"海尔弗利希勇士,为什么痛哭哀号?"
　　　　　高贵的武士回道:"我实在有悲痛之理:
　　　　　因为善良的路狄格已经死在勃艮第人的手里。"

2245　伯尔尼的英雄说道:"这真是出人意料。
　　　　　这是太残酷的报仇,简直令魔鬼嘲笑。

路狄格何罪之有，竟得到这种报应？
　　　我曾经听人谈起，他和客人们本有交情。"

2246　勇敢的伏尔夫哈特说道："果有这种事情，
　　　那么他们大家都保不住他们的性命。
　　　如果我们忍耐此事，真要蒙耻受讥：
　　　善良的路狄格，对我们一向十分尽力。"

2247　阿美龙根的君主不愿叫他再去打听。
　　　他坐在窗户旁边，感到十分伤心。
　　　他于是派希尔德布郎去见客人，
　　　以便向他们探听，有什么事故发生。

2248　勇敢的武士、希尔德布郎军师，
　　　他手里既不拿盾牌，又不带武器。
　　　他想以儒雅的风度去会见客人；
　　　因此竟被他的外甥当场责怪了一阵。

2249　愤怒的伏尔夫哈特说道："你这样赤手空拳，
　　　惹起他们的嘲骂，一定在所不免，
　　　那时你只得饱受羞辱，失掉面子回来；
　　　你要是带着武器前往，他们就会另眼看待。"

2250　这位老将于是听从年轻人的劝告备好武装。
　　　狄特里希的勇士们也都意气昂昂，
　　　手执宝剑，出于希尔德布郎的意料之外。
　　　他觉得大为不满，他希望他们从速更改。

2251　他问他们意欲何往。"我们要和你同去：
　　　看特罗尼的哈根是否依旧这样毫无畏惧，
　　　看他是否像往常一样敢说出嘲笑的言辞。"

希尔德布郎听到这话,不得不表示同意。

2252　勇敢的伏尔凯看到伯尔尼的武士,
　　　狄特里希的部下,一个个武装整齐,
　　　手里拿着盾牌,腰间佩着宝剑,
　　　他于是向勃艮第的君主们表白意见。

2253　这位乐师说道:"狄特里希的勇士,
　　　我见他们从那儿走来,怀着敌意,
　　　身披甲胄:他们要来和我们动武。
　　　我们这些异国的武士又要遭到一番困苦。"

2254　片刻之间,希尔德布郎已到他们面前:
　　　他把他的盾牌,放在他的脚边,
　　　开始向恭太的武士们打听音讯:
　　　"善良的武士们,你们对路狄格干了什么事情?

2255　"我是奉狄特里希大王之命前来,
　　　探听高贵的方伯是否被你们杀害,
　　　因为我们听到了这个音讯。
　　　我们真忍受不住这种令人伤心的事情。"

2256　特罗尼的哈根说道:"这消息一点不假,
　　　为了路狄格,如果你们听到的是谎话,
　　　那么我倒希望如此,希望他未死。
　　　多少妇人和男子,永远为他悲悼不止。"

2257　当他们听到路狄格确已牺牲之时,
　　　他们都诚心诚意地悲恸这位武士。
　　　狄特里希的部下们眼泪都流个不停,
　　　流过胡须,流到下巴:他们真是万分伤心。

401

2258　伯尔尼的公爵西格斯塔勃立即说道：
　　　"可怜，他的恩爱都已像云烟缥缈，
　　　我们在苦难的日子之后，他曾厚遇我们：
　　　羁客的安慰，在你们的剑下已经荡然无存。"

2259　阿美龙根的勇士伏尔夫瓦因说道：
　　　"哪怕我看到我的父亲，在我面前死掉，
　　　也比不上像看到路狄格的死亡这样伤心。
　　　唉，谁去安慰方伯夫人，解化她的苦情？"

2260　勇士伏尔夫哈特怒冲冲地说道：
　　　"谁能像方伯从前那样的屡次领导，
　　　率领这些武士来进行一次次的战争？
　　　唉，高贵的路狄格，你竟离开了我们！"

2261　伏尔夫布郎、海尔姆诺特、海尔弗利希
　　　以及他们的部下都为死者哭泣。
　　　希尔德布郎除了叹息，再也没什么打听：
　　　"各位武士们，请让我完成主上交给我的使命：

2262　"请你们把路狄格的尸体搬出大厅，
　　　我们的一切欢喜为了他变成伤心。
　　　他待我们和许多异国武士一向忠诚，
　　　现在让我们对他稍尽心意，报答他的厚恩。

2263　"我们像路狄格一样，也是寄居的武士。
　　　为什么让我们等待？请把他的尸体，
　　　交给我们搬去，聊表对死者的尊敬；
　　　我们在他生前，也愿意为他尽力尽心。"

2264 恭太王于是说道:"在朋友死后,
能为他尽心尽力,这才是友情深厚。
一个人能做到这样,可谓至诚不渝:
你们应该这样报他,他对你们也很厚遇。"

2265 伏尔夫哈特说道:"让我们等到何时?
我们的无上安慰已经断送在你们手里,
可惜我们再也不能看到他起死回生,
让我们把他带去,以便掩葬他的尸身。"

2266 伏尔凯回道:"没有人给你们搬运尸体。
请你们自己走进大厅,把这位高贵的武士,
从他因受重伤而倒下的血泊中搬走:
你们这样对待路狄格,才算是情深义厚。"

2267 勇敢的伏尔夫哈特说道:"天晓得,乐师,
你已经害苦了我们,还要再给我们刺激。
我要是不怕我的主君,我就要对你不住;
可是我们不能如此,因为他禁止我们动武。"

2268 乐师回言说道:"对于禁止的事情,
一点也不敢动手,这也未免过分担心:
这样的人我不能称他为真正的武士。"
哈根对他战友的这番言语也表示同意。

2269 伏尔夫哈特说道:"你要是继续笑骂,
我要打断你的琴弦,万一你有机会回家,
使你在莱茵国中留下一个话柄。
凭着我的自尊心,我忍不住你这种傲慢之情。"

2270 乐师于是说道:"你要把我的琴打碎,

　　　　破坏了美妙的音调,那么你的头盔
　　　　也将在我的手下先被砍得一塌糊涂,
　　　　然后我才骑上马背回到勃艮第故土。"

2271　伏尔夫哈特正要扑上前去,他的舅父
　　　　用力止住了他,拦住了他的去路,
　　　　"我看,你愤怒得这样,真是疯了;
　　　　你这样要把我们主上的宠爱完全失掉。"

2272　"请把狮子放出来,军师;瞧他怒气难消;
　　　　可是他一走近我,"勇士伏尔凯说道,
　　　　"哪怕全世界的人民都曾被他杀死,
　　　　我也要除掉他,使他永不能回答什么言词。"

2273　伯尔尼人听到这话,真是怒不可耐,
　　　　这位敏捷的勇士伏尔夫哈特拿起盾牌:
　　　　他向乐师冲去,像一头凶猛的狮子。
　　　　他手下的武士们也立刻火急地跟着奔驰。

2274　不管他怎样猛跳,跳到大厅的墙壁之前,
　　　　可是老希尔德布郎却已先赶到殿阶那边:
　　　　他不愿意让他抢在他前面进行战争。
　　　　他们满足了心愿,碰上了那些勇武的客人。

2275　军师希尔德布郎猛扑上去,直奔哈根:
　　　　英雄们手中的武器,发出铿锵之声。
　　　　很快就可以看出,他们都是怒气冲冲;
　　　　从两柄宝剑上吹出一阵通红的火风。

2276　他们在激战之中,忽地为人群分开;
　　　　因为伯尔尼的武士们都拚命冲了上来。

军师希尔德布郎只得丢下了哈根,
勇猛的伏尔夫哈特这时却赶着伏尔凯斗争。

2277 他对着乐师的头盔猛地一砍,
锋利的宝剑把头盔上的扣带砍断。
勇敢的乐师也狠狠地回击了一下:
直砍得伏尔夫哈特的甲胄上飞出了火花。

2278 他们互相猛击,锁甲上火花四迸;
彼此都对敌方抱着愤慨仇恨的心情。
这时伯尔尼的勇士伏尔夫瓦因分离了他们;
要是他算不得英雄,那么再也找不到别人。

2279 勇敢的恭太也亲自出来交锋,
迎接这些阿美龙根的高贵的英雄。
年轻的吉塞尔海,在这一次战争里,
使许多雪亮的头盔都被鲜红的血液浸湿。

2280 哈根的弟弟旦克瓦特是一位凶猛的人,
他从前和艾柴尔的武士们进行的战争,
在目前看来,简直是不可同日而语:
勇猛的阿尔德利安的儿子充满疯狂的情绪。

2281 李特夏特和盖尔巴特,海尔弗利希和魏夏特,
他们在许多次战争之中,曾经威名显赫:
现在也让恭太的勇士们看看他们的本领。
还有伏尔夫布郎,也勇敢地上前拚命。

2282 老希尔德布郎像发狂一样地战斗。
许多武士都不是伏尔夫哈特的敌手,
他们倒卧在血泊之中,饮刃丧生:

那些勇敢的武士们替路狄格报了仇恨。

2283　西格斯塔勃公爵也奋勇作战,怒气冲冲,
　　　哎!狄特里希的这位外甥,在战斗之中,
　　　砍破了多少敌人的坚硬的头盔!
　　　他从没有在战争中发出像这样的虎威。

2284　勇猛的伏尔凯,他在一旁看见
　　　勇敢的西格斯塔勃砍去许多锁甲的钢环,
　　　只见血流成河,他不由得怒气填膺:
　　　他于是向他猛扑上去,西格斯塔勃的性命,

2285　这一来,不得不在乐师的手里送掉:
　　　伏尔凯让他亲眼看到他的武艺的高妙,
　　　他在他的剑下,倒下去一命呜呼。
　　　老希尔德布郎随即愤怒地冲过来进行报复。

2286　"可怜我亲爱的君主,"希尔德布郎说道,
　　　"他的生命竟在伏尔凯的手里送掉!
　　　这位乐师,现在再也不能让他多活。"
　　　勇敢的希尔德布郎,从没有这样怒不可遏。

2287　他对伏尔凯猛击,这位乐师的头盔
　　　和他的盾牌,都被他砍得粉碎,
　　　破片四处乱飞,直飞到大厅的墙上;
　　　勇猛的伏尔凯就这样获得了最后的下场。

2288　狄特里希的勇士们都一拥上前:
　　　砍得锁甲的碎片在四处飞舞盘旋,
　　　还看到剑尖被削到高高的空中飞翔。
　　　他们砍破了许多头盔,流出的血像小河一样。

2289 特罗尼的哈根看到勇士伏尔凯身死:
在这次宴会之中,为了他的朋友和兵士,
他所感到的忧闷要以这次为最深。
唉,他多么愤怒地去为战友报仇雪恨!

2290 "老希尔德布郎,再不容他留在人世:
因为我的同伴就死在这位英雄的手里,
他杀死了我一生难得的最好的战友。"
他高高地举起盾牌:冲上去砍杀不休。

2291 勇猛的海尔弗利希把旦克瓦特杀死:
恭太和吉塞尔海看到这位勇士
在激战中倒下,觉到十分悲愁;
可是他们也亲自为他报复了大仇。

2292 这时伏尔夫哈特在那儿横冲直撞,
恭太的武士们都在他的剑下伤亡。
他在大厅里巡回地砍杀了三圈:
许多武士的性命,都因此不能保全。

2293 勇敢的吉塞尔海向伏尔夫哈特叫道:
"我碰到你们这些家伙,真是糟糕!
高贵的勇敢的武士,请到我这边来;
我帮助你搞个结束,我不能再继续忍耐。"

2294 伏尔夫哈特于是转身和吉塞尔海相斗。
这两位武士都给对方砍下很深的伤口。
他是那样的疯狂,冲向那位国王,
他脚下的鲜血一直喷过他的头上。

2295 美丽的乌台的儿子报以愤怒的一击,
 迎上伏尔夫哈特,这位勇猛的武士。
 对方不管怎样凶猛,现在怎能逃生?
 像这样勇敢的年轻的国王真是少见得很。

2296 他砍着伏尔夫哈特,砍穿他的胸铠,
 鲜血从他的伤口里一滴滴流了出来:
 狄特里希的武士受了致命的一击。
 他一定是位英雄,才做得出这种功绩。

2297 勇敢的伏尔夫哈特看到自己伤势不浅,
 他丢下了盾牌:举起手中的宝剑
 高高地一挥,这宝剑十分锋锐:
 砍穿了吉塞尔海的锁甲和他的头盔。

2298 这两位武士彼此都受了重伤牺牲。
 狄特里希的武士再没有留下一人。
 老希尔德布郎看到伏尔夫哈特倒地:
 在他一生之中,从未经历过这种惨事。

2299 恭太和狄特里希的武士们都已阵亡,
 再也没有一人逃生。只见希尔德布郎
 走到倒卧在血泊中的伏尔夫哈特那里。
 他伸出双手要抱起这位勇敢的武士。

2300 他要把他搬出大厅,带走他的遗体;
 可是身躯太重,他只好把他留在那里。
 濒死的武士在血泊中睁开了眼睛:
 他看到他的舅父要救出他的性命。

2301 濒死的武士说道:"我亲爱的舅父,

在这个时光,你救我也于事无补。
也许,我要劝你,你得留心哈根:
这家伙,他的心里抱着疯狂的愤恨。

2302　"如果我的亲友为我的死亡悲悼,
请你对我的近亲和知友们传告,
叫他们不要伤心,因为哭也无用:
我是堂堂地殉身,死在一位国王的手中。

2303　"我在大厅里捐躯,也获得了酬报,
许多骑士的夫人因我增加了苦恼。
如果有人问你,你就大胆地告诉他们:
我在这儿亲手杀死的武士共有一百余人。"

2304　哈根的心里,念念不忘那位乐师,
他想到是老希尔德布郎把他杀死;
他于是对老英雄说道:"我要向你报仇。
你在战斗之中,杀死了我许多勇敢的战友。"

2305　他于是向希尔德布郎砍来,他用的武器
乃是他从前杀死西格弗里时从他手里
夺来的巴尔蒙名剑,只听得剑声铿锵。
老英雄奋勇自卫:他的战斗力也很坚强。

2306　伏尔夫哈特的舅父向特罗尼的哈根
挥起一柄宽阔的宝剑,这柄剑锐利万分;
可是他不能给恭太的武士任何伤害。
而哈根对他一砍,却砍穿了他的胸铠。

2307　军师希尔德布郎觉得伤势不浅,
他心里害怕哈根再过来还他一剑。

狄特里希的勇士于是把盾牌肩在背后：
他负了重伤，急忙从哈根的面前逃走。

2308　除了两位高贵的武士，恭太和哈根，
所有其他的武士，都已全部牺牲。
老希尔德布郎流着鲜血仓皇奔逃：
他带着这悲惨的消息，去向狄特里希报告。

2309　他看见他坐在那儿，十分伤心；
可是这位君主还要接到更惨的音讯。
他看到希尔德布郎的铠甲一片血红，
他问他是什么原因，他的心中感到沉重。

2310　"军师希尔德布郎，你怎么全身潮湿，
鲜血淋淋？告诉我，这是谁干的事？
你一定是在大厅里和客人进行过战斗？
我曾经明令禁止，你应该自觉地遵守。"

2311　他于是对君主回道："这是哈根所为：
我本来要离开他的身边，向他回避，
他却在大厅里给我受了这样的重伤，
我的性命十分危险，几乎逃不过那个魔王。"

2312　伯尔尼的君主说道："你也是咎由自取，
我本来告诉你，和这些武士要友好相处，
你却把我允给他们的和平破坏无遗：
我要不是顾全我的名誉，可要你拿生命来抵。"

2313　"请不要对我这样大怒，狄特里希大王，
我和我的战友，受到了很大的损伤。
我们要求把路狄格的尸体搬出大厅。

可是恭太的武士们却一点不肯应允。"

2314　"这消息真使我难受,路狄格果然身死?
　　　这真是我平生所经历的最大的恨事。
　　　高贵的歌台林德是我的外甥女:
　　　唉,留在贝希拉润的孤儿们真是命苦!"

2315　路狄格的牺牲使他烦恼而伤心:
　　　他开始垂泪哭泣,这也是情不自禁。
　　　"唉,我忠实的战友,这损失真是重大,
　　　这位艾柴尔的勇士,我怎能忘记了他!

2316　"希尔德布郎军师,请你对我说明,
　　　杀死他的那位武士,他是什么姓名?"
　　　他说道:"是勇猛的盖尔诺特把他杀死,
　　　可是这位国王自己也牺牲在路狄格的手里。"

2317　他对希尔德布郎说道:"吩咐我的武士,
　　　叫他们备好武装:我要亲自前去一次。
　　　命令他们,把我的雪亮的甲胄取来:
　　　我要亲自去见勃艮第的勇士,问个实在。"

2318　军师希尔德布郎说道:"你将和谁同往?
　　　还有谁活着,还有谁侍立在你的身旁:
　　　只不过剩我一人;别的都已经送命。"
　　　他听到这个消息,真是止不住万分吃惊,

2319　因为他在世间从没有经历过这种惨事。
　　　他说道:"如果我的全部武士都已身死,
　　　可怜的狄特里希,那么天主已经遗弃了我!
　　　我从前也做过一位强大的国王,威震山河。"

411

2320　狄特里希又说道:"这是怎么一回事情,
　　　 为什么这些杰出的武士都已全部丧命,
　　　 他们竟死在陷于绝境的疲倦的武士手里?
　　　 要不是我的命运不佳,早让他们离开人世!

2321　"正由于我倒霉,才会发生这种事情,
　　　 现在请告诉我,客人中还有几人活命?"
　　　 军师希尔德布郎回道:"我一点不撒谎,
　　　 除了哈根和高贵的国王恭太都已全部死亡。"

2322　"唉,亲爱的伏尔夫哈特,我将你失去,
　　　 我活在世界上再也不会有一点生趣。
　　　 西格斯塔勃、伏尔夫瓦因、伏尔夫布郎:
　　　 还有谁帮助我回到阿美龙根的地方?

2323　"勇敢的海尔弗利希,他果然被人杀死?
　　　 盖尔巴特和魏夏特,我的痛苦怎有已时?
　　　 我所有的快乐,现在已经告终。
　　　 唉,活在世间挨苦,真是令人悲痛!"

第三十九歌

恭太、哈根和克琳希德被杀

2324　狄特里希大王亲自整顿他的战铠；
　　　老希尔德布郎帮助他武装起来。
　　　这位强力的大汉发出大声的长叹，
　　　他的音波使整个屋子开始发生摇撼。

2325　可是他立刻又恢复起武士的胆量。
　　　这位强健的英雄愤怒地披好武装。
　　　他的手里拿着一只坚固的盾牌：
　　　他和军师希尔德布郎，立刻走出室外。

2326　特罗尼的哈根说道："狄特里希大王，
　　　我看见他向我们走来，他要来和我们较量，
　　　因为我们给他造成了很大的损害。
　　　到底谁高谁低，今天倒可以看个明白。"

2327　"伯尔尼的勇士狄特里希，尽管他自以为
　　　体力十分强大而且赫赫可畏，
　　　他要是为我们的事情进行报仇，"
　　　哈根这样说道："我敢和他做个对手。"

2328　狄特里希和军师希尔德布郎听到此言。
　　　哈根已经下来,走到二位武士的面前,
　　　他们正站在厅外,靠着大厅的高墙。
　　　狄特里希把他那坚固的盾牌放在地上。

2329　狄特里希露出极度的忧伤说道:
　　　"为什么恭太国王对我们这样恩将仇报?
　　　我这寄居的武士有何事得罪你们,
　　　你们要夺去我的欢慰,让我剩得孤单一人?

2330　"你们已经把我们的武士路狄格杀死,
　　　可是这样大的损失还不能使你们满意:
　　　你们又使我的全部武士罹杀身之灾。
　　　我对于你们各位武士从未进行过这种危害。

2331　"请想想你们自己和你们的厄运,
　　　你们的战友的死亡和一切战斗的困境,
　　　难道这还不能使你们善良的武士胆寒?
　　　唉,路狄格的牺牲使我感到多么辛酸!

2332　"世界上从没有人得到这样凄惨的下场。
　　　你们全不想到我的和你们自己的悲伤。
　　　我所钟爱的武士,都被你们杀死:
　　　我对于战友们的悲悼,永远没有已时。"

2333　哈根回答说道:"这也不能怪怨我们,
　　　你的武士们全都把武装穿得齐齐整整,
　　　聚集了很大的一群进逼这座大厅。
　　　恐怕没有人向你报告过这个正确的音讯。"

2334　"难道我不相信他们?希尔德布郎向我回禀,

说我的阿美龙根的勇士们曾向你们恳请,
请你们把路狄格的遗体送到厅前:
你对我的勇士们却发出讽刺的恶言。"

2335 莱茵的国王于是说道:"他们确曾说明
要把路狄格的遗体搬去,是我没有答应,
我并非拒绝你的兵士,乃是和艾柴尔为难,
可是伏尔夫哈特勇士却对我们辱骂一番。"

2336 伯尔尼的英雄说道:"这也无关要紧。
恭太,高贵的国王,凭着你的德行,
请你赔偿你们所给我造成的忧愁;
只要你对我和解,我决不对你们报仇。

2337 "请把你自己和你的从臣哈根许我为质:
我就保护你们,尽我一切的能力,
使你们在匈奴国中不受到任何欺凌。
你们将会看到,我是出于一片诚心。"

2338 哈根回言说道:"这件事真正休想,
我们这两位武士怎么会向你归降,
我们还有充分的力量进行抵御,
我们不能忍受这种耻辱,我们决不能做懦夫。"

2339 "你们不应该拒绝,"狄特里希又说道:
"恭太和哈根:你们给我造成许多烦恼,
你们二人害我好苦,使我痛心伤神,
你们要是向我赔偿,这才是非常公正。

2340 "我要向你们立誓,并且伸手保证,
我要和你们同行,把你们送上归程。

只要我活着,我一定担任护送,
同时为了你们,忘记所受的一切苦痛。"

2341 哈根又说道:"这话不要继续再讲,
我们两位勇敢的武士,如果向你们归降,
世间人谈论起来,对于名誉有损。
我看你身边除了希尔德布郎更无别人。"

2342 军师希尔德布郎说道:"哈根阁下,
狄特里希大王提出的和平并非虚假,
也许在短期以内,来到这种关头,
你们想要接受,可是事实上已不能够。"

2343 哈根回言说道:"希尔德布郎军师,
如果我像你那样,不怕羞辱和廉耻,
从一位武士面前逃走,那我情愿归降。
我认为,你有能力和你的敌人较量。"

2344 军师希尔德布郎说道:"干吗对我责难?
从前是何人坐在瓦斯根山前倚盾旁观,
眼看着西班牙的瓦尔太杀死他的许多战友[①]?
你还是责备你自己,不要这样恬不知羞。"

2345 高贵的狄特里希说道:"你这样骂人,
像老太婆一样,怎合乎武士的身份?
我禁止你,希尔德布郎,少开尊口。
我这位无家可归的武士心里十分忧愁。"

---

① 瓦尔太带了希尔德恭逃出匈奴宫廷,经过瓦斯根山(佛日山)时受到恭太及其十二名武士的袭击。哈根因为和瓦尔太是旧交,不肯参加战斗。瓦尔太杀死了恭太的十一名武士。

2346 "朋友哈根,"狄特里希又继续开言,
"你们看见我披好武装来到你们的面前,
你们两位高贵的武士,彼此说了什么话语?
你们可说过要在战斗中单独对我进行抵御?"

2347 "没有人向你们否认这话,"哈根回道,
"只要我的尼贝龙根宝剑没有断掉,
我总要在这里试一下猛烈的斗争:
你要求我们二人投降,这真令我气愤。"

2348 狄特里希听到哈根这种不逊的言词,
这位迅急的武士急忙把盾牌举起。
哈根飞快从殿阶上下来,冲到他的附近,
尼贝龙根的宝剑在他头上发出铿锵的声音。

2349 狄特里希大王知道这位勇敢的武士
战斗起来十分凶猛;他于是十分留意,
伯尔尼的君主不让他砍到他的身上。
他知道哈根的为人,知道他勇武难当。

2350 对于那柄巴尔蒙名剑,他也十分害怕。
狄特里希只得施展妙技,进行招架,
最后,终于使哈根无法抵挡。
他重重地砍伤了哈根,伤口既深且长。

2351 狄特里希想道:"你已久战而疲劳;
我就是杀死了你,也算不了什么荣耀。
我要试探一下,是否能将你生擒
做我的俘虏。"但这件事需要十分当心。

2352 他于是丢下盾牌:因为他膂力过人,

他伸出两手抱紧了特罗尼的哈根。
这位勇敢的武士因此被他生擒。
高贵的恭太王看到此事,非常伤心。

2353　狄特里希大王于是将哈根缚起,
把这位曾经佩过宝剑的最勇敢的武士
带到克琳希德那儿,交给她的手中。
她饱尝了极大的痛苦,这时真是快乐无穷。

2354　艾柴尔的王后对这位武士欣然作礼:
"愿你心身康健,永远过着幸福的日子。
你使我一切的痛苦得到补偿:
我永远对你感激不尽,直到死亡。"

2355　高贵的狄特里希说道:"让他活在世上,
高贵的王后;他还可以给你补偿,
他对你所做的一切,让他向你还报:
因为他被绑在这里,你不可把他杀掉。"

2356　她于是令人把哈根带到一间土牢里面,
他被关在那里,没有人能够看见。
高贵的恭太这时在那儿大声喊叫:
"伯尔尼的英雄哪里去了?他真使我气恼。"

2357　伯尔尼的狄特里希于是向他走去。
恭太王的膂力也很坚强而孔武;
他毫不迟疑,奔出了大厅。
两人的宝剑,发出强烈的砍杀的声音。

2358　不管狄特里希的威名早已世界传闻,
恭太依旧十分狂怒地和他进行战争;

他受到很大的伤害,抱着仇恨之心:
狄特里希能够逃生,真可谓奇异的事情。

2359 他们两人都是那样的勇猛而刚强,
当他们举起宝剑砍着坚固的头盔的时光,
宫殿和塔楼都在砍杀中传出回声。
恭太王显示出他是一位具有武士气魄的人。

2360 可是狄特里希终于像对付哈根一样把他打败。
伯尔尼的君主,他的宝剑实在厉害,
只见鲜血从恭太的铠甲上流下。
可是他虽然疲惫,还勇敢地进行招架。

2361 国王被狄特里希亲手捆了起来,
尽管一位国王不应受到这种对待。
因为他想如果释放恭太和他的武士,
任何碰到他们的人,就要被他们杀死。

2362 伯尔尼的狄特里希牵着他的手,
让他捆着,带他去见克琳希德王后。
恭太的末路使她减少了许多忧心。
她说道:"恭太王,我对你万分欢迎。"

2363 他说道:"我高贵的妹妹,我很感谢你,
如果你这种欢迎果真是出于善意。
可是我知道,王后,你的怒气难消,
你对我和哈根的欢迎,不过是一种嘲笑。"

2364 伯尔尼的英雄说道:"高贵的王后,
像这样的俘虏,真是世间少有,
我给你生擒来的乃是堂堂的骑士。

看在我的面上,不要把这些异国人处死。"

2365　她说她愿依照他的吩咐。狄特里希大王
　　　于是离开了高贵的武士,眼泪汪汪。
　　　可是艾柴尔的王后却进行了恐怖的复仇。
　　　她把那两位杰出的武士杀得一个不留。

2366　她把他们关在两处监牢里,各自分离,
　　　这两位武士在生前再没有相见一次。
　　　高贵的妇人虽然曾对狄特里希发过誓言,
　　　可是她又想道:"我今天要替丈夫报仇雪冤。"

2367　王后于是走到哈根被囚的那里;
　　　她对武士问话,充满了多大的敌意:
　　　"你如果能够归还从我手里抢去的财宝,
　　　那么我可以让你生还勃艮第,不把你杀掉。"

2368　急躁的哈根说道:"你的话说也徒然,
　　　高贵的王后,我当初曾发过誓言,
　　　只要我的国王有一位依旧生存,
　　　我决不说出藏宝的地方,以免被送给他人。"

2369　"让我来收拾此事,"高贵的王后说道。
　　　她于是命人去把他的兄长杀掉。
　　　恭太的头被斩了下来:她抓住他的头发,
　　　把人头带到哈根面前:他不由凄然泪下。

2370　凄惨的武士看到主上的头颅提到,
　　　他于是对克琳希德王后说道:
　　　"你已经按照了你的心意收拾一切;
　　　事情的发展也像我所想的一样得到了结。

2371　"如今国王恭太、年轻的吉塞尔海,
　　　还有盖尔诺特,他们都已经不在。
　　　除了天主和我,没有别人知道藏宝之处,
　　　你这妖妇永远不会打听出来,把它拿去。"

2372　她说道:"你给我上的当真是不浅;
　　　可是我至少要收回西格弗里的宝剑。
　　　我在最后一面时看见他拿在手中,
　　　为了他,我尝尽了一切最凄惨的苦痛。"

2373　她从鞘中拔出宝剑,他无法阻止。
　　　高贵的王后一心要杀死这位武士。
　　　她双手一挥,把他的首级割下。
　　　艾柴尔大王看到此事,不由十分嗟讶。

2374　"唉,"国王叫道:"这位杰出的武士,
　　　他曾经拿着盾牌,参加过许多战事,
　　　如今竟然倒下,死在一位妇人的手中!
　　　我是他的敌人,也不禁为他凄然悲恸。"

2375　军师希尔德布郎说道:"不管事态怎样,
　　　她竟把这位武士杀死,我要和她算账。
　　　虽然这位武士曾给我吃了很大的苦头,
　　　可是我要替这位勇敢的特罗尼人报仇。"

2376　希尔德布郎愤怒地跳到克琳希德身边:
　　　他对这位王后,猛地砍了一剑。
　　　武士的报效给了她致命的打击;
　　　她在那儿悲痛的喊叫,可是又有何益?

421

2377　注定要死亡的人都已经在那儿殉难：
　　　高贵的王后，身首被砍成两段。
　　　狄特里希和艾柴尔眼泪满眶，
　　　他们为了他们的战友和兵士痛哭哀伤。

2378　武士们的荣华都已经在死亡中葬送。
　　　大家都替他们感到烦恼和悲恸。
　　　国王的盛宴就此以痛苦收场，
　　　世界上的快乐，到后来总是变成忧伤。

2379　以后的事情，我也不能详细告诉你们，
　　　只见许多妇人、骑士和高贵的侍臣，
　　　他们都十分伤心，哭悼亲友的夭死。
　　　这篇故事就此告终：这就是尼贝龙根族①的惨史。

---

① 尼贝龙根族原指德国传说中拥有尼贝龙根宝物的侏儒族（因其侏儒王尼贝龙而得名）。后宝物为西格弗里所得，因此西格弗里的部下被称为尼贝龙根的勇士。西格弗里死后，宝物归勃艮第国王，因此尼贝龙根族也转而指勃艮第族。

"中国翻译家译丛"书目

（以作者出生年先后排序）

第 一 辑

书 名	作 者
罗念生译《古希腊戏剧》	[古希腊]埃斯库罗斯 等
朱光潜译《柏拉图文艺对话集　歌德谈话录》	[古希腊]柏拉图　[德国]爱克曼
纳训译《一千零一夜》	
丰子恺译《源氏物语》	[日本]紫式部
田德望译《神曲》	[意大利]但丁
杨绛译《堂吉诃德》	[西班牙]塞万提斯
朱生豪译《莎士比亚戏剧》	[英国]莎士比亚
罗大冈译《波斯人信札》	[法国]孟德斯鸠
查良铮译《唐璜》	[英国]拜伦
冯至译《德国，一个冬天的童话》	[德国]海涅 等
傅雷译《幻灭》	[法国]巴尔扎克
叶君健译《安徒生童话》	[丹麦]安徒生
杨必译《名利场》	[英国]萨克雷
耿济之译《卡拉马佐夫兄弟》	[俄国]陀思妥耶夫斯基
潘家洵译《易卜生戏剧》	[挪威]易卜生
张友松译《汤姆·索亚历险记　哈克贝利·费恩历险记》	[美国]马克·吐温
汝龙译《契诃夫短篇小说》	[俄国]契诃夫
冰心译《吉檀迦利　先知》	[印度]泰戈尔　[黎巴嫩]纪伯伦
王永年译《欧·亨利短篇小说》	[美国]欧·亨利
梅益译《钢铁是怎样炼成的》	[苏联]尼·奥斯特洛夫斯基

第 二 辑

书 名	作 者
钱春绮译《尼贝龙根之歌》	
方重译《坎特伯雷故事》	[英国]乔叟
鲍文蔚译《巨人传》	[法国]拉伯雷
绿原译《浮士德》	[德国]歌德
郑永慧译《九三年》	[法国]雨果
满涛译《狄康卡近乡夜话》	[俄国]果戈理
巴金译《父与子　处女地》	[俄国]屠格涅夫
李健吾译《包法利夫人》	[法国]福楼拜
张谷若译《德伯家的苔丝》	[英国]哈代
金人译《静静的顿河》	[苏联]肖洛霍夫

第 三 辑

书 名	作 者
季羡林译《五卷书》	
金克木译《天竺诗文》	[印度]迦梨陀娑　等
魏荒弩译《伊戈尔远征记　涅克拉索夫诗选》	[俄国]涅卡拉索夫　等
孙用译《卡勒瓦拉》	
朱维之译《失乐园》	[英国]弥尔顿
赵少侯译《莫里哀戏剧　莫泊桑短篇小说》	[法国]莫里哀　莫泊桑
钱稻孙译《曾根崎鸳鸯殉情　日本致富宝鉴》	[日本]近松门左卫门　井原西鹤
王佐良译《爱情与自由》	[英国]彭斯　等
盛澄华译《一生　伪币制造者》	[法国]莫泊桑　纪德
曹靖华译《城与年》	[苏联]费定